Blutsklavin

Blutsklavin

Lykandras Krieger 02

Kerstin Dirks

SIEBEN VERLAG

Covergestaltung: Nordstern Design
ISBN: 978-3-940235-84-8

Sieben Verlag
Lippmannweg 28
64405 Fischbachtal
www.sieben-verlag.de

les in seinem Inneren. Etwas, das ausbrechen wollte. Immer leichter wurde er aggressiv. Zuvor hatte er seine jüngeren Brüder nie geschlagen. Sagte Killian ein falsches Wort, rutschte ihm die Hand aus. Später tat es Keith leid. Doch selbst vor dem kleinen Correy machten seine Wutausbrüche nicht Halt. Sie verunsicherten ihn und es kam der Punkt, an dem er sich schlichtweg vor Keith fürchtete. Wenn dieser seine finsteren Phasen hatte, sprach man ihn besser nicht an. Keith starrte dann nur mit heruntergezogenen Brauen vor sich hin, die Arme um seine angewinkelten Beine gelegt und den Kopf im Nacken, so dass seine Haare nach hinten glitten und die spitzen Ohren frei ließen. In Vollmondnächten war es am schlimmsten. Dann war Keith kaum zu beruhigen. Schlaf fand er keinen. Er musste sich immerzu bewegen, war übel gelaunt und klagte über Kopfschmerzen. Correy traute sich nicht, mit Killian darüber zu sprechen, denn auch dieser wurde zusehends ärgerlicher und ließ alles, was Keith ihm antat, an Correy aus.

Die Veränderungen verunsicherten die Brüder, doch wie sollten sie ahnen, dass ein Fluch auf ihrer Familie lag.

Weder Vater noch Mutter hatten je ein Wort darüber verloren. Die Menschen in ihrer Heimatstadt Westminster hatten es wohl geahnt und ihre Familie immer gemieden, solange sie denken konnten. Ihr Vater Ronald Blacksmith war ein guter Schmied, der hart für sein Geld gearbeitet hatte. Dennoch waren die Geschäfte schlecht gelaufen und lediglich Durchreisende hatten seine Hilfe in Anspruch genommen. Der junge Correy hatte zu diesem Zeitpunkt nicht verstanden, warum die Leute ihnen gegenüber so feindselig waren. Die Stadtbewohner wechselten die Straße, wenn sie einen von ihnen sahen, und keines der anderen Kinder durfte mit ihnen spielen. Die Nachbarn verrammelten ihre Türen und auch an den

Gottesdiensten durften sie nicht teilnehmen. Eine Antwort darauf hatte er nie bekommen.

Eines Tages stand die Schmiede in Flammen. Ronald und Mary Blacksmith waren darin umgekommen. Niemand wusste, ob es ein Unglück gewesen war oder ein Attentat. Eines war jedoch sicher. Die Brüder wurden nicht länger in Westminster geduldet. Also zogen sie nach Süden und schmuggelten sich als blinde Passagiere im Frachtraum eines Handelsschiffes nach Frankreich, dem Land, von dem ihre Großmutter Francoise bis zu ihrem Tode geschwärmt hatte. Sie hofften, dort Familie zu finden, aber Francoises Spuren waren unwiederbringlich verwischt.

Ein Jahr später schlossen sie sich einer Gruppe von Schaustellern und Artisten an, die mit ihnen den Lohn gerecht teilten. Der Anführer der Gruppe, er nannte sich Ornello, hatte eine Tochter namens Isida, die in Keiths Alter war und die dunkelsten Augen hatte, die Correy jemals gesehen hatte. Wann immer sie Keith ansah, und niemand sonst außer Correy es bemerkte, klimperte sie verführerisch mit den Wimpern und spitzte die Lippen. Correy wusste, dass auch Keith eine Schwäche für das Mädchen hatte. Man sah es in seinen Augen. Sie leuchteten förmlich, wenn er die üppigen Brüste des Mädchens betrachtete, die an zwei reife Äpfel erinnerten. Wenn sie das Publikum mit ihrem Tanz erheiterte, stellte sich Keith in die erste Reihe, um sie aus der Nähe betrachten zu können. Er applaudierte am lautesten und bekam zum Dank die meisten Handküsse von ihr zugeworfen.

Eines Abends saßen die Schausteller am Lagerfeuer vor den Toren der Stadt. Es wurde gelacht, musiziert und Wein getrunken, weil man am Nachmittag viele Einnahmen erzielt hatte, die in Alkohol umgesetzt worden waren. Auch Isida trank viel und lachte unentwegt. Es war ein heiseres Lachen, mit dem sie Keith becircte. Außer

Correey schien niemand zu bemerken, dass sie einander zugetan waren. Correy hatte trotz seines jungen Alters andere Männer schon oft um die Gunst von Frauen werben sehen. Er sorgte sich um Isida. Dem früheren Keith hätte er keine Gewalttätigkeiten zugetraut. Doch bei diesem neuen, dunklen und unberechenbaren Keith war er nicht mehr so sicher. Etwas Wildes schlummerte tief in seinen Augen, das nur manchmal aufleuchtete. Doch wenn Correy es aufflackern sah, stellten sich ihm alle Haare auf. Panik ergriff ihn, ohne dass er benennen konnte, was diese konkret auslöste. Keith sagte dann nichts. Aber die Unruhe merkte man ihm an. Es war etwas Finsteres, das ihn umgab wie eine zweite Haut. Das Besitz von ihm ergriff. Doch niemand außer ihm und Killian konnte es sehen. Correy behielt die junge Frau im Blick, die am Feuer näher an Keith heranrückte. Die anderen Männer und Frauen waren mit sich selbst beschäftigt. Sie schienen blind. Killian schlief längst im Zelt, so dass Correy der Einzige war, der etwas bemerkte. Keith hatte wieder diesen merkwürdigen Gesichtsausdruck, der Correy Angst einjagte. So sah er immer dann aus, wenn er Killian oder ihm Prügel androhte. Und nun, da er Isida mit demselben leeren und dennoch wilden Blick musterte, wurde Correy plötzlich klar, was es war, dass ihn ängstigte.

Keith sah aus wie ein Raubtier, das eine lohnende Beute gewittert hatte. Als Isida aufstand und mit Keith zwischen den Büschen verschwand, versuchte Correy einen der Männer zu animieren, ihnen zu folgen. Aber der war längst mit einem anderen Mädchen beschäftigt und niemand sonst wollte ihn beachten.

Etwas Schreckliches würde heute Nacht passieren. Er wusste es, er musste es verhindern. Er durfte nicht zulassen, dass Keith dem Mädchen etwas antat.

Rasch folgte er ihren Spuren, doch hielt sich hinter Büschen und Bäumen verborgen. Isida rannte tiefer in den Wald hinein. Es war leicht, ihr zu folgen. Die Brüder waren von Natur aus gute Fährtenleser.

Der Vollmond schien sanft durch das Blätterdach. Im Schutz eines Strauches beobachtete Correy, wie sich Isida auf einem umgekippten Baumstamm niederließ. Sie hatte ein Bein über das andere geschwungen und streckte die Brüste vor, die fast aus den schillernden Körbchen, die zu ihrem Tanzkleid gehörten, zu springen drohten. Keith blieb nur wenige Schritte von ihr entfernt stehen und beobachtete sie. Alles an ihm erinnerte an ein lauerndes Raubtier. Seine Muskeln waren angespannt, die Körperhaltung in Lauerstellung und seine Bewegungen merkwürdig geschmeidig und gefährlich zugleich.

„Komm doch zu mir“, lockte Isida leise.

Keith schlich um den umgekippten Baumstamm und löste das Oberteil, das ihre Brüste zusammengehalten hatte. Achtlos ließ er es neben ihr fallen. Ihr Busen kam zum Vorschein, wippte leicht im Abendwind. Correy war noch zu jung, um die Vorzüge eines Weibes zu sehen. Doch er ahnte, dass der Anblick etwas in seinem Bruder auslöste.

„Keine Scheu, ich tue dir nichts“, sagte Isida und lächelte ihn an.

Keith schien ihren Reizen nicht länger widerstehen zu können. Er machte einen Schritt auf sie zu und senkte seine Lippen an ihren Hals. Sie stöhnte auf und erschrocken fuhr Correy zusammen. Der Laut war schmerzerfüllt und es dauerte einen Moment, ehe ihm gewahr wurde, dass es gar nicht Isida war, die aufschrie.

Sein Bruder krümmte sich und stieß Schreie aus wie ein Wahnsinniger, der den letzten Funken Verstand verloren hat. Isida wurde blass und wich zurück. Das Dunkle schien nun mit aller Gewalt aus ihm herauszubrechen.

Correy hatte den Schutz des Gebüschs verlassen und wollte seinem Bruder helfen. Doch Isida packte ihn am Arm und hielt ihn davon ab, während Keith erst auf die Knie und dann der Länge nach auf den Boden sank und sich wie ein Irrer im Sand wälzte. Auf Zurufe reagierte er nicht. Das Zerbersten von Knochen hallte durch den Wald. Correy und Isida beobachteten entsetzt, wie sich Keiths Arme und Beine in unnatürliche Winkel verbogen, sich neu formierten und sein Körper sich gewaltig aufblähte. Er rief um Hilfe und krallte seine Finger in den weichen Waldboden, als wolle er sich festhalten. Aber wo eben noch seine Finger waren, ragten nun Klauen hervor. Gewaltige Klauen. Haare schossen aus allen Poren und seine Kleidung zerriss. Muskelberge türmten sich auf seinen Armen, weiteten seine Brust und seine Stimme klang wie das Grollen des Donners.

Isida hielt es nicht länger aus. Sie zog an Correys Arm und floh. Doch Correy riss sich von ihr los und blieb stehen. Ungläubig beobachtete er seinen Bruder, aus dessen riesigem Maul nur ein Grunzen und Knurren, aber kein verständliches Wort mehr drang. Mit einem Satz stand er vor ihm. Correy war wie gelähmt, unfähig sich zu rühren oder etwas zu sagen. Erst als Keith sein riesiges Maul aufriss und eine Reihe gewaltiger Reißzähne entblößte, ergriff Correy ebenfalls die Flucht.

War dieses Monster wirklich sein Bruder? Oder ein Hirngespinst? Er wollte es nicht darauf ankommen lassen, das herauszufinden. Zu groß war seine Angst es würde ihn verschlingen. So schnell er konnte rannte er durch den Wald, duckte sich unter niedrigen Zweigen hindurch und sprang über knöcherne Wurzeln hinweg. Hinter ihm vibrierte der Boden unter schweren Schritten.

Er hörte die aufgebrachten Stimmen der Männer, die ihm bereits entgegen eilten. Hinter einer Weggabelung konnte er sie sehen. Sie hatten ihre Dolche gezückt und griffen nach dicken Ästen, die sie als Schlagstöcke verwenden konnten.

„Schnell Correy, hier her!“, rief ihm Isidas Bruder zu.

Die anderen stellten sich dem Untier mutig in den Weg, das mit nur wenigen Sätzen durch das Dickicht preschte. Der Anblick ließ die Männer verstummen.

„Ein Monster!“, rief jemand von weiter hinten, der als erstes die Sprache wiedergefunden hatte.

„Holt die Stadtwache!“

„Mein Gott, was ist das nur?“

„Ein Werwolf! Rasch, wir brauchen etwas aus Silber!“

Correy schluchzte und folgte den anderen zu den Zelten. Sie würden Keith töten. Ganz bestimmt würden sie ihn umbringen.

Er wandte den Kopf, während er in Richtung Lager stolperte und sah, wie jemand mit einem silbernen Armreif an ihnen vorbei zu der Kreatur rannte. Als das Monster den Armreif sah, wich es grollend zurück und wandte sich um. Die Männer folgten ihm in den Wald. Immer mehr schlossen sich der Jagd an. Er hörte in der Ferne, wie sich die Stadttore öffneten, wie Männer miteinander sprachen und Pferde bestiegen wurden. Die ganze Stadt war aufgewacht. Alle jagten das Monster. Correy wurde in das Zelt gebracht und sank neben Killian, der durch den Lärm geweckt wurde, auf die Knie, und betete für seinen Bruder.

Hamburg, heute …

Lykandra hatte ihn verlassen.

Correy Blackdoom, der seit über 600 Jahren im Körper eines dreißig Jahre alten Mannes steckte, fühlte sich nutzlos. In jeder Vollmondnacht sandte er ein Gebet an die Urmutter der Werwölfe, auf dass sie ihn erhören möge, doch sie reagierte nicht. Als ein Krieger Lykandras war es seine Aufgabe, Vampire zu jagen, die Tod und Vernichtung über seine Art und über die Menschen brachten.

Es war ein Jahrtausende alter Krieg, der in einer Zeit begonnen hatte, die den Menschen heute unbekannt war und über alle Epochen hinweg sein blutiges Gesicht gezeigt hatte. Auf beiden Seiten war viel Blut geflossen. Immer wieder hatte es Zeiten gegeben, in denen es ruhiger geworden war. Doch der Kampf dauerte bis heute an. Correy fühlte sich schuldig, seinen Gefährten nicht beistehen zu können. Aber ohne Lykandras Führung war er von seinem Volk abgeschnitten und auf sich allein gestellt. Nach einem vernichtenden Schlag der Vampire gegen sein Rudel hatte es sich stark dezimiert und wenig später aufgelöst. Die Werwölfe waren in alle Himmelsrichtungen verstreut. Immer auf der Suche nach einer Aufgabe war er durch die Lande gereist. Doch anstatt seine Bestimmung zu finden, führte er ein Schattendasein und drohte, sich selbst aus den Augen zu verlieren. Seine Instinkte verkümmerten, seine Sinne ließen nach. Es gab keine Gemeinschaft mehr und seine leiblichen Brüder waren fort. Der eine tot, der andere von Hass und Zorn zerfressen.

Wenigstens war er während seiner Nachforschungen auf einen seiner Artgenossen gestoßen, der in Berlin lebte. Ein kleiner Hoffnungsschimmer. Er würde mit ihm Kontakt aufnehmen. Das änderte aber nichts an der Tatsache, dass sich Lykandra von ihm zurückgezogen hatte. Wie so oft fürchtete er, in ihren Augen unwürdig und nicht gut genug zu sein, um in ihrem Namen für die Werwölfe zu streiten. Er hatte einst ihre heiligen Regeln gebrochen. Kein Werwolf durfte einen anderen verraten oder töten.

Dieser Makel würde ihm ewig anheften und er konnte froh sein, dass niemand außer seinem Bruder Killian davon wusste. Die anderen hätten ihn getötet. Werwölfe betrachteten sich als große Familie. Sie würden einander niemals etwas antun, denn sie alle stammten von derselben Urmutter ab. Lykandra.

Wohl wartete er umsonst auf ein Zeichen von Lykandra. Warum sollte sie sich um jemanden wie ihn kümmern? Statt ihm eine Wolfsängerin zur Seite zu stellen, die ihn im Kampf gegen die Blutsauger unterstützte, war die Einsamkeit sein ständiger Begleiter.

Einzig Killian hatte sich um ihn gesorgt und ihm sein eigenes Wolfsauge gegeben, das von seiner früheren Wolfsängerin stammte, bevor er sich von ihm getrennt hatte. Das Wolfsauge war ein Mondkristall, der die Essenz Lykandras barg und aus dem Körper von Killians Wolfsängerin getreten war, nachdem sie starb. So war es immer. Nach dem Tode eines Wolfsängers kehrte das Wolfsauge in die Hände des Werwolfes zurück, der es zuvor verschenkt hatte. Doch Killian hatte darauf verzichtet und nun trug Correy den Stein als Anhänger mit sich, in der Hoffnung, irgendwo einer neuen Wolfsängerin zu begegnen, auf die das Wolfsauge reagierte.

Doch der Stein blieb leblos. Kein einziges Mal hatte er aufgeleuchtet. Correy wartete nun schon so lange darauf, dass es endlich geschehen möge. Bis dahin blieb ihm nichts anderes übrig, als ein normales Leben unerkannt unter den Menschen zu führen.

Er betrachtete sein Spiegelbild in der gläsernen Fläche einer Boutique. Seine Haare verbargen die spitzen Ohren, die jeder Werwolf besaß, und an denen man seine Art erkennen konnte. Er sah müde aus, weil er keine Ruhe fand. Nur Arbeit konnte ihn ablenken.

In der Welt der Menschen hatte er einen Beruf. Ihm gehörte eine Detektei. Es waren kleine Fälle, für die man ihn engagierte. So wie der, an dem er gerade dran war. Ein Ehepaar ließ die gemeinsame Tochter beschatten, weil sie fürchteten, ihr Kind könne Drogen konsumieren. Correy war der Sechzehnjährigen bis in das Einkaufszentrum gefolgt und beobachtete sie auf ihrem Shoppingrundgang. Bisher hatte sich nichts Verdächtiges ergeben. Sie erschien ihm wie eine ganz normale junge Frau, die sich für Mode, Schmuck und Schuhe interessierte. In einem Musikgeschäft hatte sie fast eine Stunde zugebracht. Obwohl das ermüdend war, blieb Correy trotzdem wachsam. Hochkonzentriert hatte er ihr Umfeld beobachtet und darauf geachtet, ob sich ihr jemand näherte und ihr heimlich etwas zusteckte oder ob sie bei jemandem etwas kaufte, der nicht zum Ladenpersonal gehörte. Aber nichts dergleichen war geschehen.

Wenn sich Correy unter den Menschen bewegte, mit ihnen so viel mehr zu tun hatte als mit Wesen seiner Art, fühlte er sich noch einsamer und ausgeschlossen. Lykandra hatte vielleicht nicht mehr als das für ihn vorgesehen.

Theresa war vom Regen in die Traufe gekommen. Anders konnte sie ihre jetzige Situation nicht beschreiben. Ihre

Kindheit war alles andere als rosig gewesen. Ihr Vater hatte ihre Mutter kurz nach ihrer Geburt verlassen und außer der Tatsache, dass man ihn immer als Schweinehund bezeichnete, darauf pochte, dass sie ja nur so missraten war, weil sie seine Tochter sei, hatte sie nicht die geringste Ahnung wer er war, und auch kein großes Interesse an ihm. Mama hatte wieder geheiratet, doch ihr Stiefvater war auch kein Hauptgewinn gewesen. Jeden Abend trank er sich voll und die Hand war ihm auch mehr als ein Mal ausgerutscht. Einziger Lichtblick war ihre kleine Schwester, die zu ihr hielt und sie gegen die Attacken des Stiefvaters verteidigte, denn Mama scherte das nicht. Sie war immer zu sehr mit sich selbst und ihren eigenen Sorgen beschäftigt. Daher hatte es auch nie jemanden interessiert, wenn Theresa über ihre Vorausahnungen sprach.

Oft hatte sie merkwürdige Träume und sah Dinge, die erst noch geschahen. Einiges davon war erschreckend gewesen. Wenn sie darüber sprechen wollte, wurde sie von ihrer Familie nur belächelt. Doch diese Dinge waren real und machten ihr Angst. Am Anfang war sie erstaunt, dass jeder so merkwürdig reagierte, wenn sie über ihre Visionen sprach. Sie konnte nicht ahnen, dass nicht jeder solche Vorahnungen hatte, denn es sprach niemand mit ihr darüber.

Die Visionen waren aber nicht nur erschreckend. So wusste sie beispielsweise im Voraus, wenn ein Fahrrad in der Gegend gestohlen wurde und sie konnte auch den Dieb benennen. Dieses Wissen entpuppte sich allerdings nicht als Segen, sondern als Fluch. Manche glaubten sogar, sie selbst hätte das Fahrrad gestohlen und versuchte, die Tat einem anderen in die Schuhe zu schieben. Anderen Menschen wurde sie immer unheimlicher. Sie entfernten sich von ihr, wenn sie über ihre Fähigkeit sprach. Man sah sie an, als sei sie verrückt, hielt sie für eine Spinnerin.

Ihr Stiefvater bläute ihr ein, keine Lügengeschichten mehr zu erfinden, denn damit bringe sie nicht nur sich selbst, sondern auch ihre Familie in Schwierigkeiten.

Mit der Zeit hatte sie gelernt, dass es besser war, die Visionen für sich zu behalten. Wie oft hatte sie sich gewünscht, diese Gabe nicht zu haben. Sie wollte doch nur so sein wie alle anderen. Akzeptiert sein, geliebt werden, Freunde haben.

Es kam der Tag, an dem sie erkannte, dass es eine Ursache für ihre Andersartigkeit gab. Obgleich sie zu diesem Zeitpunkt noch nicht wusste, was genau der Grund war, spürte sie immer wieder einen Drang zu dem was die Leute gemeinhin die Dunkle Seite nennen. Ein inneres Vibrieren erfasste sie immer wieder.

Sie interessierte sich für Mythen und Sagen und fühlte, dass sie bestimmt war für eine dunkle, wilde Energie. Sie wusste, hier lag ihre Bestimmung, konnte sie aber nie greifen. Erst Jahre später, nachdem sie sich in eine WG geflüchtet hatte und mit ihrer Freundin auf ein Konzert gegangen war, hatte sich ihr eine Welt offenbart, von der sie tief in ihrem Inneren schon immer gewusst hatte.

Gemeinsam mit der Freundin hatte sie aufregende Nächte durchlebt, in denen sie erfahren und erleben durfte, dass einige Mythen wahr und in den menschlichen Alltag integriert waren, ohne dass die meisten Menschen davon wussten.

Die Welt der Vampire.

Hier fand sie, was sie damals suchte. Anerkennung, gebraucht, ja, begehrt zu werden.

Liebe. Leidenschaft.

Sie gab sich der Sache voll und ganz hin, sie wusste es nicht besser, und nun war sie hier.

Vom lieblosen Elternhaus in die kalte Welt der Vampire. Vom Regen in die Traufe, in der Tat. Sie war, was sie war, sie konnte es nicht mehr ändern.

Eine Blutsklavin.

Eine Frau, die einem Vampir dient. In ihrem Fall war es Levan. Der schöne, unwiderstehliche, silberne Levan. Sie hatte ihn im Anschluss an ein Konzert kennen gelernt und war von seiner dunklen Aura fasziniert gewesen. Es schien, als hätte sie ihr ganzes Leben nur auf ihn gewartet. In seiner Gegenwart hatte sie von Anfang an das Gefühl gehabt, etwas Besonderes zu sein, gebraucht zu werden, eine Aufgabe zu haben. Im Gegensatz zu allen anderen ihr nahe stehenden Personen verstand er sie und was in ihr vorging, er nahm sie an wie sie war und liebte sie dafür.

Eine Zeit lang fühlte sie sich bei ihm gut aufgehoben. Levan war ihr dunkler Beschützer, ihr Liebhaber, ihr Meister. Doch was als Romanze begonnen hatte, hatte sich nach und nach in einen Alptraum verwandelt und das Wort Blutsklavin hatte eine neue Bedeutung bekommen.

Ihr größter Wunsch war immer, ihrer inneren Bestimmung zu folgen, doch das war alles andere als einfach. Es hatte mehr mit Selbstaufgabe als mit Hingabe zu tun. Die eigenen Bedürfnisse standen hinten an. Immer. Sie hatte unzählige schmerzhafte Prüfungen hinter sich gebracht, jedes Mal war sie danach stärker geworden und ihre Loyalität zu Levan war geblieben.

Mittlerweile war er aber nicht mehr ihr einziger Herr. Auch Vampire aus Levans näherem Umfeld durften ihr Anweisungen geben, die sie ausführen musste. Und wenn sie das nicht tat, folgte eine Bestrafung. Sie hatte schlicht zu spät erkannt, wie wenig Wert den Vampiren ein menschliches Leben war. Manche von ihnen töteten Menschen aus reiner Mordlust oder um sich zu erheitern. Wie gut war es da, dass sie unter Levans persönlichem Schutz stand und dass ihr keiner der anderen Blutsauger ein Haar krümmen durfte. Obgleich sie es in den Augen

Prolog

Frankreich 1377

Die Leute in den kleinen Dörfern nahe der Küste zahlten gut, um einige zirkusreife Kunststücke zu sehen. Keith konnte auf den Händen gehen und sich überschlagen, während Killian auf der Flöte spielte. Er kannte nur wenige Stücke. Doch die, welche er beherrschte, spielte er ohne jeden Fehler. Correy ging unterdessen mit einem Hut durch die Zuschauer und sammelte die Münzen, die man ihm zuwarf. Manchmal hatten sie Glück und durften auf einem Jahrmarkt auftreten, der viele Besucher mit gefüllten Geldbeuteln anlockte. Sie zogen von Stadt zu Stadt und von Dorf zu Dorf. Immer dort, wo es etwas zu feiern gab, ließen sie sich nieder, in der Hoffnung, sich etwas dazuverdienen zu können. Seit dem Tod ihrer Eltern waren die drei Brüder auf sich allein gestellt. Keith übernahm als Ältester die Führung und sorgte dafür, dass zumindest Killian und Correy etwas in den Magen bekamen. Wenn das Geld knapp wurde, nahm er kleinere Dienste an und verrichtete Botengänge. Selten kam es vor, dass er auch mal etwas stahl. Ein Brot oder eine Forelle vom Markt. Die Brüder schliefen unter Brücken oder heimlich in den Kuhställen der Bauern, um ein Dach über dem Kopf zu haben. Es waren schwere Zeiten. Doch sie gewöhnten sich an die Umstände und daran, immer auf Wanderschaft zu sein. Keith ließ nicht zu, dass jemand ihnen etwas antat. Er beschützte sie. Doch mit der Zeit veränderte er sich.

Die Brüder beobachteten sein Verhalten mit Argwohn. So kannten sie ihn nicht. So kannte er sich selbst nicht. Er wurde strenger, kälter, doch es war mehr als das. Weder er, noch seine Brüder konnten es in Worte fassen. Es war mehr ein Gefühl oder Gespür, als sei da etwas Dunk-

einiger längst gesehen hatte, dass sie ihre Zähne nur zu gern in ihren inzwischen vernarbten Hals geschlagen hätten.

Mit diesen schwermütigen Gedanken verließ Theresa das Haus und atmete die kühle Abendluft ein. Endlich war es Herbst. Sie hatte die Hitze des Sommers nicht vertragen und hatte es vorgezogen drinnen zu bleiben, anstatt sich in luftiger Kleidung unter die Menschen zu mischen. Wie angenehm kühl sich der Abend anfühlte und wie herrlich leer die Straßen nun waren.

„Beeil dich“, fuhr Maeva sie an und lief zügigen Schrittes an ihr vorbei.

Sie trug einen großen Hut, der sie vor den letzten Strahlen der untergehenden Sonne abschirmte. Außerdem saß eine Sonnenbrille auf ihrer Nase, um die empfindlichen Vampiraugen vor der Austrocknung zu schützen. Vor wenigen Jahren war Maeva noch eine Menschenfrau gewesen. Schnell hatte sie ihre Wurzeln vergessen.

„Jetzt komm schon“, fuhr sie Theresa an und hetzte sie durch die Straßen, bis sie ans Einkaufscenter gelangten. „Die Geschäfte machen bald zu.“

Normalerweise hätte Theresa die Einkäufe für sie erledigen müssen, doch dieses Mal brauchte Maeva ein Kleid, das sie unter allen Umständen selbst aussuchen wollte. In höchster Eile gingen sie durch die verschiedenen Boutiquen, bis Maeva fündig geworden war und Theresa mit ihren Einkaufstüten belud. Theresa kam sich wie ein Packesel vor. Es fehlte nur noch, dass Maeva ihr Zaumzeug umband und sie daran hinter sich her führte. Die wenigen Leute, die jetzt noch ihre Erledigungen machten, warfen ihnen verwunderte Blicke zu. Theresa wäre es an deren Stelle kaum anders gegangen. Aber in ihrer Welt standen Vampire über den Menschen und sie hatte sich ihren Regeln unterworfen. Aus Liebe, aus Dummheit und weil sie immer wieder gehofft hatte, Levan würde sich ändern. Für sie. Doch von der anfänglichen Zärtlichkeit und Leidenschaft, die er ihr entgegen gebracht hatte und nach der sie sich immer noch sehnte, war jetzt nicht mehr viel übrig. Jede Nacht stieß er kaltherzig und ohne jedes Gefühl seine Eckzähne in ihren Hals. Nachdem er mit ihr fertig war, kümmerte er sich nicht weiter um sie. Theresa aber spürte die Auswirkungen von Levans Blutkonsum deutlich. Sie war immerzu müde, sehr blass und sah fast selbst aus wie eine Vampirin.

„Das wird mir stehen", sagte Maeva und hielt vor einer kleinen Boutique.

Ihr Blick war auf ein rotes, enges Kleid im Schaufenster gerichtet, das sehr knapp war und außerdem einen Ausschnitt bis zum Bauch aufwies. Blutrot war die einzige Farbe, die die Vampirin noch wahrnehmen konnte. Es musste einen besonderen Reiz auf sie ausüben.

„Ich werde es anprobieren."

Mit diesen Worten verschwand sie in dem Laden. Theresa stellte die Tüten ab und wartete. Wie viele Kleider wollte Maeva eigentlich noch kaufen? Sie hatte bereits drei Stück erworben, über die sie genau das Gleiche gesagt hatte. Vielleicht hatte sie vor, sich öfter umzuziehen, wie es die Berühmtheiten machten, wenn sie auf eine Gala geladen waren. Etwas Ähnliches stand Maeva morgen Nacht bevor. Levan erwartete hohen Besuch aus Amerika. Für diesen Anlass brauchte die Vampirin eine passende Garderobe. Und da sie nicht mit ihren Reizen zu geizen pflegte, war dieses Kleid mit seinem weiten Ausschnitt perfekt.

Theresa seufzte leise und schloss die Augen. Sie fühlte sich unendlich müde. Gestern Nacht hatte Levan zu viel von ihr getrunken. Ihre Beine fühlten sich schwach an. Für einen kurzen Moment nickte sie im Stehen ein.

„Was stehst du hier unnütz herum?", knurrte Maeva.

Theresa erschrak. In dem Augenblick überkam sie ein wellenartiges Gefühl, das sie beinahe umwarf. Sie musste sich mit dem Rücken an das Schaufenster lehnen, um nicht das Gleichgewicht zu verlieren. Etwas würde geschehen. Sie spürte es nur undeutlich. Eine Begegnung. Eine Veränderung.

„Tut mir leid, ich …“ Sie versuchte, sich eilig zu fangen. Zitternd fuhr sie mit der Hand über ihre Stirn. Die Vision war verschwunden.

Maeva drückte ihr eine weitere Tüte in die Hand. Jetzt waren es schon vier. Die Vampirin hatte nicht gegeizt. Neben dem neuen Kleid waren zwei Paar Schuhe hinzu gekommen. In der Beziehung war Maeva ganz Menschenfrau geblieben.

„Brauchen wir noch etwas?“, fragte Theresa benommen und stolperte hinter ihrer Herrin her.

„Wir machen uns auf den Rückweg.“

Diese Worte zu hören erleichterte Theresa ungemein. Ihre Füße schmerzten. Während sie der Vampirin durch das Zentrum folgte, fragte sie sich, was es mit der Vision auf sich hatte. Sie überlegte, ob sie sich Auroras Rat dazu anhören sollte, denn obwohl die Vision nur kurz und sehr uneindeutig gewesen war, war sie doch stärker als die vorherigen. Aurora war eine Empathin. Ihre Begegnung war nicht ganz zufällig gewesen, wie sie später erfahren hatte. Aurora hatte ihr verraten, sie hätte gesehen, dass sie jemanden treffen würde, den sie schulen musste. Jemanden, der eine besondere Gabe besaß. Doch Theresa war zu dem Zeitpunkt davon überzeugt gewesen, ihre Bestimmung bei Levan gefunden zu haben und hatte Auroras Angebot dankend abgelehnt. Die kleine Frau, die immer gänzlich verhüllt durch die Gegend lief, blieb aber hartnäckig und sie trafen sich immer öfter. Erst später, als sich ihre Beziehung zu Levan veränderte, war sie letztendlich auf Auroras Angebot zurück gekommen und hatte sich nach und nach mit der merkwürdigen Frau angefreundet. In letzter Zeit hatte sie Aurora jedoch vernachlässigt und sie nahm sich vor, sie bald zu besuchen. Wie sehr Levan und die Vampire ihr doch die Kraft raubten. Sie schüttelte diesen frustrierenden Gedanken ab, denn Maeva legte ein zügiges Tempo an den Tag und so schnell sie nur konnte hastete sie ihr nach, aber sie hatte Schwierigkeiten Schritt zu halten.

Kaum hatten sie das Center verlassen, geschah es. Ganz unvermittelt. Theresas Absatz blieb in einer Rille hängen und sie stürzte der Länge nach zu Boden. Die Tüten glitten ihr aus den Händen und flogen durch die Luft. Eine landete mitten auf der Fahrbahn und ein schneller Sportwagen zerfetzte sowohl die Plastiktasche als auch den Inhalt.

Theresa richtete sich erschrocken auf. Ausgerechnet Maevas letzte Errungenschaft hatte es erwischt.

Das war ihr Todesurteil.

Schon stand sie wieder auf den Beinen und rannte zu den Überresten. Einzelne Stofffetzen säumten die Straße. Theresa spürte, wie ihr die Tränen in die Augen stiegen. Verflucht, wie hatte sie nur so ungeschickt sein können?

„Du blöde Kuh!", keifte Maeva, packte sie an den Haaren und zog sie von der Straße.

Theresa spürte die verunsicherten Blicke vorbei eilender Passanten, aber niemand schritt ein. Die Vampirin zog so fest an ihren Haaren, dass sie glaubte, sie würde ihr gleich den ganzen Skalp abreißen.

„Wie kann man nur so unfähig sein?", kreischte Maeva und zerrte Theresa meterweit hinter sich her.

Genau genommen war es gut, dass ihr niemand half. In ihrer Wut hätte Maeva womöglich noch einen Helfer angegriffen.

„Es tut mir leid! Das war keine Absicht."

„Du bist sogar zu blöd zum Laufen!"

„Bitte, Maeva. Ich wollte das nicht."

„Halt den Mund."

Wütend ließ Maeva von ihr ab. Theresa geriet ins Straucheln und stürzte zu Boden, während die Vampirin die übrigen Tüten aufhob. Ihr Körper bebte vor Zorn und sie hatte das dumpfe Gefühl, dass das längst noch nicht alles war, was sie zu spüren bekommen würde.

„Wirklich, Maeva ..."

„Ich hab gesagt, du sollst den Mund halten." Maevas Blick fiel auf die Uhr. Es war kurz vor acht Uhr. „Die Boutique macht in fünf Minuten zu. Ich rate dir, die Beine in die Hand zu nehmen und mir ein neues Kleid derselben Art zu besorgen."

Theresa atmete auf. „Keine Sorge, Maeva. Du bekommst ein neues Kleid."

Die Vampirin funkelte sie ungeduldig an. „Quatsch nicht lange herum, mach dich auf den Weg."

Theresa eilte los. Obwohl ihr Absatz abgebrochen war, gelang es ihr erstaunlich gut, das Gleichgewicht zu halten. Sie stolperte und schlitterte durch die große Halle, bog um eine Ecke und fuhr mit der Rolltreppe ins obere Stockwerk. Eine große Uhr hing von der Decke. Ihr riesiger Zeiger bewegte sich bedrohlich auf die zwölf zu. Gleich war es acht.

Sie rannte weiter, knickte mit dem Fußgelenk um. Verflucht. Es tat höllisch weh. Als wären sämtliche Bänder gerissen. Tapfer biss sie die Zähne zusammen und stolperte weiter. Wenigstens rückte die Boutique in Sichtweite. Aber als Theresa die Tür erreichte, musste sie zu ihrem Entsetzen feststellen, dass sie verschlossen war. Das Licht war jedoch noch an und eine Frau stand an der Kasse. Offenbar machte sie die Abrechnung.

Hektisch klopfte sie gegen die Scheibe. „Machen Sie bitte auf! Ich muss noch etwas kaufen!"

Die Frau blickte hoch, schüttelte den Kopf. Ganz offensichtlich hatte sie kein Interesse daran, noch einen Gewinn am Abend einzufahren. Wahrscheinlich handelte es sich um eine kleine Angestellte, der es im Grunde egal sein konnte und die jetzt lieber rasch nach Hause wollte.

„Hören Sie, es ist wichtig! Bitte!“

Theresa schlug so heftig mit ihren Fäusten gegen das Glas, dass sie fürchtete, es würde zerbrechen.

Genervt kam die Verkäuferin endlich auf sie zu, schloss die Tür auf und lugte hindurch.

„Ja?“, fragte sie unfreundlich.

„Ich muss dieses Kleid noch einmal kaufen. Das da!“

Theresa deutete auf die lebensgroße Schaufensterpuppe, die Maevas knappen, rotes Dress anhatte.

„Das haben wir nicht mehr.“

„Wie meinen Sie das? Ich sehe es doch hier im Schaufenster!“

„Schon, aber das ist doch nur das Muster.“

„Welche Größe hat es?“

„Normale Puppengröße. Was weiß ich.“

Theresa versuchte, die Figur der Puppe mit Maevas schlanker Taille zu vergleichen und kam zu dem Schluss, dass das Kleid passen würde.

„Ich nehme es!“

„Das geht nicht. Hören Sie, wir kriegen übermorgen eine neue Lieferung. Dann können Sie zu unseren Öffnungszeiten herkommen und eins kaufen.“

„Nein!“ Sie bekam einen Schweißausbruch. „Ich brauche es jetzt.“

Wenn sie Maeva enttäuschte, würde die sie bestrafen. Und Maeva konnte sehr grausam sein.

„Ich denke, das Kleid würde Ihnen vortrefflich stehen“, sagte plötzlich jemand.

Ein Mann stand neben ihr, die Hände steckten lässig in seinen Hosentaschen und sein Blick glitt prüfend über das rote Kleid.

Theresa hatte keine Ahnung wer das war und was er von ihr wollte. Aber sie war froh, dass noch jemand dazu gekommen war, der ihr vielleicht dabei helfen konnte, die widerspenstige Verkäuferin zu überzeugen.

„Mag ja alles sein, aber das ist nur das Muster. Das verkaufen wir nicht. Außerdem habe ich heute noch mehr vor. Sie entschuldigen mich bitte."

„Nein!" Theresa stellte rasch einen Fuß in die Tür.

„He, was fällt Ihnen denn ein?"

„Beruhigen Sie sich", mischte sich der Fremde ein und zückte seine Brieftasche.

Theresa beobachtete ihn verunsichert und fragte sich, was er vor hatte. Der verwirrte Gesichtsausdruck der Verkäuferin ließ darauf schließen, dass sie sich genau dieselbe Frage stellte.

„Ich zahle Ihnen 250 Euro, wenn Sie uns das Kleid aus dem Schaufenster geben."

Theresa traute ihren Ohren nicht. Der Kerl musste verrückt sein.

„250 Euro?", wiederholte die Verkäuferin ungläubig.

„Richtig. Das sind 50 Euro für Sie und 200 Euro für das Kleid. Lassen Sie sich irgendeine Geschichte einfallen und geben Sie es der Dame."

„Hören Sie, das kann ich gar nicht annehmen", sagte Theresa, die selbst nur 200 Euro dabei hatte. Die Geste war zwar nett, aber sie mochte den Gedanken nicht, bei jemandem in der Schuld zu stehen. Schon gar nicht, wenn es ein völlig fremder Mann war.

„Na schön, wenn Sie so scharf auf das Kleid sind", sagte die Verkäuferin plötzlich und ließ die Tür offen.

„Nein, nein. Ich komme übermorgen wieder." Vielleicht konnte sie sich ja irgendwie mit Maeva einigen.

„Ich bestehe darauf, Ihnen das Kleid zu kaufen. Ich bin überzeugt, dass Sie großartig darin aussehen werden.“

Er lächelte sie an. Zum ersten Mal nahm sie sich die Zeit, in sein Gesicht zu blicken. Der Typ hatte ein süßes Lächeln und seine Augen lachten mit. Wirklich sympathisch. Dichtes, dunkelblondes Haar umrahmte seine männlichen Züge und seine Augen leuchteten in einem satten Grün, das sie an eine Sommerwiese denken ließ.

„Ich bin Ihnen sehr dankbar. Aber ich kenne Sie doch gar nicht und kann das Geschenk wirklich nicht annehmen.“

„Sie lernen mich in diesem Moment kennen.“ Sein Lächeln wurde breiter und steckte sie an.

„Lassen Sie mich wenigstens die 200 Euro für das Kleid bezahlen.“

Er schüttelte den Kopf. „Wie Sie schon feststellten, ist es ein Geschenk.“

„Irgendwie muss ich Sie doch entschädigen.“

„Dann gehen Sie mit mir einen Kaffee trinken.“

Theresa lachte. Das war also eine Anmache. Noch dazu eine ziemlich charmante, aber auch sehr teure. Gegen einen Kaffee sprach im Grunde nichts. Levan würde es nicht erfahren, wenn sie sich tagsüber trafen. Sie war neugierig, was diesen Mann dazu bewegte, ein kleines Vermögen für eine fremde Frau auszugeben. Zögerlich nickte sie und wandte ihren Blick zum Schaufenster, hinter das die Verkäuferin geklettert war, um die Puppe zu entkleiden.

Correy betrachtete die junge Frau mit dem hübschen Gesicht und dem langen Haar, das über ihre Schultern fiel. Sie war groß und ihr Profil hatte etwas apartes. Selten fand er ein Mädchen auf Anhieb so attraktiv. Aber das war es nicht, was ihn in erster Linie interessierte. Er hatte nicht gemerkt, wann genau sie seinen Weg gekreuzt hatte. Doch die plötzliche Wärme auf seiner Brust hatte ihn aufmerken lassen und es dauerte einen Moment, ehe ihm bewusst geworden war, dass es sich um seinen Anhänger handelte.

Vor Freude und Unglauben darüber, dass der Kristall an seiner Kette nach all der Zeit endlich reagierte, wäre er fast bis zur Decke gesprungen. Welch Erleichterung, welch Wunder!

So schnell er nur konnte war er der Verursacherin dieser Reaktion gefolgt, bis er im zweiten Stock des Einkaufszentrums angelangt war und das Gespräch zwischen den beiden Frauen mitbekommen hatte.

Lykandra war zu ihm zurückgekehrt. Endlich.

„Also, heißt das ja? Freut mich. Ich hoffe, Sie werden das Kleid dann tragen."

Sie schüttelte scheu den Kopf. „Es ist ja gar nicht für mich, sondern für eine Freundin."

Schade. Dieses rote Schmuckstück hätte an ihrem schlanken Körper sicherlich hinreißend ausgesehen.

„Wenn Sie es jetzt nicht mehr bezahlen möchten, bin ich Ihnen nicht böse. Ich sollte Ihnen ohnehin nicht nachgeben. Auch wenn es sehr nett gemeint ist."

„Dieses Kleid gehört Ihnen. Es ist mein Geschenk an Sie. Ihre Freundin muss sich etwas anderes aussuchen. Es ist wie für Sie gemacht."

Er sah, wie sich ihre Wangen röteten und war verzaubert. Sie wirkte unbeholfen und unsicher, wodurch sie etwas in ihm weckte, das lange Zeit geschlafen hatte. Seinen Beschützerinstinkt.

„Danke, das ist sehr freundlich."

Die Verkäuferin lugte wieder durch die Tür hindurch und reichte der jungen Frau eine Tüte. Correy übergab ihr im Gegenzug die vereinbarte Summe.

„Die Firma dankt", sagte die Verkäuferin und schloss ab.

„So ein großzügiges Geschenk habe ich noch nie bekommen."

Ihr Lächeln war entzückend.

„Ich glaube, ich habe mein Geld gut investiert. Ihr Lächeln belohnt mich sehr."

Sie gingen ein Stück zusammen, und ihm fiel auf, dass der Absatz einer ihrer Schuhe abgebrochen war und just in dem Moment, in dem ihm dieser Umstand ins Auge fiel, rutschte sie aus und drohte, zur Seite zu fallen. Mühelos fing er sie auf.

„Vorsicht."

Ihr Duft stieg ihm in die Nase und sendete Glückshormone durch seine Venen. Sie fühlte sich weich und zart an, geradezu zerbrechlich.

„Das ist heute wirklich nicht mein Tag", sagte sie und richtete sich wieder auf.

„Mit solchen Dingern könnte ich nicht laufen."

„Ich auch nicht, wie Sie sehen."

Der helle Klang ihres Lachens sandte gleich noch einen Schauer den Glückshormonen hinterher. Dieses zarte Wesen war einfach zauberhaft.

„Also, nochmals vielen Dank. Wirklich nett, dass Sie mir geholfen haben. Ich werde mich auch revanchieren, das verspreche ich."

„Mit einem Besuch in meinem Lieblingscafe."

Sie lachte wieder auf diese herzerfrischende Weise, die ihm ein amüsiertes Grinsen auf die Lippen trieb.

„Sagen wir morgen Nachmittag um vier?"

Sie nickte zögerlich. „Wo?"

„Im Café Grande. Am U-Bahnhof Schlump."

„Einverstanden."

Sie lächelte ihn an, bevor sie sich abwendete. Es war schade, sie nun gehen zu lassen, aber er wollte den ersten Kontakt nicht überstrapazieren, auch wenn er sich gern länger mit ihr unterhalten hätte. Doch morgen war auch noch ein Tag. Obwohl er zu einem Einzelgänger geworden war und nur noch wenige Menschen an sich heran ließ, fand er dieses Mädchen erfrischend anders. Der kurze Augenblick, in dem sie Körperkontakt hatten, hatte seine Sinne belebt. Und ihre zart violett schimmernden Augen sowie die vollen Lippen, die äußerst einladend wirkten, störten den Gesamteindruck in keiner Weise.

Wichtiger als das war jedoch die Tatsache, dass sie der Rückfahrtschein in seine Welt war. Durch sie würde er wieder Kontakt zu Lykandra und den anderen Werwölfen herstellen können.

Er steckte die Hand in seine Jackentasche, in die er das Wolfsauge hineingetan hatte, nachdem es ihm am Hals zu heiß geworden war. Es glühte nicht mehr, weil sie nicht mehr in der Nähe war.

Correy musterte den Kristall in seiner Hand, der in allen Farben des Regenbogens schimmerte. So nah und doch so fern. Aber er würde sie wiedersehen. Jetzt, da er wusste, dass sie in dieser Stadt lebte, würde er alles daran setzen. Freude und Erleichterung machte sich in ihm breit. Endlich hatte er gefunden, wonach er so lange gesucht hatte.

Motiviert wandte er sich wieder seinem eigentlichen Auftrag zu. Das Mädchen, das er beschatten sollte, saß noch immer in der Bar, in der er es zuletzt gesehen hatte.

Theresa hatte Glück gehabt. Maeva war längst nach Hause gegangen, als sie das Einkaufszentrum verließ und sie selbst kehrte nun auch in ihre eigenen vier Wände zurück. Nach ihrer wilden WG Zeit war sie in eine Einzimmerwohnung gezogen, die alles andere als komfortabel eingerichtet war. Die Mietpreise waren teilweise astronomisch und für wenig Geld konnte man nicht viel erwarten. Wie gut war es da, dass ihr dieser nette Fremde, dessen Namen sie gar nicht erfahren hatte, finanziell ausgeholfen hatte. Die 200 Euro hätten sich in ihrer Haushaltskasse deutlich bemerkbar gemacht. Dennoch hatte sie ein schlechtes Gewissen, eine solch hohe Summe von einem unbekannten Mann anzunehmen. Sie mochte es nicht sonderlich, jemanden etwas zu schulden. Vielleicht würde sich eine Gelegenheit ergeben, ihm etwas zurück zu geben.

Sie ließ sich in ihren alten, knarrenden Sessel fallen, den sie einst in einem guten Zustand auf dem Müllplatz fand, und musterte die Tüte, die sie auf dem Tisch abgestellt hatte. Neugierig war sie schon, wie das Kleid an ihr aussehen würde. Levan wollte, dass sie morgen Nacht bei dem Empfang dabei war. Sie brauchte also auch eine passende Garderobe, noch dazu hatte ihr Gönner ausdrücklich gesagt, dass es ein Geschenk für sie und nicht für Maeva war. Demnach konnte sie ihr eigenes Kleid ruhig einmal anprobieren.

Es saß perfekt.

Als hätte man es für sie angefertigt. Ihre Körbchen B Brüste kamen ohne einen stützenden BH aus und der Ausschnitt ging gar nicht so tief, wie sie befürchtet hatte. Die Kürze des Rockteils war nicht ganz ihr Fall, doch ihre Beine waren lang und schlank genug, um sie zu zeigen.

Aber konnte sie das auch tun?

Levan hatte gewiss nichts dagegen. Doch Maeva würde aus der Haut fahren und es würde Ärger geben. Andererseits gefiel sie sich sehr in dem roten Stoff. Sie war selbstkritisch, aber an diesem Kleid gab es nichts auszusetzen. Es war ein Traum.

Sie kicherte leise, als sie sich Maevas missgünstiges Gesicht vorstellte, wenn sie in diesem Kleid in Levans Loft auftauchte. Allein der Anblick wäre eine Bestrafung wert. Levan würde schon darauf achten, dass Maeva nicht zu hart mit ihr umging, und falls doch, das nahm sie heute mal in Kauf. Sie erwarteten wichtigen Besuch aus Amerika und da konnte Maeva es sich eigentlich gar nicht leisten, übermäßig aus der Haut zu fahren. Am Ende blamierte Maeva sich nur selbst, wenn sie ihrem Zorn Luft machte. Nachdem Theresa sich noch eine Weile die Situation harmlos geredet hatte, entschloss sie sich, das Kleid morgen abend zu tragen.

„Was darf es denn sein?“, fragte die Kellnerin.

Correy blickte auf. Sie war jung und hübsch, ihr Lächeln eine Augenweide und es erinnerte ihn an das zauberhafte Lächeln der kleinen Wolfsängerin, die noch nicht ahnte, was sie war.

„Einen Cappuccino, bitte.“

„Sehr gern.“ Sie zwinkerte ihm zu.

Correy hatte sich mit seiner Garderobe Mühe gegeben, sein bestes Hemd angezogen, die Haare gebändigt und zu einem kleinen Zopf gebunden. Sorgsam hatte er darauf geachtet, dass seine spitzen Ohren nicht zum Vorschein kamen. Wer die wolfsförmige Endung doch einmal sah, gab sich recht leicht mit der Erklärung zufrieden, es handele sich um eine Genmutation in seiner Familie. Dass sie das untrügliche Erkennungsmerkmal eines Werwolfs waren, wussten die Menschen nicht.

„Ihr Cappuccino." Sie stellte ihm eine große Tasse vor die Nase. Auf dem Unterteller lag eine Waffel.

„Danke."

Erneut blickte sie ihn länger als nötig an. Ganz offensichtlich hatte sie Gefallen an seiner Erscheinung gefunden. Er fühlte sich geschmeichelt, allerdings waren ihm diese weiblichen Reaktionen nicht allzu fremd. Frauen fanden ihn attraktiv. Was ihn jedoch nie dazu veranlasst hatte, seine Wirkung auf das weibliche Geschlecht auszunutzen. Er suchte etwas ganz anderes. Und vielleicht würde er es mit der Hilfe der kleinen Wolfsängerin finden, so er sie erst davon überzeugt hatte, das Wolfsauge anzunehmen und für ihn zu arbeiten. Sie zu überzeugen würde sicher nicht ganz einfach werden. Aber er war motiviert und glücklich darüber, dass Lykandra ihm endlich eine Chance gab.

Eine junge Frau betrat das Café, aber es war nicht das Mädchen von gestern Abend. Allmählich wurde er unruhig. Ein Blick auf die Uhr verriet, dass sich die Kleine mittlerweile um satte zwanzig Minuten verspätete. Würde sie ihn versetzen, wäre das fatal.

Er trank seinen Cappuccino und wartete eine weitere halbe Stunde. Erst dann war er überzeugt, dass sie nicht mehr kommen würde. Die Enttäuschung musste man ihm angesehen haben, denn die nette Kellnerin war sofort zur Stelle und das nicht nur, um abzukassieren.

„Tut mir wirklich leid, dass man Sie versetzt hat. Ich hätte das nicht mit Ihnen gemacht", sagte sie und legte den Kassenbon auf den Tisch.

„Woher wissen Sie, dass ich jemanden erwarte?"

„Sie haben immer wieder zur Tür und dann auf Ihre Armbanduhr gesehen." Sie lächelte ihn schüchtern an.

„Beehren Sie uns doch bald wieder. Ich würde mich freuen.“

Correy nickte und erhob sich, um sich auf den Weg zurück in seine Detektei zu machen, die gleichzeitig Büro und Wohnung war.

Als er die Zweizimmerwohnung in der Emiliastraße betrat, roch es nach Fisch. Martha, die gute Seele, die als Einzige von seiner wahren Natur wusste, für ihn die Wohnung sauber hielt und ab und zu einkaufen ging, hatte an diesem Abend für ihn gekocht.

„Guten Abend, Herr Blackdoom“, sagte sie und stellte einen mit Gemüse und Fisch gefüllten Teller auf den kleinen Tisch in der Küche. Martha war eine beleibte Dame in den besten Jahren, die er vor Jahren als Putzfrau eingestellt hatte. „Ich habe mir erlaubt, die Jalousien herunterzulassen und die Vorhänge schon mal zuzuziehen.“

„Vielen Dank, Martha. Aber heute Nacht erwarten wir keinen Vollmond.“

Martha gluckste verlegen. „Habe ich mich schon wieder mit den Tagen geirrt?“

Da sie wusste, dass er ein Werwolf war, kannte sie auch die schrecklichen Auswirkungen des Vollmonds auf seinen Körper. Durch Zufall hatte sie sein Geheimnis erfahren. Vor etwas mehr als acht Jahren, er hatte damals noch in einem anderen Bezirk gewohnt, hatte es wieder mal eine Zeit gegeben, in der er verzweifelt war und sich und seine Existenz verachtet hatte. Zum Teil, weil Lykandra ihn nicht erhörte, schlimmer, ihn gänzlich ignorierte, zum anderen, weil er sich schuldig fühlte.

Er hatte seinen Bruder Keith auf dem Gewissen. Kein Werwolf durfte einem anderen schaden. Er war ein Verräter.

Die Nächte, in denen er sich mit Schuldgefühlen quälte, waren besonders gefährlich, denn er neigte dazu, leichtsinnig und selbstzerstörerisch zu handeln. So war es auch in jener Nacht vor acht Jahren. Er hatte die Vorhänge offen gelassen, sich auf den Teppichboden gelegt und gewartet, bis das Licht des Mondes durch das Fenster über seinen Körper glitt. Die Folgen waren schmerzhaft. Selbstkasteiung.

Als Werwolf besaß er zwei latente Gestalten. Zum einen konnte er sich zu jeder Tages- und Nachtzeit in einen Wolf verwandeln. Das war vorteilhaft und half bei seinen Ermittlungen. Zum anderen gab es noch die zweite Gestalt. Sie war größer, mächtiger, gefährlicher und glich am ehesten dem, was sich Menschen in ihren Geschichten und Filmen unter einem Werwolf vorstellen.

Ein muskulöses, gigantisches Wesen mit Fell, riesigen Pranken und scharfen Reißzähnen. Diese zweite Gestalt löste während der Verwandlung unvorstellbare Schmerzen aus. Knochen brachen und verschoben sich, Muskelberge wuchsen. Ein grausamer Prozess, dem die meisten Werwölfe aus dem Weg gingen. Nur in höchster Not ließen sie die Verwandlung zu. War diese erst einmal abgeschlossen, steckte der Werwolf in einem mächtigen Körper, der so gefährlich war wie eine Waffe. Vampire konnten in diesem Zustand leicht erledigt werden. Allerdings hielt die Verwandlung nur so lange an, wie er dem Licht des Mondes ausgesetzt war. Es genügte eine dunkle Wolke, um sie zu unterbrechen.

Correy begrüßte die Schmerzen, er wollte sie spüren. Sie waren das Einzige, das ihn darin erinnerte, am Leben zu sein und gleichzeitig eine gerechte Strafe für seine Untat. Ein Brennen erfasste seine Haut, als das Licht des Mondes über sein Gesicht strich. Dieses sollte sich als erstes verwandeln. Schon hörte er das Zersplittern und Knacken seiner Wangen und Kieferknochen. Tränen stiegen ihm in die Augen. Der Schmerz raubte ihm fast den Verstand. Es pochte und pulsierte überall. Ganz langsam schoben sich Ober- und Unterkiefer nach vorne, bildeten eine Schnauze. Über seinen Augenbrauen wuchsen Wulste. Sekundenlang war ihm schwarz vor Augen. Dann erfasste die Verwandlung seinen ganzen Körper. Er schrie, wand sich am Boden, schlug mit Armen und Beinen um sich. Doch er bereute nicht, dass er sich selbst dieser Folter aussetzte. Immer musste er an Keith denken und dann erschien ihm die Verwandlung nur noch als eine zu milde Strafe.

Seine Brust schwoll an, die Rippen sprangen auseinander, mussten Platz schaffen für riesige Organe, für Muskeln, die sich unter seiner brennenden Haut türmten. Er war nun schon zu geschwächt, um noch zu schreien. Die Verwandlung kostete alle Kraft und das Schlimme war, sie war noch immer nicht vollendet.

„Herr Blackdoom!", schreckte ihn damals plötzlich die aufgeregte Stimme Marthas auf.

Er hob den Kopf und sah die kleine Frau nur wenige Schritte entfernt im Wohnzimmer stehen. Sie starrte ihn an. Übelkeit stieg in ihm hoch. Wieso war sie hier?

Mit letzter Kraft begab er sich auf alle Viere und versuchte aus ihrem Blickfeld zu krauchen. Sie durfte ihn nicht so sehen. Aber dafür, war es zu spät. Sie hatte längst gesehen, was menschlichen Augen verborgen bleiben sollte.

Natürlich war sie vor Angst starr geworden und rührte sich nicht. Correy musste daran denken, wie die Leute seinen Bruder angesehen und schließlich die Jagd auf ihn eröffnet hatten, weil sie glaubten, Werwölfe seien Ausgeburten der Hölle. Nun, wie sollte er es ihnen und vor allem Martha verübeln? Er selbst hatte Keith ebenfalls gefürchtet. Nur wusste er es nun besser.

„Gehen Sie, Martha", wollte er sagen, aber es kam nur ein Grollen aus seiner Kehle. In dieser Gestalt konnte er nicht sprechen. Es klang fast wie das Jaulen eines verwundeten Hundes. Dies musste der Moment gewesen sein, in dem Martha eine Entscheidung traf, die ihn überraschte.

Sie verließ ihn nicht, sondern kombinierte schnell und zog die Vorhänge zu. Correy blieb erschöpft liegen. Ganz langsam und unter weniger schmerzhaftem Druck schob sich alles an seinem Körper wieder an seinen angestammten Platz zurück. Die Kleider lagen zerfetzt neben ihm und er war nackt. Lag auf dem Bauch, mit dem Gesicht nach unten und wusste nicht was er sagen sollte. Sein Herz pochte so heftig in den Ohren, dass er Marthas nahende Schritte kaum durch das Rauschen hindurch hörte.

Seine menschliche Gestalt musste ihr die Angst genommen haben. Sie hockte sich neben ihn. Kurz zögerte sie, dann legte sie die Couchdecke über ihn, so dass er sich darin einhüllen und aufsetzen konnte. Als er sie ansah, suchte er vergebens nach Abscheu in ihrem Gesicht. Er verstand das alles nicht. Hätte sie nicht schreiend fortlaufen und die Polizei holen müssen? So wie es die Menschen immer taten, wenn sie auf einen seiner Art stießen.

„Geht es Ihnen besser?“, fragte sie leise.

Ihr Atem ging rasch. Er sah es an den hektischen Bewegungen ihres Brustkorbs. Noch war es ihr nicht ganz geheuer, doch sie hatte sich dazu entschieden, erst einmal zu bleiben.

Er nickte zögerlich. „Was tun Sie hier?“

„Ich hatte vergessen, die Waschmaschine auszustellen und bin noch mal zurückgekommen.“

Ihr Pflichtbewusstsein hatte sie also zurückgeführt. „Martha, was Sie heute Abend gesehen haben … ich muss Sie bitten …“

„Sie können sich auf mich verlassen.“

Sie hatte gewusst, was er sagen wollte. Später hatte er erfahren, warum sie an diesem Abend entschieden hatte, seine Vertraute zu bleiben. Er hatte sie an ihren Sohn erinnert, der in die USA ausgewandert war und zu dem sie keinen Kontakt mehr hatte. Die Ähnlichkeit sei über das Äußere hinaus gegangen. Und sie habe von Anfang an gespürt, dass er kein schlechter Mensch sei. Außerdem habe er ausgesehen, als brauche er Hilfe. Und Menschen, die Hilfe brauchten, verweigerte Martha sich nie.

„Hatten Sie Erfolg mit der Wolfsängerin?“, fragte Martha und holte ihn in die Gegenwart zurück.

„Leider nicht“, sagte er. Seine Hand glitt wie von selbst zu dem Kristallanhänger. „Sie ist nicht erschienen.“

Martha setzte sich neben ihn und drückte mütterlich seine Hand. Ihr freundliches Lächeln spendete wie so oft Trost und er war dankbar für ihre Zuneigung

„Machen Sie sich keine Sorgen. Sie wissen doch nun, dass sie in der Stadt ist. Jetzt brauchen Sie nur noch etwas Geduld, um sie wiederzufinden. Sie haben schon ganz andere aufgespürt.“

Das stimmte und hob seine dunkle Stimmung etwas. Seine Nase hatte ihn nie im Stich gelassen. Und ihren Duft hatte er sich eingeprägt.

Theresa war sehr spät aufgestanden. Sie hatte verschlafen, was sie auf den hohen Blutverlust vom Vorabend schob, und hatte unter starkem Zeitdruck gestanden, denn es gab einiges vorzubereiten. Levan hatte sie damit beauftragt, für die Speisen heute abend zu sorgen, da ihr amerikanischer Gast kein Blutsauger war und für Levan, der sich selbst als guten Gastgeber sah, war es eine Selbstverständlichkeit, mit einer opulenten Bewirtung aufzuwarten. Der Geschäftsmann stammte aus einer reichen Familie und war daher niveauvolles Essen gewöhnt. Theresa hatte

Austern, Königskrabben und Hummer besorgt. Das Beste vom Besten war für den Amerikaner, der, wie Maeva angedeutet hatte, ein wertvolles Geschenk mitbrachte, gerade gut genug. Ganz offensichtlich wollte man Eindruck schinden. Das wiederum ließ den Umkehrschluss zu, dass es sich um einen äußerst wichtigen Gast handelte. Theresa hatte sich gefragt, warum ihre Anwesenheit erwünscht war. Normalerweise hielt Levan sie aus seinen Geschäften raus.

Die Einkäufe hatten sich hingezogen und als sie endlich alles besorgt und in Levans Loft fertig zubereitet abgeliefert hatte, so dass es nur noch aus dem Kühlschrank genommen werden musste, war ihr Blick auf die Uhr gefallen. Verdammt. Sie hatte doch noch eine Verabredung. Und jetzt war sie über eine halbe Stunde über der Zeit. Sie beeilte sich, nach Schlump zu kommen, doch als sie endlich das Café Grande gefunden hatte, musste sie enttäuscht feststellen, dass der Fremde nicht mehr dort war. Hätte sie doch nur seine Telefonnummer gehabt, sie hätte alles erklären können. Aber so wusste sie weder, wer er war, noch wie sie ihn erreichen konnte. Sicherheitshalber fragte sie den Ladenbesitzer, ob jemand eine Nachricht für sie hinterlassen hatte. Fehlanzeige.

So schnell würde sie sich das nicht verzeihen. Der Mann hatte ihr immerhin ein hundsteures Geschenk gemacht. Und alles, was er im Gegenzug dafür verlangt hatte, war, einen Kaffee mit ihr trinken zu dürfen. Nun gut, möglicherweise hatte er Hintergedanken. Aber das war alles andere als verwerflich. Im Gegenteil. Sie hatte sich in seiner Nähe wohl gefühlt. Theresa konnte sich nicht daran erinnern, wann das letzte Mal jemand so freundlich und zuvorkommend gewesen war wie er, der einer Wildfremden einfach so aus der Klemme half. Wenn sie darüber nachdachte, war ihr etwas Vergleichbares noch nie passiert. Sie bedauerte es sehr, dass sie ihn verpasst hatte.

Sie kehrte in ihre Wohnung zurück, um sich für den Abend vorzubereiten. Ausgiebig bürstete sie ihre Haare, die in dicken Wellen über ihre Schultern fielen. Sie streifte sich das rote Kleid über und erneut überkam sie ein ungutes Gefühl. Es sah traumhaft aus, betonte ihre Figur und ließ sowohl ihre Brüste als auch ihren Po in genau der richtigen Größe erscheinen. Aber wenn sie sich darin sah, musste sie an den edlen Spender denken, der glauben musste, dass sie ihn versetzt hatte. Sie legte ein weißes Seidentuch an, um die Spuren der Vampirzähne zu verbergen, die sich jede Nacht in ihr Fleisch gruben.

Theresa drehte sich und betrachtete ihre Rückenansicht. Ja, das musste sie zugeben, ihr Po sah wirklich niedlich aus in dem kurzen Kleidchen. Sie legte die Bürste auf der Schminkkommode ab und überlegte, ob sie ihre Haare besser offen oder hochgesteckt tragen sollte. Mit beiden Händen fuhr sie in die dicke Mähne, formte sie zu einem Dutt. Von allen Seiten betrachtete sie die Frisur, bis sie die Haarpracht wieder fallen ließ. Für den Anlass waren offene Haare wohl besser geeignet. Vielleicht beachtete Levan sie jetzt wieder mehr. Maeva würde wahrscheinlich ausflippen, aber die Aussicht, wieder etwas mehr Zuneigung von Levan erfahren zu können, machte es das Risiko unter Maevas Zorn zu leiden wert.

Ach, wem machte sie hier eigentlich etwas vor?

Sie griff nach dem knallroten Lippenstift und trug ihn auf. Ihre Hand zitterte so sehr, dass sie sich vermalte. Verärgert legte sie den Lippenstift zur Seite und zog ein Feuchtigkeitstuch aus einem Pappkarton, um den Fehler zu bereinigen. Sie würde sich von Maeva nicht ins Boxhorn jagen lassen. Sollte sie doch vor Eifersucht fluchen. Levan würde sie beschützen.

Hoffentlich. Sie musste nur an ihn glauben, ihm vertrauen. Sie liebte ihn schließlich. Nein, das stimmte nicht ganz. Sie war sich ihrer Gefühle längst nicht mehr so sicher. Doch sie hatte ihn geliebt. Am Anfang. Aus ganzem Herzen. Er war so aufregend und leidenschaftlich gewesen, er hatte sie in dem Glauben erobert, dass sie ihm etwas bedeute. Für ihn wichtig war. Von diesem Levan war allerdings nicht mehr allzu viel übrig. Jetzt war Maeva die Dame seines Herzens. Und Theresa zweifelte, ob er jemals etwas für sie empfunden hatte. Es sah nicht danach aus. Sie war nur die Blutsklavin. Nicht mehr, nicht weniger. Eine wandelnde Mahlzeit. Wenn es ihm beliebte, rief er sie zu sich, trank ihr Blut und schickte sie wieder fort. Von Zärtlichkeit war keine Rede mehr. Und Gespräche mit ihr langweilten ihn nur noch.

Aber verlassen konnte sie ihn nicht. Das ging nicht. Nicht, wenn man eine Blutsklavin war. Eine Blutsklavin war das Eigentum ihres Herrn. Er konnte über sie verfügen, wie es ihm beliebte. Und er würde sie töten, wenn sie es wagte, ihn zu verlassen. Das metaphysische Band, mit dem er sie an sich kettete, war so eine Art Schutz gegen Fremdgehen oder Verlassen. Ein vampirischer Keuschheitsgürtel. Sie kannte auch Geschichten, in denen sich Vampire mehrere Blutsklaven in verschiedenen Funktionen gehalten hatten, die alle ihrem Herrn oder ihrer Herrin auf Gedeih und Verderb ausgeliefert waren. Niemand kam von ihnen wieder los. Das starke, magische Band, das zwischen dem Herrn und seinen Sklaven entstand, welches der Vampir wob und mit seiner Lebensenergie aufrecht erhielt solange er lebte, wurde den Menschen, bevor sie zu Blutsklaven wurden, freilich nicht erklärt. Sie hatte viel darüber gehört und das Band, das sie an Levan heftete, spürte sie jeden Tag.

Es war nicht so, dass die Vampire ihr freiwillig all ihre Geheimnisse preisgaben, nein, sie hatte gelernt, sich unsichtbar zu machen und zu lauschen. Doch woher die Vampire ihre übernatürlichen Kräfte hatten, woher sie kamen und all dies, darüber wusste sie bis auf ein paar rudimentäre Dinge nicht viel. Sie wusste, dass alle Vampire eine Urmutter hatten, Pyr, aber sie weilte nicht auf der Erde. Theresa bekam vage und unbefriedigende Antworten auf ihre Fragen hie und da, mehr erklärte man einem Sklaven nicht. Wenn überhaupt.

Auch ihre Visionen hatten keine Antwort darauf. Durch das häufige Trinken der Vampire und ihre daraus folgende körperliche Schwäche, waren ihre Visionen ohnehin sehr selten und weniger intensiv geworden. Vielleicht wäre es wirklich gesünder die Vampire endlich zu verlassen. Doch wo sollte sie hin? Und eines war ihr sowieso klar. Selbst wenn sie sich von Levan löste, sie würde nie ganz von ihm frei kommen. Es war, als wäre ein Teil von ihm in ihr eingepflanzt. Und dieser Teil hatte mehr Macht über sie als es ihr mittlerweile recht war. Besonders mächtige Vampire wie er verfügten über metaphysische Kräfte, die sie noch immer nicht komplett verstand, obwohl sie nun schon viele Jahre bei Levan lebte. Sie wunderte sich immer häufiger aus welchen Gründen Menschen sich dazu entschlossen, zu Blutsklaven zu werden. Denn meistens geschah dies freiwillig. Einige, wie Levans Bodyguards, lockte das Geld. Sie selbst war aus blinder Liebe zu ihm gekommen und anfangs war alles wie ein schöner Traum gewesen. Es gab allerdings auch Vampire, die die Ansicht vertraten, dass jeder Mensch in der natürlichen Hierarchie unter den Vampiren stand und sie alle mehr oder weniger Blutsklaven waren. Theresa seufzte und setzte noch einmal mit dem Lippenstift an. Diesmal gelang es ihr, ihre ohnehin schon vollen Lippen auszufüllen. Sie machte einen Kussmund und war zufrieden mit dem Ergebnis.

Nachdem sie sich auch die Augenlider und Wimpern geschminkt und ein Parfum aufgelegt hatte, rief sie sich ein Taxi und ließ sich zu Levans Haus bringen. Mit dem Fahrstuhl fuhr sie ganz nach oben und überprüfte den Sitz der Haare und des Kleides im Spiegel.

Okay, auf in den Kampf.

Der Lift öffnete sich direkt in Levans Loft und ein Bodyguard empfing sie. Levan war ein einflussreicher Vampir, der menschliche Diener beschäftigte, die darauf hofften, eines Tages den unsterblichen Kuss zu bekommen. Für viele Menschen hatte das ewige Leben einen besonderen Reiz. Diejenigen, die es sich leisten konnten, bezahlten hohe Summen für ein paar vampirische Blutstropfen. Auf diese Weise konnten sich Vampire finanzieren, ja sogar ein beträchtliches Vermögen heranschaffen. Unsterblichkeit war vermutlich der Hintergedanke, der alle unbewusst antrieb, die sich in die Dienste eines Vampirs begaben oder Geschäfte mit ihnen machten.

Was Theresa selbst betraf, so war sie sich längst nicht mehr sicher, warum sie sich das alles angetan hatte. Gerne wollte sie daran glauben, dass Liebe gepaart mit einer gehörigen Portion Naivität und Verzweiflung sie in Levans Arme trieb. Jedoch so oft sie auch darüber nachdachte, ganz konnte sie sich nicht aus der Verantwortung für ihre eigene Situation ziehen. Ihre Affinität zur dunkleren Seite der Dinge war das eine gewesen und dieses innere Vibrieren, das ihr schon immer sagte, sie müsse sich auf die Suche begeben, das andere.

Aber auf die Suche nach was?

Das war die Quizfrage. Sie hatte gedacht, ihre Bestimmung und ihr Ziel mit Levan gefunden zu haben. Tatsächlich war das innere Vibrieren eine Zeitlang im Strudel der leidenschaftlichen Stunden in Levans Armen verstummt.

Sie konnte sich vorstellen mit Aurora darüber das nächste Mal zu sprechen, aber was brachte es schon, sich Gedanken zu machen. Im Grunde hatte sie wenig Chancen etwas zu ändern. Einmal Blutsklavin immer Blutsklavin. Es gab schließlich Schlimmeres. Mit einem inneren Seufzer setzte sie sich in den großen Wohnbereich.

Das Essen, das sie heute nachmittag besorgt hatte, stand auf einem herrlichen Büffet am Fenster, das die schräge Form des Daches hatte und fast die ganze Wandseite einnahm. Theresa war gestattet, sich im Loft frei zu bewegen und so machte sie sich auf die Suche nach Levan und Maeva.

Als sie ein lustvolles Stöhnen auf dem Flur vernahm, verkrampfte sich ihr Körper und sie spürte ein Ziehen in ihrer Brust. Sie ging weiter und merkte, dass das Stöhnen aus einem Nebenzimmer kam. Es war nie ein Geheimnis gewesen, dass Levan und Maeva einander zugetan waren. Theresa hatte die Entwicklung von Anfang an mitbekommen. Dennoch tat es noch immer weh. Levan hatte sie seit einer Ewigkeit nicht mehr mit denselben begierigen Augen angesehen, wie er Maeva anblickte. Auch wenn sie es nicht gerne zugab, aber manchmal sehnte sie sich noch immer nach seinen Händen, seinen Lippen und Küssen. Maeva hatte ihr den Rang abgelaufen.

Als sie sich abwenden wollte, bemerkte sie, dass die Tür einen Spalt offen stand. Weit genug, dass sie einen Blick hineinwerfen und das Paar im Spiegel sehen konnte. Entgegen aller Volksmärchen und Geschichten, die man sich über Vampire erzählte, besaßen sie durchaus ein Spiegelbild.

Auch wenn sie sich das eigentlich nicht antun wollte, konnte sie nichts anders, als die beiden zu betrachten. Levan lag oben und hielt Maevas Beine auf Hüfthöhe. Von Anfang an war Levans silbrig schimmernde Haut für Theresa faszinierend gewesen, genauso wie sein langes, volles Haar, das ihm bis zu seinem Gesäß reichte. Sie wusste nicht woran es lag, aber Vampire wirkten auf Menschen überirdisch schön. Es umgab sie eine Aura aus Sinnlichkeit und Macht, aber auch Düsternis, eine dunkle Kraft. Vampire wirkten nicht abschreckend. Im Gegenteil, sie zogen an. Ein Blick in Levans Augen hatte genügt und sie war ihm gänzlich verfallen gewesen. Selbst heute, nachdem ihr Verstand langsam aber stetig wieder einsetzte und sie oft das Gefühl hatte aus einem Nebel aus blinder Liebe wieder emporzusteigen, konnte sie sich seiner übersinnlichen Ausstrahlung nur schwer entziehen. Wenn sie ihn sah, kribbelten ihre Finger, das Band, mit dem er sie umwob, verzerrte ihre klaren Gedanken zu Versatzstücken, die keinen rechten Sinn mehr ergeben wollten.

Maevas Körper bebte unter dem seinen, ihre Augen waren geschlossen und ihr Mund lustvoll geöffnet, während sich ihre Fingernägel in seinen Rücken bohrten und Striemen hinterließen. Theresa wollte wegblicken, aber sie war wie erstarrt. Jedes Detail brannte sich in ihr Herz. Beide vereint in glühender Leidenschaft. Fast konnte sie ihr Verlangen spüren.

„Wie schön, dass du da bist, meine hübsche Blutsklavin", sagte Levan unvermittelt.

Verdammt. Er hatte selbstverständlich ihre Anwesenheit gespürt. Wahrscheinlich hatte er sie manipuliert hier wie angewurzelt stehen zu bleiben und ihn zu beobachten. Levans Eigenschaft war es, sich außergewöhnlich schnell zu bewegen und so verwunderte es kaum, dass er einen Wimpernschlag später plötzlich in der Tür vor ihr stand. Er streckte die Hand aus und streichelte zärtlich ihre Wange, wie es nur ein Geliebter vermochte. Jemand, der etwas für sie empfand. Schon begann es wieder. Ihre Sinne verschoben sich und die klaren Gedanken von vorhin wichen Empfindungen. Sie konnte den Teil von ihm in sich spüren, den Teil, der sie miteinander verband, der sie umwarb, sie sanft umschmeichelte wie ein zarter Schleier, der sie aber auch kontrollierte. Levan berührte sie tief in ihrem Inneren. Es fühlte sich vertraut und verführerisch an. Es war so einfach ihm nachzugeben und so schwer ihm zu widerstehen.

Levan löste den weißen, fast bodenlangen Schal von Theresas Hals und musterte die Bisswunde, die er ihr vorletzte Nacht zugefügt hatte.

„Ich hätte Lust auf einen kleinen Imbiss, bevor unser Gast erscheint. Was meinst du, Maeva?“

Theresa machte einen Schritt zurück und schüttelte den Kopf. Doch ihre Bewegungen waren schwammig, zögerlich.

„Ich bin ebenfalls sehr hungrig, Liebster“, hauchte Maeva, die inzwischen hinter Levan aufgetaucht war, in sein Ohr.

Ihr Blick glitt über Theresas Kleid und natürlich erkannte sie sofort, dass es ihres war. Ihre Augen glühten vor Zorn. Aber dann setzte sie ein süffisantes Lächeln auf. Wie durch Watte formte sich der Gedanke, dass Maeva irgendetwas im Schilde führte. Levan drehte den Kopf und neigte ihn in Maevas Richtung. Der Anblick ihrer innig verschmelzenden Lippen ließ Theresa zittern. Wieso war er so grausam zu ihr?

„Ich möchte nicht“, sagte sie.

„Das war keine Bitte, Theresa“, sagte Maeva kalt und ihr teuflisches Grinsen wurde noch breiter.

Theresa hoffte, dass Levan ihr das ersparen würde.

Aber alles, was er tat, war in Richtung des Bettes zu nicken und ihr damit zu verstehen zu geben, dass sie hereinkommen sollte.

„Leg dich hin.“

Sie war seine Blutsklavin. Auch wenn sich alles in ihr dagegen sträubte, so hatte sie doch keine andere Wahl als zu tun, was er ihr befahl. Mit weichen Knien betrat sie das Gemach, schritt an dem Paar vorbei und setzte sich auf die Matratze, die noch warm war. Levan folgte ihr und drückte sie mit der Hand an der Kehle auf das Bett, so dass sie nur schwer zu Luft kam.

„Komm zu mir, Maeva“, sagte er einladend und reichte ihr die Hand.

Maeva nahm auf der linken Seite von Theresa Platz. Levan saß rechts von ihr, beugte sich über sie und küsste Maeva vor ihren Augen. Unter einem leisen Stöhnen verschmolzen ihre Lippen ineinander und es überraschte Theresa, wie kalt dieser Anblick sie ließ. Irgendwann innerhalb der letzten Minuten hatte es in ihrem Herzen einen Stich gegeben, der etwas Endgültiges hatte. Als wäre in diesem Moment etwas in ihr gestorben. Gleich einer Rose, die man vergessen hatte mit Wasser zu versorgen.

Levans Lippen legten sich an ihren Hals, tasteten nach ihrem Puls und er biss zu. Den kurzen, stechenden Schmerz, spürte sie kaum. Sie lauschte dem saugenden Geräusch und schloss die Augen, während Gleichgültigkeit sie durchflutete. Früher hatte es sie in Ekstase versetzt. Aber auch das schien vorbei.

Maevas Hand streichelte die Mulde über ihrem Schlüsselbein. Theresa spürte erst ihren Atem, dann ihre Lippen und schließlich das Stechen, das ihre Zähne verursachten. Beide tranken von ihr. Ihr Herzschlag pumpte das Blut nach oben, direkt in ihre gierigen Münder. Theresa ließ es geschehen.

Erschöpft blieb Theresa auf dem Bett liegen. Ihre nackten Arme und Beine waren eiskalt. Glücklicherweise hatten ihr die Vampire nicht allzu viel Blut abgezapft. Dennoch brauchte sie noch etwas Ruhe. Sie war müde, wie jedes Mal, wenn ein Vampir von ihr trank. In Momenten wie diesem, war sie nicht mehr sicher, ob sie die richtige Entscheidung für ihr Leben getroffen hatte. Vielleicht hätte sie doch noch einen besseren Job gefunden oder einen netten Mann kennen gelernt. Sie vermisste ihre kleine Schwester.

Mit einem leisen Knarren ging die Tür auf und Maeva kam noch einmal herein. Ihr Blick verhieß nichts Gutes.

„Du hast ein sehr schönes Kleid an", zischte sie wie eine Schlange, die kurz davor steht, sich auf ihre Beute zu stürzen. Mit bedrohlicher Ruhe setzte sie sich neben Theresa auf die Bettkante.

Theresa sah sich genötigt, den Umstand, dass sie Maevas bevorzugtes Kleid trug, zu erklären, doch noch ehe ein Wort über ihre Lippen kam, fassten Maevas Hände nach dem Saum des Dresses und mit einem einzigen Ruck riss sie es so weit auf, dass man Theresas Unterhöschen sehen konnte. Sie war viel zu geschockt, um zu reagieren.

„Du kleines Miststück schuldest mir was."

Tränen schossen in Theresas Augen. Dieses Kleid war nicht nur wunderschön, sondern auch noch ein Geschenk an sie gewesen. Jetzt war es ruiniert.

„Sei froh, dass dies ein wichtiger Abend ist und ich keine Zeit habe, dir jeden Knochen einzeln in deinem verfluchten Leib zu brechen. Aber ich warne dich. Versuch nicht noch einmal mich auszustechen."

„Ich wollte dich nicht ausstechen." Endlich fand sie ihre Stimme wieder.

Maeva verzog keine Miene und starrte sie nur hasserfüllt an. Ja, das war Hass in ihren Augen.

„Levan wirst du mit diesem billigen Fummel nicht beeindrucken."

Dabei war es Maeva gewesen, die sich den billigen Fummel ausgesucht hatte. Die Vampirin schien tatsächlich eifersüchtig auf sie. Bedeutete das, dass Levan doch mehr für sie empfand, als sie dachte?

„Und jetzt zieh dich besser um. Nimm eins von meinen Kleidern, falls du reinpasst. Unser Gast soll doch etwas von dir haben."

„Was meinst du damit?"

„Das wirst du schon noch sehen. Bleib hier, bis ich dich hole."

Theresa verstand gar nichts mehr. Aber Maeva hatte keine Lust, sich zu erklären und verließ erhobenen Hauptes das Zimmer. Auch recht. Wo Maeva war, gab es immer Ärger. Die Vampirin war sehr temperamentvoll und launisch. Aber letztlich war es Theresas eigene Schuld, dass sich alles zum Negativen gewandelt hatte. Sie war es, die darauf bestanden hatte, dass Levan Maeva den unsterblichen Kuss gibt. Mit gemischten Gefühlen dachte Theresa zurück an den Frühling des Jahres 2006. In einer lauwarmen Nacht auf Sylt hatten junge Leute am Strand gefeiert. In dieser Nacht war Levan zum ersten Mal wieder auf Menschenjagd gegangen. Sie hatte sich gefragt, ob sie ihm nicht mehr ausreichte. Doch Levan hatte erklärt, dass er ein Jäger war und die Jagd nicht missen wollte. Mit dieser kurzen Erklärung hatte sie sich zufrieden geben müssen.

Sie hatten sich zu den Kids gesellt, die sie offen und warmherzig empfangen hatten. Theresa hatte schnell gemerkt, dass Levan eines der halbnackten Mädchen beobachtete, das nur in ihrem BH und einem langen Seidenrock am Wasser tanzte. Musik dröhnte aus großen Boxen.

Immer mehr der jungen Leute begannen zu tanzen, und Levan mischte sich unter sie. Er suchte die Nähe des Mädchens. Sie wusste heute nicht mehr genau wie sie sich gefühlt hatte. Wut? Eifersucht? Sicherlich, denn nie zuvor hatte er vor ihren Augen um eine andere geworben. Sie wusste nur noch, dass sie das Gefühl hatte, er wollte ihr zeigen, wer hier das Sagen hatte. Seine Anmut, seine Stärke, seine Ausstrahlung … alles an ihm war so vereinnahmend, dass sie sich nie im Leben einem anderen zugewandt hätte. Sein Verhalten war ihr ein Rätsel.

Eben diese besondere machtvolle Aura tat auch damals ihre Wirkung. Theresa sah das Leuchten in den Augen des Mädchens vor sich als wäre es gestern gewesen. Der erste sanfte Körperkontakt ging von ihm aus. Er streichelte ihre Wange, hob leicht ihr Kinn, als wolle er sie küssen. Theresa hatte darum gekämpft, sich keine Blöße zu geben, nicht in Tränen auszubrechen. Einen Moment war sie unaufmerksam gewesen, hatte zu lange ins Feuer gestarrt, und als sie wieder aufsah, um nach ihm und seiner neuen Mätresse Ausschau zu halten, waren beide verschwunden.

Sie ignorierte den Kiffer neben ihr, der ihr etwas zurief, und lief zu den Sträuchern und Büschen. Dort, wo sich die jungen Leute unter dem Sternenhimmel liebten. Und tatsächlich. Dort lagen sie. Nackt. Seine Lippen glitten bereits über ihren Hals, als würde er gleich zubeißen.

„Mistkerl!", entfuhr es Theresa. Levan blickte lediglich kühl zu ihr hoch. Er schien nicht überrascht, sie zu sehen. Vielleicht hatte er es sogar darauf angelegt, dass sie ihm folgte. Das Mädchen wollte wissen, ob sie seine Frau war, aber anstatt zu antworten hatte er ihr die Hand auf den Mund gepresst und sie mit seinem Gewicht zu Boden gedrückt. Die Kleine war panisch geworden und hatte versucht, sich zu wehren, aber Levan war viel zu stark und die anderen zu weit weg, so dass sie nichts von alldem mitbekamen. Unter Tränen hatte Theresa ihn gefragt wieso er ihr das antat und ihm gesagt, dass sie ihn liebe. Aber er antwortete nur, dass er Abwechslung brauche und sie doch nicht wolle, dass sie ihm fad werde. Sein teuflisches Grinsen wurde von den silbernen Strähnen, die ihm ins Gesicht fielen, und seinem Antlitz etwas Dämonisches gaben, noch verstärkt. Auf ihre Drohung, ihn in diesem Falle zu verlassen, hatte er nur mit schallendem Gelächter reagiert.

Überrascht von ihrer Entschlusskraft und Stärke hatte sie ihn entschlossen angeblickt. Und etwas in ihrem Blick musste ihn dazu gebracht haben, den Ernst der Lage zu erkennen. Sie dachte damals, wenn er sie wirklich liebte und nicht verlieren wollte, dann würde er ihrer Forderung nachgeben. Es war ein Machtspiel.

Die Augen des Mädchens hatten sich vor Angst geweitet, doch Levan hielt sie noch immer fest, verstärkte sogar den Druck auf ihre Brust. Theresa forderte ihn auf, sie gehen zu lassen, doch er zögerte es hinaus, bis ihr klar wurde, dass er ihrer lächerlichen Forderung niemals nachgeben würde. Er war ihr Herr, der Diener des Mächtigsten von allen. Hatte sie wirklich geglaubt, er würde sich von ihr, einer ganz normalen Sterblichen erpressen lassen? Seine Worte würde sie nie vergessen: „Ich lasse mir von dir nichts befehlen, Theresa. Ich bin dein Meister und du tust, was ich dir sage!"

Sie hatte damals schon geahnt, dass sie ihre Worte wahr machen und ihn verlassen sollte. Aber sowohl er als auch sie wussten, dass sie das niemals konnte. Denn, von dem metaphysischen Band einmal abgesehen, wer war sie ohne ihn? Wo sollte sie hin?

Und da sie aufsässig war, bestrafte er sie. Seine Lippen glitten erneut über den Puls am Hals des Mädchens, das gequält aufstöhnte und sich verkrampfte.

Er rammte seine Eckzähne in die Haut der jungen Frau und begann zu trinken. Seine Hand auf ihrem Mund verhinderte, dass sie einen Schrei ausstoßen konnte.

Theresa brach heute noch in kalten Schweiß aus, bei der Erinnerung daran. Sie sah die Todesangst des Mädchens, das sich wand, mit Armen und Beinen um sich schlug, aber nichts gegen Levan ausrichten konnte. Sie versuchte, sich unter ihm hervor zu winden, Levan hatte sie jedoch im Griff. Er würde sie nicht eher loslassen, bis er den letzten Tropfen Blut aus ihr gesaugt hatte.

Die Augen der jungen Frau bekamen einen seltsamen Grauschleier und ihre Haut wurde blass. Er hatte mehr Blut getrunken, als für das Mädchen gut war.

Levan ließ von ihr ab und erhob sich. Das Mädchen fing an zu zittern.

„Du kannst sie doch nicht hier liegen lassen“, hatte Theresa gesagt.

Aber Levan hatte nur süffisant gelächelt und gleichgültig mit den Schultern gezuckt. So weit hatte er es bis dahin noch nie getrieben, solange sie ihn kannte. Wollte er sie wirklich mit dem Tod einer anderen bestrafen? Theresa konnte das nicht verantworten. Also bat sie ihn, sie nicht sterben zu lassen. Nach einer kurzen Diskussion, in deren Verlauf er immer bösartiger wurde, eröffnete er ihr die einzige Alternative. Das Mädchen unsterblich zu machen, indem er ihr von seinem Blut zu trinken gab.

Und so geschah es.

Maeva hatte schnell vergessen, dass Theresa sie gerettet hatte. Vielleicht lag es daran, dass Vampire anders fühlten und alles Menschliche mit der Zeit abstreiften.

Der Signalton des Fahrstuhls riss sie aus ihren Gedanken. Der hohe Besuch aus Amerika war angekommen. Und sie lag noch immer hier in dem zerrissenen Kleid. Eilig ging sie zum Schrank, um sich ein Neues auszusuchen. Sie hatte nicht die geringste Ahnung, warum sie heute unbedingt dabei sein und sich auch noch herrichten sollte. Aber sie würde es wohl bald erfahren.

Maeva besaß eine riesige Sammlung an sexy Kleidern und es war Theresa immer noch ein Rätsel, warum sie gestern Nachschub gekauft hatte. Eins war schöner als das andere und Theresa hatte das Gefühl, im Kleiderschrank einer hochherrschaftlichen Dame zu stöbern. Sie wählte ein weißes Paillettenkleid aus und zog es eilig an. Natürlich war es ihr nicht zu eng, wie Maeva in ihrer Boshaftigkeit angedeutet hatte. Sie besaßen ähnliche Figuren und waren auch äußerlich der gleiche Typ. Sie passten perfekt in Levans Beuteschema.

Theresa wartete darauf, dass man sie endlich holte, aber nichts geschah. Sie hörte die Stimmen der Männer im Wohnbereich und fragte sich, was sie beredeten und um welches kostbare Geschenk es sich handelte, dass der Ami für Lord Vasterian mitgebracht haben sollte. Es musste wahrlich etwas sehr Kostbares sein, wenn er den weiten Weg gekommen war.

Theresa lehnte sich an die Tür und versuchte, dem Gespräch so gut es ging zu lauschen. Sie wollte wissen, ob man auch über sie sprach und welche Rolle ihr bei diesem Treffen zugedacht war. Zuerst hatte sie angenommen, man würde sie als Serviererin benötigen. Doch das Büffet war zur Selbstbedienung hergerichtet.

„Welcome, Mr. Broody“, hörte sie Levan sagen.

Ganz leicht schob sie die Tür einen Spalt auf und lugte hindurch.

Vor dem Lift, der direkt in Levans Wohnbereich mündete, standen zwei Männer in schwarzen Anzügen, die ebenso gut Levans Bodyguards hätten sein können, und ein dritter, deutlich kleinerer Mann in einem grauen Anzug. Seine Haut war solariumgebräunt, die Haare kurz und nach hinten gestriegelt. Goldene Ketten und Ringe verrieten, dass er über Vermögen verfügte. Man musste kein Hellseher sein, um zu erraten, dass es sich um den hochgeschätzten amerikanischen Gast handelte, der die letzten Nächte immer wieder Gesprächsthema gewesen war. Broody war also sein Name. Maeva hatte angedeutet, dass er in seiner Heimat als äußerst einflussreich galt. Er engagierte sich in der Politik, war aber auch für seine Liebe zur Kunst bekannt. Unter seinem Arm trug er einen Metallzylinder. Theresa vermutete, dass sich darin das kostbare Geschenk befand.

„Thank you, Mr. Duval. Aber bitte, sprechen Sie ruhig Deutsch mit mir. Ich bin oft in Ihrem Land und habe einen Teil meiner Jugend in Frankfurt verbracht."

Höflich reichten sich die beiden Männer die Hände, dann nahmen sie Platz und gerieten aus ihrem Blickfeld. Unauffällig zog sie die Tür wieder etwas näher heran und lauschte dem Gespräch.

„Gern, Mr. Broody. Darf ich Ihnen etwas zu trinken anbieten?"

„Nein, danke. Ich möchte gleich zur Sache kommen, wenn Sie nichts dagegen haben?"

„Natürlich nicht."

„Sehen Sie, mein Arzt hat mir gesagt, dass ich nicht mehr lange zu leben habe. Wahrscheinlich nicht mehr als ein Jahr. Meine Lebensqualität ist eingeschränkt und die Therapien schlagen kaum an. Die ungesunde Lebensweise, das viele Rauchen, Sie verstehen?"

„Gewiss."

„Ich lebe sehr gern und bin der Meinung, dass meine Zeit noch nicht gekommen ist. Ich bräuchte eine neue Lunge. Mit Geld kann man jedoch nicht alles kaufen." Er hustete lautstark und es dauerte eine Weile, ehe er wieder zu Atem kam. „Ich bin jedoch ein Mann, der sich nicht schnell geschlagen gibt. Anders wäre ich nie an die Spitze gekommen. Also habe ich nachgeforscht und bin auf etwas gestoßen, das für Sie und Ihre Art von äußerst großer Wichtigkeit sein könnte. Es befindet sich hier drin." Er klopfte gegen Metall.

„Das Feuer des Ivari?", hakte Maeva nach.

„Ganz recht. Ich nehme an, Sie kennen die Mythologie um den jungen Krieger Ivari?"

„Nicht wirklich. Vielleicht erläutern Sie, worauf Sie hinaus wollen?“

„Das überrascht mich, verehrte Maeva. Zumal man davon ausgehen muss, dass Ivari möglicherweise ein Nachfahre des ancorasischen Königshauses ist, das den Ursprung Ihrer Art bildet, wenn ich recht informiert bin. Er stammt vermutlich aus der Linie des Eron ab, einem Vetter des Ancoras, und wird zu den Eronen gezählt, die das Reich vor Ausbruch des Krieges verließen und neue Länder erschlossen. Allerdings taucht er in den Schriften erst viel später auf. Zeitlich würde ich sein Wirken ungefähr auf den Beginn des 1. Jahrhunderts nach Christi Geburt einordnen. Aber da bin ich nicht ganz sicher.“

„Er ist ein Mensch.“ Maevas Stimme klang abfällig. „Kein Wunder, dass ich nie von ihm gehört habe.“

„Er war ein Krieger von hohem Rang, ein Künstler mit der Klinge und von solchem Mut beseelt, dass er sich allein gegen eine Übermacht römischer Kämpfer stellte und sie besiegte, um Ravenda, die Tochter seines Herrn zu beeindrucken. Sie war von außergewöhnlicher Schönheit, so dass er ihr verfiel. Aber so schön sie war, so hart war auch ihr Herz und sie schickte ihn fort, erhörte ihn nicht. Ivari, der es nicht gewohnt war eine Niederlage einzustecken, warb um sie mit Inbrunst und Leidenschaft, bis sie ihm schließlich drei Aufgaben stellte. Wenn er die erfüllte, würde sie seine Frau werden. Also bereiste Ivari die Welt und beschaffte Ravenda den größten und wertvollsten Edelstein aus der Schatzkammer eines Pharaos, mit dem sie sich von nun an schmückte. Er erschlug einen Wolfmann, zog ihm das Fell ab und machte ihr daraus einen Mantel, der sie im Winter wärmte.“

„Das muss ein Werwolf gewesen sein. Die Geschichte gefällt mir langsam immer besser.“ Maeva lachte, doch Broody ignorierte die kleine Störung.

„Die schwierigste Aufgabe lag jedoch noch vor ihm. Für Ravenda sollte er den höchsten und gefährlichsten Berg besteigen, um ihr damit zu beweisen, dass er es ernst mit ihr meinte. Noch ehe er den Gipfel erreichte, verließen ihn die Kräfte und er stürzte in die Tiefe. Man beerdigte ihn am Fuß des Berges mit seiner Rüstung und seinem Schwert. Und wie es Brauch war, legte man ihm eine Münze unter die Zunge, auf dass er den Fährmann bezahlen würde können, der ihn auf seiner Reise ins Totenreich führte. Es heißt, dass Ivari dort aber nie ankam. Seine Liebe für Ravenda war so groß, so mächtig, dass selbst der Tod ihn nicht aufzuhalten vermochte. Als er in ihr Gemach kam, um ihr von seiner Rückkehr zu berichten, fand er sie in den Armen eines anderen Mannes. Zorn befiel ihn, ob ihres höhnischen Spiels. Mächtiger Zorn, der ihn zum Schwert greifen ließ. Die Spitze seiner Klinge durchbohrte das böse Herz Ravendas und das ihres Liebhabers.“

„Und was wollen Sie uns mit dieser tragischen Liebesschnulze sagen, Broody?“, fragte Maeva ungeduldig.

„Ich habe Respekt vor diesen Geschichten. Zum einen, weil sie diese enorme Zeitspanne überdauern konnten, zum anderen, weil ich auf meinen zahlreichen Reisen durch die Welt viele dieser Mythen kennen gelernt habe und mir auffiel, wie stark sie sich teilweise ähneln. Der Fährmann als Toten- oder Seelenführer, der dunkle Totenfluss als Grenze zwischen Diesseits und Jenseits. Solche Motive finden Sie in vielen Legenden, nicht allein in der ancorasischen. Ich fragte mich, kann das Zufall sein? Ich glaube nicht. Es muss einen gemeinsamen Ursprung geben. Eine Wahrheit, die alle Erzählungen miteinander verbindet. Ich wollte wissen, was dahinter steckte. So forschte ich weiter und bereiste jeden Fleck dieser Erde, an dem ich eine Antwort zu finden hoffte. Inzwischen sind einige Jahrzehnte vergangen. Doch ich habe nie aufgegeben. Und schließlich durfte ich mich in der alten Bibliothek von Alexandria umsehen."

„Sie meinen die neue? Die andere wurde doch nie gefunden."

„Das ist die offizielle Variante." Broody machte eine Pause, stieß ein heiseres Husten aus und fuhr fort. „Mit genügend Geld können Sie sich überall Zutritt erkaufen. Ich war dort und fand die kostbarsten Schätze, die Sie sich vorstellen können. Alte Schriften, die andere und neue Geschichten erzählen. Sie müssen wissen, Geschichten, die so alt sind wie diese, verändern sich im Laufe der Zeit. Die Menschen dichten etwas hinzu oder lassen etwas aus. Ganz besonders dann, wenn sie das Wissen nicht bewahren wollen, weil es ihnen zu gefährlich erscheint, oder tatsächlich ist. Die Legende von Ivari kennt heute niemand mehr. Ich habe sie aus den Archiven der Bibliothek ausgegraben. Dort fand ich noch mehr Informationen. Manche Quellen behaupten, dass es eine Fackel war, mit der er ins Diesseits zurück gelangte. Es heißt, er habe sie dem Seelenführer gestohlen, das Tor in seine Welt geöffnet und sei dann in einer Höhle auf einer Halbinsel am Mittelmeer aufgewacht. Von dort aus gelangte er nach Hause."

„Eine … Fackel?" Maeva musste sich hörbar am Riemen reißen, um nicht noch einmal loszulachen.

„Ob Ivari jemals wirklich existierte und das Unmögliche vollbrachte, indem er von den Toten zurückkehrte? Wir wissen es nicht. Möglich, dass es nur Legenden sind. Aber eines ist gewiss. Das ewige Feuer hat existiert und tut es noch heute."

Nun prustete Maeva los, doch Levan brachte sie mit einem Zischlaut zum Schweigen. „Fahren Sie bitte fort, Mr. Broody", bat er.

Theresa hätte zu gern ihr Gesicht nach diesem Tadel gesehen.

„In der Bibliothek von Alexandria stieß ich auf eine alte Aufzeichnung, die sich näher mit dem Feuer befasste. Demnach handelt es sich um das Licht, das die Seelen zu ihrem Ruheplatz leitet, indem es ihnen das Tor in die Unterwelt öffnet."

„So etwas Irres habe ich ja noch nie geh…"

Levan schnitt Maeva ins Wort. „Lord Vasterian interessiert sich sehr für die Fackel. Es wäre ihm ein großes Anliegen, sie in seinem Besitz zu wissen und er ist bereit, einen angemessenen Preis zu entrichten, der Sie gewiss zufrieden stellen wird, Mr. Broody. Vorausgesetzt, es handelt sich tatsächlich um das Feuer des Ivari."

Bis eben hatte Theresa die Erzählung nicht sonderlich ernst nehmen können, aber die Tatsache, dass Lord Vasterian, der erste Zögling der Vampirkönigin Pyr, in diese Sache verwickelt war, ließ alles in einem anderen Licht erscheinen. Der Vampirlord kümmerte sich nur um höchste Angelegenheiten und sein Interesse an der Fackel beunruhigte sie.

„Selbstverständlich ist es die ewige Fackel", grollte Mr. Broody angestrengt. „Wie ich bereits sagte, Mr. Duval, wird diese Sie an Ihr Ziel bringen. Doch wenn Sie mir nicht glauben, überzeugen Sie sich bitte selbst."

Theresa hörte, wie etwas aufgeschraubt wurde und dann mit einem Zischen in Flammen aufging.

„Erstaunlich", sagte Levan.

„Machen Sie sich den Spaß und stecken Sie den brennenden Teil der Fackel in ein Gefäß mit Wasser. Sobald Sie sie herausziehen, wird sie wieder brennen als sei nichts geschehen. Es ist ein erstaunliches Ding und wenn man bedenkt, wie viele Jahrhunderte und Jahrtausende sie bereits brennt, wird einem erst gewahr, wie unbedeutend kurz doch unsere Lebenszeit ist."

Sie schwiegen eine Weile. Vermutlich machten Sie den Test, den Mr. Broody vorgeschlagen hatte.

„Faszinierend“, sagte Levan zufrieden.

„Sie wird immer brennen, völlig gleich, was Sie mit ihr anstellen. Machen Sie nur weitere Tests. Dies ist das Feuer des Ivari, so wahr ich hier vor Ihnen sitze.“

„Ich denke, das ist nicht nötig, Mr. Broody. Sie haben mich überzeugt.“

„Dann kommen wir ins Geschäft?“

„Ja. Doch eines würde mich dennoch interessieren.“

„Und das wäre?“

„Wie sind Sie in den Besitz der Fackel gekommen?“

Broody lachte. „Ich habe Verbindungen und genügend Geld. Mein Interesse für Relikte hat mich auf diese Spur gebracht. Lange Zeit galt das ewige Feuer als verloren, bis die Fackel in Indien wieder gefunden wurde. Als ich davon erfuhr, reiste ich nach Mumbai, um sie dem Besitzer abzukaufen. Ein netter, geschäftstüchtiger Mann, der jedoch nicht ahnte, was er in seinem Besitz hatte.“

„Ich verstehe.“

„Fein. Ich freue mich, dass wir uns so schnell einig wurden, aber ich sage es Ihnen gleich, Geld habe ich selbst genug. Ich will leben. Für immer. Was uns nach dem Tod erwartet, interessiert mich nicht, denn dorthin kann ich nicht mitnehmen, was ich hier besitze. Ich nehme jede Unannehmlichkeit auf mich, um mein Ziel zu erreichen. Was ich will, ist Ihr Blut, Mr. Duval.“

„Darüber hatten wir bereits am Telefon gesprochen. Und es spricht nichts gegen Ihren nur zu verständlichen Wunsch. Wenn Sie bitte meiner Gefährtin Maeva folgen mögen?“

Theresa hörte Schritte, die sich rasch näherten und setzte sich eilig auf das Bett. Die Tür ging auf und Maeva und Mr. Broody kamen herein.

„Machen Sie es sich bequem“, sagte Maeva und deutete auf den Platz neben Theresa. Er musterte sie gierig.

„Hübsches Mädchen“, sagte er.

Als seine Hand in Richtung ihres Oberschenkels wanderte, rutschte sie ein Stück zur Seite und warf Maeva einen irritierten Blick zu. Was hatte das hier zu bedeuten?

„Hilf mir, den Reißverschluss zu öffnen", wies Maeva sie an.

Theresa war froh, etwas Abstand zwischen sich und Mr. Broody bringen zu können, stand auf und zog ihr den Reißverschluss hinunter. Das Kleid glitt auseinander und entblößte Maevas schneeweißen, endlos langen Rücken, der in einem sinnlich gerundeten Po endete. Grazil stieg sie aus dem Samtkleid, so dass sie nur noch in ihrer dunklen Spitzenunterwäsche vor Broody stand. Theresa fühlte sich unwohl in ihrer Haut und wollte das Zimmer lieber jetzt als nachher verlassen. Doch Maeva schien ihre Gedanken gelesen zu haben und schüttelte den Kopf.

Mit aufreizendem Hüftschwung ging sie zu Broody, setzte sich auf das Bett und streichelte zärtlich den Hals des Geschäftsmannes.

„Ich will nicht dein Blut, auch wenn du schön bist. Ich will das Blut von Mr. Duval", sagte Broody.

„Mein Blut ist sein Blut", beschwichtige sie ihn und spitzte verführerisch die Lippen.

Oh nein. Jetzt wusste Theresa, was die beiden vor hatten. Broody würde ein Vampir werden. Und was noch schlimmer war, danach würde er Blut brauchen. Das und nur das allein war der Grund, warum man sie heute Nacht bestellt hatte. Theresa wurde schwindelig. Sie ließ sich auf einen Stuhl fallen und beobachtete schweigend das grausame Spiel. Maeva setzte sich auf seinen Bauch, beugte sich über ihn und küsste seine Kehle. Ein leises Stöhnen drang aus seinem Mund. Die Beule in seiner Hose war längst so groß, dass man sie nicht mehr übersehen konnte. Flink rutschten Maevas Hände unter sein Hemd. Was sie dort taten, blieb Theresa verborgen. Sie hoffte nur, dass alles schnell vorbei sein würde.

Der leise Aufschrei des Mannes verriet ihr, dass Maeva ihn gebissen hatte. Nun kam der Moment, vor dem es Theresa fast noch mehr graute, als davor, ihn von ihrem Blut trinken zu lassen. Sie hörte das gierige Saugen der Vampirin, sah wie die Glieder des Mannes zuckten und wie er sich unter ihr aufbäumte. Wahrscheinlich geriet er in Panik, wie jeder, der spürte, dass er starb. Nach einer Weile bewegte er sich nicht mehr.

„Ich höre dein Herz", flüsterte Maeva ihm laut genug ins Ohr, so dass auch Theresa sie noch verstehen konnte. „Es ist schwach. Bald wird es aufhören zu schlagen. Bumm." Sie machte den Takt seines Herzschlags nach. Zwischen jedem Schlag schienen mehr als zwei Sekunden zu liegen. „Bumm."

Theresa biss sich nervös auf die Unterlippe. Wenn Maeva nicht bald etwas tat, war Broody tot.

„Bumm."

Maeva lachte und blickte in Broodys geweitete Augen, die Theresa selbst von ihrem Platz aus erkennen konnte, weil sie so riesig waren.

„Keine Sorge, ich lasse dich nicht sterben."

Sie erhob sich, schritt zum Nachtschrank und zog ein Messer heraus, mit dessen Klinge sie sich die Pulsader aufschlitzte. Dünne Blutfäden liefen über ihre weiße Haut.

„Trink von mir."

Sie legte ihren Arm auf seine Lippen, so dass er von ihrem vampirischen Blut kosten konnte. Und das tat er, denn er merkte schnell, dass ihn ihr Blut rettete. Ihm die Untersterblichkeit schenkte, wegen der er nach Hamburg gekommen war.

Maeva löste sich aus seiner gierigen Umarmung und beobachtete, wie ihn Krämpfe schüttelten. Er schrie und zappelte wie von Sinnen. Die Verwandlung verursachte Schmerzen. So ging es ein paar Minuten, aber dann wurde er plötzlich ganz still und richtete sich kerzengerade im Bett auf. Seine Haut war jetzt deutlich heller. Die Augen leuchteten und spitze Zähne wuchsen aus seinem Mund. Ein neuer Vampir war geboren. Und wie jedes neugeborene Wesen hatte er Hunger.

Maeva bückte sich nach ihrem Kleid und kam auf Theresa zu.

„Jetzt bist du an der Reihe“, sagte sie und verließ das Zimmer.

Theresa wurde übel. Obwohl sie die ganze Zeit wusste, was auf sie zu kam, machte es die Sache nicht einfacher. Sie kannte den Mann nicht. Die Situation war abstoßend. Sie als Futter für ihn zurückzulassen entsetzte sie maßlos, erniedrigte sie mehr als alle Demütigungen, die sie je über sich hatte ergehen lassen müssen.

Broody erhob sich, kam einige Schritte auf sie zu, blieb dann aber in der Mitte des Raumes stehen. War er als Mensch bereits kein besonders anziehender Mann gewesen, so machte ihn die Gier nach Blut in seinen Augen auch nicht attraktiver. Oh ja, sie kannte diesen Blick. Levan hatte sie mehr als ein Mal so angesehen, wenn er lange Zeit kein Blut getrunken hatte. Und selbst bei ihm hatte sie sich nicht ganz wohl gefühlt, wenn er sie so ansah.

„Komm zu mir, sei lieb“, sagte Broody und lockte sie mit dem Zeigefinger.

Sie wollte zurückweichen, aber ihre Glieder fühlten sich wie gelähmt an. Ekel durchfuhr sie, als er ihre Wange zärtlich streichelte.

„Du bist schön“, flüsterte er. „Du strahlst von innen. Wie ein Engel.“

Die Worte waren ihr vertraut. Maeva hatte Ähnliches gesagt, kurz nachdem sie verwandelt worden war. Die Sterblichen wirkten auf Untote besonders anziehend. Es umgab sie eine Aura des Lebendigen und das war etwas,

was den Mensch von den Vampiren merklich unterschied. Sie konnten den Fluss des Blutes durch die Haut hindurch sehen. Rot war die einzige Farbe, die sie noch wahrnehmen konnten. Diese aber umso intensiver und in allen Nuancen.

Theresa wusste nicht, was sie sagen sollte und beschloss zu schweigen. Jetzt war es zu spät zu fliehen. Weit wäre sie ohnehin nicht gekommen. Levans Loft wimmelte vor Bodyguards, die sie aufgehalten hätten. Sie sog tief Luft ein und bereitete sich innerlich darauf vor, ihm trotz all ihrer inneren Widerstände als Nahrungsquelle zur Verfügung zu stehen. Es blieb ihr keine Wahl. Sie hoffte nur, dass es schnell vorüber ging. Doch für Broody war alles neu. Und er schien sich Zeit nehmen zu wollen, diese neue Welt zu erforschen.

„Sie müssen mir in den Hals beißen", sagte Theresa, in der Hoffnung, es zu beschleunigen.

Er griff nach ihrer Hand und tastete mit dem Daumen nach ihrem Pulsschlag am Handgelenk. „Ich bin ein Ästhetiker", sagte er leise. „Ein Biss in den Hals ist alles andere als ästhetisch, finden Sie nicht?"

Theresa hatte nie darüber nachgedacht, ob Bluttrinken überhaupt etwas Ästhetisches an sich hatte. Feuchte Lippen berührten ihren Puls und sie spürte, wie er gegen diese hämmerte. Schneller und schneller.

„Sie sind nervös", stellte Broody völlig richtig fest. „Haben Sie bitte keine Angst, ich werde Ihnen nicht weh tun."

Dann biss er sie sanft ins Handgelenk. Theresa spürte, wie ihr Blut in seinen Mund spritzte, hörte, wie er es hinunterschluckte und dabei leise stöhnte. Sie war überrascht, wie gut er sich unter Kontrolle hatte, bedachte man, dass es das erste Mal kurz nach dem Erwachen war. So viel Gentleman hätte sie ihm nicht zugetraut. Aber dann zeigte sich recht schnell, dass sich seine Gier durch den Blutgeschmack steigerte.

Das Saugen wurde intensiver und seine Zähne rissen die Wunde stärker auf. Theresa hoffte, dass Maeva bald wieder kam, um zu überwachen, dass er ihr nicht zu viel Blut raubte. Aber Maeva dachte offenbar nicht daran. Vielleicht war das noch Teil ihrer Rache, weil Theresa es gewagt hatte, ihr Kleid anzuziehen.

Das erste Warnzeichen war das Rauschen in ihren Ohren, das immer lauter wurde. Nach einer kurzen Weile wurde ihr abwechselnd heiß und kalt, dann setzte Schwindel ein.

„Hören Sie auf", bat sie, aber Broody hatte vergessen, dass er ein Gentleman war.

Als Theresa versuchte, ihm mit aller Kraft die Hand zu entreißen, ließ er einen Moment von ihr ab. Ihr Blut tropfte aus seinen Mundwinkeln. Seine Augen waren weit aufgerissen und sie erkannte winzige, geplatzte Äderchen in seinen Augäpfeln.

„Lassen Sie mich gehen", sagte sie heiser.

Broody knurrte nur und warf sie zu Boden. Theresa krabbelte auf allen Vieren und versuchte, sich rasch aufzurichten, aber er sprang auf ihren Rücken, drückte sie zu Boden und seine Zähne verbissen sich in ihrem Nacken. Der höllische Schmerz schien ihre Nackenmuskeln zu zerreißen. Sie schrie auf, aber niemand schien sie zu hören oder willig ihr zu helfen. Wieder und wieder hörte sie dieses saugende Geräusch. Der Schwindel wurde stärker. Dunkle Flecken tanzten vor ihren Augen.

„Gehen … Sie … runter!"

Wie viel mochte er schon getrunken haben? Sie konnte den Gedanken kaum zu Ende denken, denn die Kraft verließ sie und sie sank erschöpft zu Boden. Blitze flirrten vor ihren Augen. Dann hörte sie nur noch das Saugen des Vampirs. Und schließlich nicht einmal mehr das.

Es war noch immer dunkel draußen als sie wieder zu sich kam. Jemand hatte sie in ein Bett gelegt. Sie schloss die Augen, blieb reglos liegen und versuchte, sich zu erinnern was geschehen war. Broody hatte sie zu Boden gerissen und war wie ein ausgehungertes Tier über sie hergefallen. Offensichtlich war jemand im letzten Moment dazwischen gegangen und hatte sie aus seinen Fängen befreit.

Sie lauschte dem Rhythmus ihres Herzens. Es schlug sehr langsam. Sie fühlte sich schwach und unendlich müde. Auf der Stelle hätte sie weiterschlafen können, aber sie bemerkte, dass sie nicht allein im Zimmer war. Jemand saß neben ihr. Schwach hob sie den Kopf und erkannte die große dunkle Gestalt zu ihrer Rechten.

Levan.

Im ersten Moment war sie froh, fast erleichtert ihn zu sehen, weil die alten Gefühle wieder hochkamen. Doch dann wusch eine Welle der Empörung über sie hinweg. Er hatte zugelassen, dass Maeva sie mit einem Jungvampir allein ließ. Wie konnte er nur?

Seine große kräftige Hand streichelte zart über ihre Stirn. „Tut mir leid, meine schöne Sklavin. Ich hatte nicht vorausgesehen, dass Broody durchdrehen würde."

Ach nein? Er tat so, als wäre es das erste Mal, dass er dabei war, wie ein neuer Vampir geboren wurde. Am Anfang waren sie immer maßlos. Levan war alt und weise. Ein direkter Zögling des Mächtigen. Er sollte die Gier eines Neugeborenen unterschätzt haben? Nein, das konnte er ihr nicht einreden. Sie war Teil der Abmachung zwischen Broody und Lord Vasterian gewesen. Dunkel erinnerte sie sich an die Verhandlungen im Wohngemach. Sie bewegte den Kopf nur leicht und ihr Nacken schmerzte zum Zerreißen. Das würde sie Levan nicht verzeihen. Diesmal hatte er es endgültig zu weit getrieben. Er hatte wissentlich ihr Leben aufs Spiel gesetzt. Sie bemühte sich, seinem Blick stand zu halten, als sie etwas in seinen Augen aufblitzen sah, wie ein Feuer, das man an einem Streichholz entzündet. Irritiert schüttelte sie den Kopf. Dieser fühlte sich schwer und dumpf an. Ein leiser Schmerz hämmerte von innen gegen ihre Schädeldecke. Sie kannte das Gefühl. Erst war da ein Schmerz, dann wurde ihr heiß. Verdammt heiß. Ein seltsames Kribbeln erfasste ihre Hände und Füße, als fieberte sie. Unvermittelt schossen meterhohe Flammen vor ihr aus dem Bett und züngelten über seine harten Züge hinweg. Theresa zuckte vor Schreck zurück.

„Was ist?“, fragte Levan besorgt.

Er schien das Flammenmeer nicht zu sehen, geschweige denn zu spüren. Dabei ragten die Flammen nun fast schon bis zur Decke empor. Sie flackerten gefährlich und glühten in einem gleißenden Rot. Theresa konnte nicht aufhören, sie anzustarren und es dauerte einen Moment, ehe sie bemerkte, dass von ihnen gar keine Hitze ausging. Stattdessen sah sie eine riesige Fledermaus, die aus den Flammen emporstieg. Vor ihren Augen verwandelte sie sich in eine bleiche Frau. Sie sah ausgemergelt aus. Knochig. Wie eine Leiche. Eine abstrakte verschrobene Zackenkrone umschmiegte ihren schmalen Kopf, an dem das Haar in seidig schwarzen Strähnen hinabhing wie ein dunkler Wasserfall. Ohne, dass Theresa sie jemals gesehen hatte, wusste sie, dass es Pyr war, die mächtige Vampirkönigin. Wie ein Nachtfalter glitt sie über Landschaften und Städte hinweg, in ihrem Fahrwasser folgten Tod und Vernichtung. Theresa sah plötzlich auch Menschen. Menschen, die in Flammen standen, elendig in den Straßen verbrannten und eine dunkle Armee aus Vampiren rannte über sie hinweg, zerstörte alles. Ganze Städte wurden verwüstet. Sie hörte Kinder schreien. Rauchschwaden stiegen zum Himmel und die wenigen Menschen, die überlebten, wurden von den Vampiren in Ketten gelegt.

Theresa spürte den Atem des Todes. Er ergriff Besitz von ihr, lähmte ihr Herz.

„Du zitterst", unterbrach Levan ihre Vision.

Theresa kniff die Augen zusammen, in der Hoffnung, die Bilder fortwischen zu können. Doch sie blieben. Sie sah die lachende Königin und neben ihr standen Lord Vasterian und Levan als ihre ausführenden Generäle.

„Theresa?"

Sie riss die Augen wieder auf und starrte den Vampir an. Die Flammen waren verschwunden. Genauso wie die Königin und ihre Häscher. Aber Levan war geblieben. Ihr Atem raste und überschlug sich dabei fast.

„Es geht schon", sagte sie angestrengt.

„Vielleicht rufen wir besser einen Arzt?"

Welch Fürsorge.

„Nein. Es … ist alles in Ordnung. Es war nur … ein kurzes Herzstolpern."

Theresa war verwirrt und wusste nicht, was mit ihr geschehen war. War das etwa die Zukunft? Die Vision war gewaltig. Und das, obwohl sie so geschwächt war. Aurora hatte recht gehabt. In ihr steckte mehr als sie ahnte. Die Empathin hatte es von ihrer ersten Begegnung an gesehen und versucht, sie darin zu schulen, ihre Fähigkeiten zu gebrauchen.

„Ruh dich noch etwas aus", sagte Levan, scheinbar besorgt und stand auf.

Theresa war froh, dass er sie endlich allein ließ. Sie hatte Angst. Vor ihm. Vor dem, was sie gesehen hatte.

Kaum war die Tür hinter ihm zugeschlagen, erfasste sie ein starkes Zittern. Visionen waren nie ganz eindeutig, meist wusste sie aber doch, was sie bedeuteten. Diese ergab jedoch keinen Sinn. Warum hatte sie Pyr gesehen? Pyr war tot. Jeder Vampir und jeder Blutsklave kannte die Legende von der Vampirkönigin und ihrem tragischen Ende. Theresa erinnerte sich dunkel an die alte Geschichte aus dem Reich vor unserer Zeitrechnung. Levan hatte ihr in einer redseligen Minute von der Legende erzählt, die das Leben aller Vampire und Werwölfe bis heute beeinflusste.

König Ancoras hatte bis zum Tag seines Todes über ein reiches, friedliches Land regiert. Doch kaum war er verstorben, brach ein Machtkampf unter seinen Töchtern Lykandra und Pyr aus.

Niemand, nicht einmal die längst verstorbene Mutter der Mädchen hatte die Zwillingsschwestern auseinander halten können und es war zu regen Verwechslungen gekommen. Dadurch konnte nicht überliefert werden, welche die Ältere war und somit den Anspruch auf den Thron hatte. Mit allen Mitteln versuchten sie die Macht an sich zu reißen und das Reich spaltete sich in zwei Parteien. Die einen folgten Lykandra, die anderen Pyr. Ein schrecklicher Krieg brach aus, der das einst so fruchtbare Land verwüstete und Hunger und Not über das Volk brachte. Menschen, die vorher in Frieden und Eintracht miteinander gelebt hatten, griffen zu Schwertern, Heugabeln und Äxten. Häuser wurden niedergebrannt, Brücken zum Einsturz gebracht.

In der dunkelsten Stunde des Reiches tauchte der Dämon Baal auf, der jeder Schwester den Sieg versprach und die eine in eine blutsaugende Vampirin, die andere in eine Werwölfin verwandelte. Von der neuen Macht berauscht, erschufen die Schwestern dunkle Armeen, die sich über die ganze Welt verteilten und auch heute noch ihren nie endenden Krieg ausfochten. Viele Vampire und Werwölfe starben in diesen dunklen Zeiten und ihre Seelen gingen an Baal über.

Als sich die Schwestern ein letztes Mal gegenüberstanden, kam es zu einem tödlichen Duell, in dem Lykandra der Vampirkönigin das Herz aus dem Leib riss. Sie selbst wurde durch Pyrs silbernen Dolch schwer verwundet. Pyr wurde in das Reich der Toten verbannt. Was aus Lykandra wurde, wusste Theresa nicht so genau. Levan hatte die Lust an der Erzählung schnell verloren und nur die Andeutung gemacht, dass sie in einem Mondkristall der Göttin Artemis gefangen wurde, um sie so vor Baal zu schützen.

Noch einmal tauchte das totenbleiche Gesicht Pyrs vor ihrem geistigen Auge auf. Ihre starren Augen schienen sie direkt anzublicken und ihr grausames Lachen hallte in ihren Ohren wider.

Plötzlich traf es Theresa wie ein Schlag und sie wusste, was ihre Vision zu bedeuten hatte. Alles fügte sich zusammen wie bei einem Puzzle. Wenn die Geschichte von Ivari wirklich stimmte, wenn es einem Verstorbenen tatsächlich gelungen war mit Hilfe der Fackel in das Reich der Lebenden zurückzukehren, dann gelang es den Vampiren vielleicht auch Pyr zurückzuholen.

Deswegen hatten sie Broody in einen Vampir verwandelt. Er besaß, was sie für die Umsetzung ihres Planes brauchten.

Bei dem Gedanken an die schrecklichen Bilder kroch tiefes Unbehagen wie Eiseskälte ihre Füße hinauf. Ihr Magen krampfte sich zusammen und ihr wurde übel. Die Luft war plötzlich so stickig, sie konnte nicht mehr richtig durchatmen und schnappte hektisch nach Luft. Jetzt nur nicht hysterisch werden!

Sie kroch aus dem Bett und ihr Blutdruck sank abrupt in den Keller, so dass ihr schwindelte. Mit einer Hand hielt sie sich am Nachtschränkchen fest, die andere presste sie auf ihren Bauch. Verzweifelt versuchte sie, tief durchzuatmen. Nachdem sich ihr Kreislauf stabiler anfühlte, wankte sie zum Fenster und öffnete es. Frische Luft drang ein. Ah, wie gut das tat. Sie blickte zu den dunklen Wolken, die sich verhängnisvoll über den Himmel schoben, als wären sie bereits die Vorboten dieser düsteren Zukunft.

Was sollte sie tun? Sollte sie die Menschen warnen? An wen, außer an Aurora, konnte sie sich wenden? Bei der Polizei würde man sie auslachen. Kein Mensch würde ihr Glauben schenken. Ihre Freundin Aurora war die Einzige, die von der Existenz der Vampire wusste.

Sie hörte draußen einige junge Leute, die offenbar noch um die Häuser zogen und unbeschwert lachten. Die ahnten nichts von dem, was ihnen bald blühte.

Die Übelkeit kam zurück, aber dieses Mal konnte Theresa sie unterdrücken. Wenn sie es genau betrachtete, waren ihr die meisten Menschen im Laufe der Zeit gleichgültig geworden. Sie hatten in Theresa nie jemand Gleichwertiges gesehen. Wie viel Verachtung ihr wegen ihrer Andersartigkeit entgegen geschlagen war. Keiner hatte sich je gefragt, warum sie war, wie sie war. Es war ihnen egal. In dieser Welt dachte jeder nur an sich. Und für einen kurzen Moment fragte sie sich, ob die Welt eine Herrschaft von Königin Pyr nicht verdient hätte. Aber dann dachte sie wieder an ihre kleine Schwester. Sie hatte immer zu ihr gehalten und nichts an ihrem Wesen deutete darauf hin, dass sie genauso war, wie die meisten anderen. Ebenso hatten ihre WG Freundin und auch Aurora ihr gegenüber immer nur Freundschaft und Freundlichkeit gezeigt. Und nicht zuletzt war da noch der freundliche Mann aus dem Einkaufszentrum, der ihr ganz uneigennützig aus der Klemme geholfen und ein kleines Vermögen für ein Kleid ausgegeben hatte. Es ihr geschenkt hatte. Nein, so schwarz wie ihr die Welt auch vorkam, es gab noch immer Menschen, die ihr etwas bedeuteten. Diese kannten wiederum Menschen die ihnen etwas bedeuteten. Nur weil ihr oft Kränkungen und Unverständlichkeit das Leben schwer gemacht hatten, wollte sie nicht, dass diesen wenigen Besonderen Leid widerfuhr. Genauso wenig wie den vielen Unschuldigen, die weder ihr noch anderen je etwas zuleide getan hatten. Aber auch sie würden Opfer der Vampire werden.

Es war an der Zeit, dass sie sich aus ihrer Opferrolle und dem ständigen Drehen um sich selbst herauszog.

Correys Euphorie war gedrosselt, nachdem er fast den ganzen Nachmittag vergeblich im Café auf die Wolfsängerin gewartet hatte.

Ihm wurde klar, dass er womöglich seine einzige Chance auf Rehabilitierung verspielt hatte. Während er in seinem Bett lag und das Wolfsauge in den Händen hielt, ließ er die Begegnung mit der jungen Frau Revue passieren. Sie hatte nicht den Eindruck auf ihn gemacht, sie würde seine freundliche Hilfsbereitschaft ausnutzen und ihn versetzen wollen. So viel Menschenkenntnis traute er sich zu. Vielleicht war ihr etwas dazwischen gekommen, das keinen Aufschub duldete. Es konnte viele Gründe geben. Wie sollte er sie jetzt ausfindig machen? Er hatte weder einen Namen, noch eine Telefonnummer oder Adresse, um sie zu kontaktieren. Vielleicht würden ihre empathischen Fähigkeiten sie noch einmal zusammenführen, so Lykandra wollte. Jede Wolfsängerin wurde mit übersinnlichen Kräften geboren. Sie waren feinfühliger und sensibler als andere, einige unter ihnen konnten sogar ohne Wolfsauge Kontakt mit anderen Wesenheiten aufnehmen oder hatten Visionen über die Zukunft. Das galt jedoch nur für besonders empfängliche Sängerinnen. Bei Männern war diese Fähigkeit noch seltener ausgeprägt.

Er drehte den Stein in seiner Hand und bewunderte wie sich das Licht darin brach. Dieser Kristall in seiner Hand war es, der die Wolfsängerin mit der großen Urmutter Lykandra verband. Wenn die Wolfsängerinnen und Wolfsänger das Geschenk annahmen, verschmolz er mit seinen Trägern, wurde ein Teil von ihnen und schuf die Verbindung, die es den Werwölfen ermöglichte Kontakt mit ihrer Urmutter zu haben, zu kommunizieren. Wenn ein Wolfsänger starb, verließ der Stein den Körper, um bei einem anderen sein Wirken zu entfalten. Die alte Legende besagte, dass Lykandra nach ihrer Niederlage von der Mondgöttin Artemis gerettet wurde, weil diese verhindern wollte, dass der Dämon Baal ihre Seele in Besitz nahm. Sie führte sie hinauf in den Himmel, von wo aus ihr alles sehendes Auge auch heute ihre Krieger schützte. Durch die Wolfsänger blieb sie mit ihren Kindern in Verbindung, erteilte Aufträge oder warnte vor nahenden Ereignissen.

Er hatte engere Kontakte zu den Menschen, von Martha einmal abgesehen, vermieden, sofern das bei seiner Arbeit möglich war. Sicherlich galt er dadurch für viele als scheu. Fürchtete er doch, dass seine wahre Natur erkannt würde. Wie die Menschen dann reagierten, hatte er bereits zu genüge am eigenen Leib zu spüren bekommen. Genau wie seine Brüder.

Dieses Mädchen aber hatte ihn für kurze Zeit alle Bedenken über Bord werfen lassen. Und es hatte ihm gefallen, sich mit ihr zu unterhalten. Sie war freundlich und charmant. Dennoch blieb ihm ihre innere Traurigkeit nicht verborgen. Vielleicht waren es ihre Augen. Er war sich nicht ganz sicher. Doch es hatte ihn berührt. Selbst wenn sie keine Wolfsängerin wäre, er hätte sich gewünscht, sie wiederzusehen.

Correy legte den Kristall auf seinem Nachttisch ab und wälzte sich auf die Seite. Morgen würde er noch einmal zu der Boutique fahren, an der sie sich kennen gelernt hatten. Vielleicht gelang es ihm, ihrer Spur zu folgen.

Der Morgen weckte Theresa mit leisem Vogelgesang und warmen herbstlichen Sonnenstrahlen, die sanft durch das Fenster drangen und ihre Wangen wärmten. Theresa reckte sich, warf die Decke zurück und streckte die Beine aus. Sie schmerzten. Auch ihr Nacken brannte. Aber es war nicht mehr so schlimm wie gestern Nacht. Vorsichtig befühlte sie mit ihren Finger die außergewöhnlich tiefe Bisswunde. Broody hatte seine Eckzähne ohne Rücksicht auf Verluste in ihr Fleisch gegraben. Selbst Maeva war zärtlicher. Sie spürte die beiden kleinen Löcher, die tief unter die Haut gingen. Ihr Handgelenk sah nicht viel besser aus.

Wackelig kletterte sie aus dem Bett. Sie hatte noch immer Maevas Kleid an. Unsicher wankte sie an dem Schrank vorbei. Einen Blick in den Spiegel wollte sie vermeiden. Wenn sie auch nur annährend so aussah, wie sie sich fühlte, würde sie einen Schock fürs Leben davon tragen.

Leise schlich sie in den Flur. Im Haus war es totenstill. Weder Vampire noch ihre Blutsklaven trieben sich um diese Uhrzeit im Loft herum. Broody und seine Leute waren nirgends zu sehen. Hoffentlich waren sie auf und davon. Vorsichtig legte sie ein Ohr an das schwere Holz von Levans Schlafzimmertür und lauschte. Entgegen aller Mythen und Sagen fielen echte Vampire tagsüber nicht in eine totenähnliche Starre. Sie waren genauso lebendig wie in der Nacht. Allerdings mussten sie in der Tat das Sonnenlicht meiden. Wenn sie schliefen, war ihr Schlaf viel fester als der von gewöhnlich Sterblichen, aber man konnte sie wecken.

Das Loft war so eingerichtet, dass schwere Jalousien bei Sonnenaufgang herunter fuhren und verhinderten, dass das tödliche Licht durch die Fenster eindringen konnte. In dem Zimmer in dem sie übernachtet hatte, war diese Vorrichtung abgeschaltet. Nachdem sie sich überzeugt hatte, dass Levan und Maeva tatsächlich schliefen, begab sie sich in den abgedunkelten Wohnbereich und fuhr die Jalousien hoch. Sie fühlte sich gleich viel sicherer, als das Sonnenlicht in das Zimmer drang. Noch etwas benommen ging sie in die Küche und bediente sich an den Getränken, die für die menschlichen Sklaven bereit standen. Sie goss sich etwas Orangensaft ein und machte sich ein belegtes Brot, um etwas zu Kräften zu kommen. Beides nahm sie mit in den Wohnbereich, wo sie sich noch immer erschöpft auf die lederne Couch fallen ließ. Sie hatte gehört, dass bereits der Verlust von einem Liter Blut gefährlich sein konnte. Manche Leute erlitten sogar bei einer Blutspende Kreislaufprobleme, obwohl dort in der Regel nicht mehr als ein halber Liter abgenommen wurde. Sie war nicht ganz sicher, wie viel Broody ihr geraubt hatte. Doch so wackelig hatte sie sich noch nie auf den Beinen gefühlt. Hoffentlich bildeten sich die Blutzellen schnell wieder nach.

Die Tischplatte glänzte so stark, dass Theresa ihr Spiegelbild in der schimmernden Fläche erahnen konnte. Ihr Gesicht wirkte lang und obwohl sie keine Einzelheiten erkannte, meinte sie doch herunterhängende Mundwinkel zu sehen. Ja, dieses verzerrte Bild gab ihr Innenleben perfekt wider. Genau so fühlte sie sich. Zerrissen. Durcheinander. Ängstlich. Ihr Blick schweifte durch den Raum und blieb am Tresor haften, der sich in der Wand befand. Alles was für ihn wichtig war, schloss Levan in diesen Tresor. Da drin musste die Fackel liegen.

Trotz aller Erschöpfung und Schwäche hatte sie heute Nacht kaum ein Auge zugetan. Immer wieder hatte sie überlegt, was sie mit ihrem schrecklichen Wissen anfangen sollte. Sie war alle Möglichkeiten durchgegangen.

Verzweifelt schloss sie die Augen und dachte an die Vision der letzten Nacht zurück. Wenn Pyr erst frei war, war niemand mehr sicher. Niemand würde die Vampire aufhalten, weil niemand von ihrer Existenz und ihren Plänen wusste. Niemand außer ihr. Und wenn sie die Menschen warnte, würden sie ihr nicht glauben. Wie sollten sie auch? Vampire waren in deren Welt nichts mehr als Legenden. Erst wenn sich die Blutsauger ihnen offenbarten, wie sie sich ihr offenbart hatten, würden sie verstehen. Aber dann war es zu spät.

Theresa stand auf. Ihre Knie fühlten sich noch weicher an und jeder Schritt drohte, sie aus dem Gleichgewicht zu bringen. Endlich hatte sie Levans Büro erreicht. Bei der letzten Putzaktion war ihr eine der Buchstützen in Form eines Totenschädels aus dem Regal gefallen. Auf der Unterseite war ein Loch, in dem ein Stück Papier gesteckt hatte. Jetzt hob sie diesen Schädel hoch, drehte ihn um und zog den Zettel heraus, denn darauf befand sich der Code für den Tresor. Eilig ging sie ins Wohnzimmer zurück. Hier fühlte sie sich geschützt. Zumindest solange die Jalousien oben waren. Ihr Atem ging schneller, die Knie waren sowieso schon Pudding. Ihr wurde klar, was sie hier tat. Levan würde sie umbringen. Mit zitternden Fingern faltete sie das Papier auseinander und gab die dort aufgeschriebene Zahlenfolge ein.

2… 3…1… 1… 4… 7… 7… 0… 9

Mit einem Klack ging die Tresortür auf und Theresa betrachtete einen Moment das Innenleben des Tresors. Neben dem metallenen Zylinder fand sie darin auch ein Geldbündel. Ihr Herz raste ohne Unterlass, weil sie wusste, dass sie etwas Verbotenes tat. Ein Knarren im Flur ließ sie erschrocken herumfahren. Ängstlich blickte sie sich um, aber niemand war zu sehen. Gott sei Dank. Ihre

Finger umklammerten die Tresortür. Die Fackel steckte sicher in dem Zylinder. Er hatte die richtige Größe. Sie musste ihn nur greifen und dann schnell verschwinden. Doch ihre Hand gehorchte nicht ihrem Befehl. Noch konnte sie zurück und alles ungeschehen machen. Levan würde nie erfahren, dass sie sich an seinem Tresor zu schaffen gemacht hatte. Aber dann würde das Schicksal seinen Lauf nehmen. Und wahrscheinlich würde es nie mehr die Chance geben, es umzukehren. Endlich regten sich ihre Finger. Theresa hielt den Atem an. Zitternd hob sie den Zylinder heraus. Sie war überrascht, wie leicht er war. Fast glitt er ihr aus der Hand. Vorsichtig, ohne ein Geräusch verschloss sie den Tresor wieder. Jetzt war alles entschieden. Jetzt gab es definitiv kein Zurück mehr. Leise schraubte sie den Deckel des Zylinders ab und lugte hinein. Darin befand sich tatsächlich wonach sie gesucht hatte. Für einen kurzen Moment empfing sie Erleichterung, aber sogleich kehrte die Anspannung zurück. Sie musste hier raus. Schnell. Und sie brauchte Auroras Hilfe.

Correy verfolgte trotz des ungemütlichen Herbstwetters die Frau seines Auftraggebers, der den Verdacht hatte, sie betrüge ihn. Es fiel ihm schwer, sich zu konzentrieren. Er war mit starken Kopfschmerzen aufgewacht und keine der Schmerztabletten hatte geholfen.

Die Frau legte einen Schritt zu. Es schien fast, als rechnete sie damit, dass sie irgendwer verfolgte, nur konnte sie ihren Verfolger nicht ausfindig machen. Ihre suchenden Blicke tasteten vergeblich die Umgebung ab. Dieser Fall war für Correy alltäglich. Die meisten Menschen, die seine Dienste in Anspruch nahmen, wollten aufgeklärt wissen, ob ihr Partner sie betrog. Im Grunde waren diese Aufträge ein Kinderspiel. Er war naturgemäß ein Jäger, der gelernt hatte, unauffällig an seine Beute heranzuschleichen. Heute wollte ihm das nicht gelingen. Sie entwischte ihm mehrere Male beinahe und hängte ihn schließlich ab, als sie in ein Taxi stieg. Wahrscheinlich hatte sie ihn doch irgendwie bemerkt.

Wütend hielt er inne und presste die Stirn gegen eine Hauswand. Er war müde. Seine Beine fühlten sich bleischwer an und als er sich umdrehte, um über die Straße zu gehen, hatte er das Gefühl, sich in Zeitlupe zu bewegen. Nebenher trank er seinen Coffee to go aus einem Pappbecher, in der Hoffnung, das Koffein würde ihn in Schwung bringen. Dabei hatte er letzte Nacht den Umständen entsprechend gut geschlafen. Erst als er am Morgen einen Blick auf den Kalender geworfen hatte, war ihm bewusst geworden, dass sich Keiths Todestag näherte und mit diesem Wissen war auch die üble Laune zurückgekehrt.

„Passen Sie doch auf!“, fuhr ihn jemand an und Correy erschrak.

Noch bevor er hochsah erkannte er diesen Duft. Sofort war er wieder im Hier und Jetzt.

Sein Blick glitt zu ihren violetten Augen, der kleinen Stupsnase und den sinnlich geschwungenen vollen Lippen, die sich in ihrem Zorn leicht öffneten, als wollten sie etwas sagen. Aber sie schwiegen.

Das Glühen seines Anhängers auf der nackten Brust ließ keine Zweifel. Vor ihm stand seine Wolfsängerin.

„Ich war mit den Gedanken woanders. Bitte verzeihen Sie.“

„Schon gut …“

Sie winkte ab und bückte sich nach einem zylindrischen Objekt, das ihr beim Zusammenprall heruntergefallen war. Wohlgeformt und rund streckte sich ihm ihr Po entgegen. Hübsch. Ihr langer Rock saß ziemlich eng und der Stoff spannte für einen Moment so stark, dass die Nähte aufplatzten.

Erschrocken schrie sie auf und legte eine Hand auf die Stelle, in der nun ein Riss prangte, der einen kurzen Blick auf ihre Unterwäsche gewährte.

Er musste schmunzeln. Es war ihm etwas peinlich, denn über eine Dame in so einer Situation zu lachen war sicherlich nicht angemessen. So erschrocken, doch auch empört, wie sie da stand, wärmte sie sein Herz.

Sie drehte sich rasch um. Ihre Wangen waren nun gerötet. „Mist", murmelte sie.

„Tut mir wirklich leid." Er versuchte, wieder ernst zu werden.

„Sie feixen sich eins. Schon klar. Dabei ist es Ihre Schuld, dass mein Rock ruiniert ist."

„Meine Schuld?"

Sie klemmte sich den metallenen Zylinder unter den Arm und stemmte eine Hand in die Seite. „Wenn Sie besser auf den Weg geachtet hätten, wären wir nicht zusammengeprallt."

„Sie hätten ja ebenfalls darauf achten können."

„Ich … war in Eile …" Sie schüttelte den Kopf. „Ach, Sie haben recht." Spontan stieß sie die Luft aus, als hätte sie diese angehalten. „Es war ein dummer Zufall. Entschuldigen Sie bitte. Ich bin etwas aufgebracht und sage dann Dinge, die ich gleich wieder bereue."

Erst jetzt sah sie ihm ins Gesicht.

„Sie?", rief sie erstaunt und lachte. „Meine Güte. Natürlich, Sie sind es! Oh, ich bin so eine dumme Gans. Verzeihen Sie, ich wollte Sie nicht beleidigen."

„Keine Sorge, das haben Sie nicht."

„Ach, was müssen Sie jetzt nur von mir denken. Erst helfen Sie mir so nett, schenken mir ein Kleid, dann versetze ich Sie und jetzt schimpfe ich Sie auch noch aus, weil wir zufällig zusammengestoßen sind."

Correy war nicht so sicher, dass ihr Treffen tatsächlich zufällig war. Er hatte das Gefühl, dass das Wolfsauge ihn geleitet hatte. Selbiges brannte nun immer stärker.

„Hören Sie, ich weiß, das klingt jetzt nach einer Ausrede, aber so ist es nicht. Ich habe es sehr eilig. Wirklich. Ich würde mich gerne länger mit Ihnen unterhalten. Aber es geht leider nicht."

„Sehr schade, ich wollte Sie gerade fragen, ob Sie nicht Lust hätten, unsere Verabredung nachzuholen. Ich würde Sie immer noch gern zu einem Kaffee einladen."

Er durfte sie jetzt nicht gehen lassen. Wenn sie tatsächlich seine Wolfsängerin war, und alles sah danach aus, musste er ihr das schonend beibringen. Irgendwie. Vermutlich würde sie aus allen Wolken fallen und ihm kein einziges Wort glauben. Schlimmstenfalls würde sie ihn für einen Verrückten halten und Reißaus nehmen. Nein, erst mal war wichtig, dass er den Kontakt halten konnte.

„Ich würde die Einladung gerne annehmen, wenn ich könnte."

Er hatte damit gerechnet, dass sie ablehnen würde und zückte eine Visitenkarte, die er ihr reichte. „Macht nichts. Lassen Sie uns das nachholen. Und falls Sie wieder einmal Hilfe benötigen, hier ist meine Nummer."

Sie warf einen Blick auf die Karte. „Correy Blackdoom, Detektiv. Sieh an." Ein zauberhaftes Lächeln breitete sich auf ihren Lippen aus. „Vielleicht komme ich auf Ihr Angebot zurück."

„Das würde mich ungemein freuen."

„Leider besitze ich keine Visitenkarte."

„Eine Telefonnummer auf einem Stück Papier tut es auch."

„Ich werde mich bei Ihnen melden, okay?"

Mit dieser Entwicklung war er zwar nicht einverstanden, aber was sollte er anderes sagen als okay? Wenn er nun zu aufdringlich wurde, würde sie den Kontakt womöglich ganz einstellen.

„Ich muss jetzt gehen, seien Sie mir bitte nicht böse.“

Mit diesen Worten drehte sie sich um. Anscheinend hatte sie es tatsächlich eilig. Ihr Geruch hatte sich während ihrer Konversation verändert. Sie war nervös geworden und hatte Angst. Aber nicht seinetwegen. Irgendetwas stimmte nicht.

Schon eilte sie die Treppe zur U-Bahnstation hinunter. Ihr Angstgeruch lag noch immer in der Luft und beunruhigte ihn. Es war besser, sie im Auge zu behalten. Er konnte es nicht mit Bestimmtheit sagen, es war mehr ein vages Gefühl, doch er glaubte, sie steckte in Schwierigkeiten. Ihre Körpersprache, die hektische Sprechweise, alles hatte darauf hingedeutet, dass sie schnell fort musste. Wenn er ihr nun folgte und auf sie Acht gab, konnte er auch herausfinden, wo sie wohnte. Rasch folgte er ihr zur U-Bahnstation.

Sie brauchte Auroras Rat. Dringend. Zweimal war sie umgestiegen, ehe sie die öffentlich zugänglichen Bereiche verlassen hatte. Seit Jahren waren die Gleise der alten Linie stillgelegt. Theresa schlüpfte unter den Absperrungen hindurch und folgte den Schienen in einen finsteren Tunnel. Ihr Handydisplay leuchtete ihr den Weg. Das Licht war nur schwach, reichte aber aus, um zumindest einen kleinen hellen Radius zu erzeugen. Ihre Schritte hallten von den gewölbten Wänden wider und es wurde zunehmend kühler, weil sich kein Sonnenstrahl wärmend hierhin verirrte. Der alte U-Bahnschacht wirkte wie eine surreale Welt, die sie ohne zwingenden Grund nie freiwillig betreten hätte. Wenn sie sich mit Aurora getroffen hatte, dann immer in Bars, wo sie ungestört waren. Ganz ungefährlich war die alte Linie nicht. Aurora hatte angedeutet, dass hier die Schattengänger hausten. Ausgestoßene Vampire, die sich nicht aus dem Dunkel wagten, weil sie sich einst von Königin Pyr abgewandt hatten. Theresa hoffte inständig, dass sie ihre Anwesenheit nicht bemerken würden. Sicherheitshalber hatte sie darauf verzichtet, die Fackel als Lichtquelle zu verwenden. Sie wollte kein unnötiges Risiko eingehen und durch das helle Licht zu viel Aufmerksamkeit auf sich ziehen. Zwar fürchteten Schattengänger das Feuer, aber wer wusste schon, wozu sie fähig waren, wenn der Hunger sie antrieb. Angeblich ernäherten sie sich nur von Ratten und anderem Getier. Eben alles, was sich in ihr Tunnelsystem verirrte. Ein Mensch musste eine willkommene Abwechslung auf dem Speiseplan sein. Spinnenweben hingen von alten Metallgestellen, Ratten huschten an ihr vorbei, aber schließlich zeichnete sich der alte Bahn-Waggon von der Dunkelheit ab, in dem Aurora lebte.

Schwaches Licht leuchtete durch die Fenster. Sie war zu Hause. Theresa konnte ihre Gestalt in einem der Wagenfenster erkennen. Wahrscheinlich hatte Aurora ihre Ankunft durch das Licht des Handys bemerkt. Theresa winkte ihr zu und beeilte sich, in das Innere des Waggons zu kommen. Die Türen schoben sich knarrend auseinander und fielen krachend hinter ihr zu.

Aurora hatte sich in dem Waggon, der eine leichte Schräglage nach links eingenommen hatte, recht wohnlich eingerichtet. Ihr Bett bestand aus einer alten Matratze, außerdem gab es eine Sitzgelegenheit, einen Tisch zwischen zwei Sitzbänken, und eine Sammlung an Büchern. Von der Decke hingen verschiedene Talismane, Schutzsymbole und Perlenketten. Für Licht und Elektrizität sorgten ein Notstromgenerator und ein reichlicher Bestand an Kerzen.

„Theresa." Auroras Stimme klang neutral und war weder Mann noch Frau zuzuordnen. „Was führt dich zu mir? Möchtest du Tee? Ich habe gerade Wasser aufgesetzt."

Theresa schüttelte den Kopf und war erleichtert ihre Stimme zu hören, aber unterließ es, sie zur Begrüßung zu umarmen. Aurora mochte keinen Körperkontakt. Sie war anders, und Theresa war sich nicht sicher, ob sie überhaupt menschlich war. Die Freundin wohnte nicht nur an diesem seltsamen, dunklen Ort, sie verbarg auch ihre Augen mit einer Sonnenbrille vor menschlichen Blicken und war in einen dunklen Flickenmantel gehüllt. Über ihr Gesicht hatte sie zusätzlich eine schwarze Skimaske gestreift, auf der die Brille saß. Sie wirkte wie ein Phantom. Nur schwer greifbar. Surreal. Wie alles in dieser dunklen Parallelwelt unter den Straßen.

Niemand wusste, wer oder was Aurora war und wie sie unter ihrer Vermummung aussah. Sie selbst begründete ihre Kleidung damit, dass sie eine starke Lichtallergie hätte. Theresa glaubte nicht so recht daran. Hier unten drang kein Licht vor und sie verhüllte sich dennoch vom Kopf bis zu den Fußspitzen. Aufgrund ihrer schmächtigen Statur neigte man dazu, sie eher für eine Frau zu halten und Theresa sah sie als Freundin an. Noch dazu hatte sich Aurora selbst einen weiblichen Vornamen gegeben, denn ihren richtigen Namen kannte sie nicht. Allgemein wusste sie nicht viel über sich. Sie litt an Amnesie und erinnerte sich weder an Familie, Freunde oder Bekannte, doch sie behauptete, seit langer Zeit zu existieren.

Aurora goss das dampfende Wasser in eine Tasse und tat einen Teebeutel hinein. Dann setzte sie sich an den Tisch und bot Theresa einen Platz neben sich an.

„Bist du sicher, dass du keinen Tee möchtest? Das ist eine schmackhafte Sorte. Erdbeer-Vanille. Jemand hat eine halbe Packung weggeworfen. Kannst du dir das vorstellen?“

Sie schob ihr die Tasse zu. Theresa wusste, dass Aurora keine feste Nahrung, dafür aber Flüssigkeit zu sich nahm. In ihrer Gegenwart würde die Empathin jedoch niemals etwas trinken, dafür müsste sie ihre Maske abstreifen. Aurora vermied es einzukaufen und durchwühlte stattdessen Abfälle. Für Theresa keine besonders schöne Vorstellung, für Aurora Alltag. Das machte ihr freundliches Angebot nicht unbedingt schmackhafter. Wenigstens trank sie kein Blut wie die Vampire. Dennoch hatte sie etwas mit den Blutsaugern gemein. Sie besaß Gaben, die denen eines mächtigen Vampirs nicht unähnlich waren. So hatte sie die Fähigkeit Gefühle anderer zu erspüren, sie sogar zu beeinflussen, indem sie die Seele ihres Gegenübers berührte. Und sie wusste von Dingen, die anderen verborgen waren. Theresa konnte sich nicht erklären wie Aurora das machte. Sie traute sich nicht, ihr zu viele Fragen über ihre Person zu stellen. Erstens wollte sie keine schmerzhaften Gefühle auslösen und zweitens sagte ihr ein unbestimmtes Gefühl, Aurora könne zu viel Fragerei als unhöflich empfinden.

„Nein, danke, keinen Tee für mich.“

„Du bist sehr nervös.“

Wie immer hatte sie recht. Vor Aurora konnte man nur schwer etwas verbergen. Theresa beschloss, gleich auf den Punkt zu kommen, anstatt um den heißen Brei herum zu reden. Sie hatten nicht viel Zeit. Schon gar nicht für Tee.

„Ich habe Levan hintergangen.“

„Was ist geschehen?“, fragte die Empathin.

Eigentlich war es beruhigend, dass selbst sie nicht alles wusste. Aber so war es mit dieser Gabe. Sie kam nie, wenn man sie rief. Man wurde von ihr überfallen. Und bei Aurora schien das nicht anders zu sein.

Theresa drückte ihr den Zylinder in die Hand. „Weißt du, was das ist?“

Die behandschuhten Hände glitten über das Metall. „Ich fühle etwas. Etwas sehr Altes, sehr Mächtiges.“

„Das ist die ewige Fackel. Das Feuer des Ivari.“

„Ja … genau das ist es.“ Offenbar kannte Aurora die Legende.

„Sie brennt erst, wenn man sie in die Luft hält“, erklärte Theresa.

Aurora, die zum ersten Mal, seit Theresa sie kannte, ein wenig aufgeregt wirkte, schraubte rasch den Deckel des Zylinders ab, nahm die Fackel heraus und wie Theresa es angekündigt hatte, entzündete sie sich, so dass sie den Waggon hell erleuchtete. Die knisternden Flammen spiegelten sich in den dunklen Gläsern von Auroras Sonnenbrille.

„Sie ist noch älter als ich dachte“, flüsterte sie ehrfürchtig. „Alt wie die Welt, der Himmel und die Sterne. Aber auch mächtig und gefährlich. Und irgendwie … vertraut.“

„Die Fackel bringt großes Unheil.“ Während Theresa sprach, bildete sich ein kleiner Film von Angstschweiß auf ihrer Stirn. Sie musste beim Anblick der lodernden Flamme an ihre Vision denken und an das Feuer, das sie darin gesehen hatte. Doch sie schob die Angst zurück, tief in ihr Inneres, und erklärte weiter. „Levan sagt, sie öffnet das Tor in die Unterwelt. Die Vampire wollen Königin Pyr zurückholen. Ich habe es gesehen. Die Städte werden brennen, Menschen werden versklavt. Wir dürfen nicht zulassen, dass die Vampire sie zurückholen, oh Gott Aurora.“

Ihre eigenen Worte riefen die Ängste wieder wach, die sie gestern Nacht während ihrer Vision heimgesucht hatten. Furcht. Hilflosigkeit. Ohnmacht. Sie presste sich die

Hand vor den Mund und zwang sich, nicht hysterisch zu werden. Aber wie sollte das gelingen, bei diesen Zukunftsaussichten?

Nein, sie war weder hilflos noch ohnmächtig. Dieses Mal würde sie sich nicht ihrem angeblichen Schicksal ergeben. Sie hatte ihre Opferrolle abgestreift. Sie würde sie jetzt nicht wieder anziehen.

Entschlossen schluckte sie alle Ängste hinunter und versuchte, sich zu konzentrieren. Im Hier und Jetzt hatten sie alle Fäden in der Hand. Nicht die Vampire.

Aurora schien zu verstehen, nickte und holte einen grünen Kanister aus einer Ecke des Waggons. Theresa wunderte sich, wofür die Empathin Benzin benötigte, aber dann fiel ihr ein, dass sie damit den Notstromgenerator fütterte und es sich um Diesel handeln musste.

„Was hast du vor?", fragte Theresa.

„Ich habe es auch gesehen. In meinen Träumen. Du hast recht. Wir haben keine andere Wahl."

Sie verließen den Waggon und einige Schritte entfernt legten sie die Fackel auf den Boden. Das Feuer flackerte leicht, während Aurora den Deckel des Kanisters abschraubte. Sie zögerte einen Moment und betrachtete die gleißenden Flammen am Boden. Sie schienen eine starke Anziehungskraft auf sie zu haben.

„Es ist ein Frevel, das zu tun", sagte sie mit großem Bedauern. „Ich wünschte, es gäbe eine andere Lösung. Ich wusste nicht, wie ich die Vision deuten sollte, aber du hast nun Klarheit geschaffen. Wir können das Unheil nur abwenden, wenn wir die Fackel vernichten."

Theresa stimmte zu. Die Vampire würden niemals ruhen, ehe sie nicht die Fackel wieder in ihren Besitz gebracht hätten.

Der beißende Geruch des Diesels stieg in die Luft. Er war so ätzend, dass Theresa gezwungen war, den Atem anzuhalten. Rasch schüttete Aurora einen Teil der entzündlichen Flüssigkeit über die Fackel, die sofort lichterloh aufflammte. Theresa sprang zurück. Überrascht von der heftigen Reaktion des Feuers blieb sie sekundenlang wie erstarrt stehen und beobachtete das Spiel der Flammenzungen, während Aurora ruhig blieb, den Kanister wieder zuschraubte und ihn abstellte.

Nach einigen Minuten war der Diesel verbrannt und die Flammen gingen langsam zurück. Aber die Fackel leuchtete weiter und erhellte die Dunkelheit des Tunnels. Theresa trat näher.

„Das war wohl nichts."

„Vernichte Gleiches mit Gleichem. Wenn sie nicht mit Feuer vernichtet werden kann, wird es schwer werden, sie zu zerstören. Vielleicht ist sie sogar unzerstörbar", sagte Aurora und hob die Fackel auf.

Sie schien nicht einmal heiß am Griff zu sein. Langsam bewegte sie sie hin und her. Das Feuer am Kopf der Fackel brannte, als sei nichts geschehen.

Sauerstoffmangel löschte sie nicht, ein Gegenfeuer erstickte sie nicht, es musste doch eine Lösung geben! Theresa würde eine finden, und wenn sie die Fackel am tiefsten Punkt der Erde versenkte.

„Lass es uns noch einmal versuchen. Auf eine andere Weise", schlug Theresa vor.

Vielleicht konnte sie die Fackel zerteilen. Aber Aurora reagierte nicht. Sie starrte fasziniert in das Flammenspiel, als hätte es sie hypnotisiert.

„Aurora? Hörst du, was ich sage?"

In dem Moment erfasste ein Schütteln den zierlichen Körper der Empathin. Es sah aus, als erlitte sie einen epileptischen Anfall. Wild zuckten ihre Gliedmaßen. Ein eigenartiges Gurgeln drang aus ihrer Kehle. Theresa eilte zu ihr, doch noch ehe sie ihre Freundin erreichte, stürzte diese zu Boden. Die Fackel glitt aus ihrer Hand und rollte bis zu Theresas Stiefel.

„Aurora!"

Theresa hockte sich neben den zusammengesackten Körper. Aurora bewegte sich plötzlich nicht mehr. Und sie schien nicht zu atmen. Rasch griff sie nach dem Arm, zog den Ärmel des Mantels zurück und erschrak, als sie ein spindeldürres Handgelenk erblickte, das nur von einer gräulichen Lederhaut umspannt war. Theresa zögerte, Aurora zu berühren, sie war so zerbrechlich. Aber dann überwand sie ihren Schrecken, tastete nach ihrem Puls und spürte nichts. Allmählich geriet sie in Panik und fragte sich, ob Aurora tot sei.

„Wach auf, bitte!", rief sie und rüttelte die Bewusstlose.

Sie konnte die knochigen Schultern durch den Stoff des Mantels spüren. Ein leises Stöhnen drang aus Auroras Kehle. Gott sei Dank, sie war noch am Leben.

Doch warum hatte sie keinen Puls? Theresa überprüfte ihn noch einmal. Noch immer spürte sie keinen Herzschlag.

Ihre Freundin war eine Untote.

„Aurora, um Himmels Willen, komm zu dir."

Theresa war den Tränen nahe. Rasch lief sie in den Waggon zurück, um eine Schüssel mit Wasser und einen Lappen zu holen. Es dauerte eine Weile, ehe sie beides zwischen Auroras Gerümpel fand. Die Empathin sammelte alles, dass ihr unter die Finger kam.

So schnell sie konnte eilte sie zu Aurora zurück, tauchte den Lappen ins Wasser, wrang ihn aus und zog die Skimaske samt der Sonnenbrille vorsichtig hoch.

Sie hatte keine Ahnung was sie erwartet hatte, aber als sie den Stoff hochschob, kroch Entsetzen in ihr hoch.

Lederne Haut. Eingefallene Wangen. Keine Lippen. Aurora sah aus, als wäre sie schon vor Monaten verstorben. Ihr Gesicht glich einem Totenschädel.

Theresa fühlte sich miserabel, weil der Anblick ihrer lieben Freundin einen Würgreflex in ihr auslöste. Aber sie konnte es nicht verhindern. Zum Glück blieb ihr Frühstück im Magen. Theresa versuchte, den Blick abzuwenden, aber sie konnte es nicht. Jedes schreckliche Detail prägte sich ein. Ihr Blick fiel auf eine Reihe symmetrisch gewachsener heller Zähne. Das Gesicht war stark eingefallen, die Knochen standen kantig hervor und die Haut wirkte so welk und grau, wie die einer Mumie. Die Augen waren geöffnet und starrten ins Leere. Sie lagen derart tief in ihren Höhlen, dass Theresa sich über sie beugen musste, um die winzigen Augäpfel überhaupt zu erkennen. Die Glaskörper waren eingeschrumpelt. Die Iris strahlte in einem hellen Blau und Theresa glaubte, Leben darin zu sehen.

„Bist du wach?“, fragte sie, weil sie das Gefühl hatte, Aurora würde sie ansehen. Aber die Freundin antwortete nicht. Endlich gelang es Theresa, den kühlenden Lappen auf die Stirn zu legen. „Das wird dir gut tun“, sagte sie, doch erwartete keine Antwort.

Was hatte es nur mit diesem Mädchen auf sich? Correy wunderte sich über ihr merkwürdiges Verhalten, wartete auf einen günstigen Moment, in dem niemand zu dem alten U-Bahn Eingang sah, kletterte unter der Absperrung hindurch und ging die Treppe hinunter, bis er in den alten, stark zerfallenen Bahnhof gelangte. Auf einer Bank lag ein Mann, der nach Alkohol stank. Über seinem Gesicht hatte er eine Zeitung ausgebreitet. Die Kacheln und große Teile des Putzes an den Wänden waren fast völlig herunter gekommen. Wahrscheinlich war der Bahnhof nach dem Krieg nicht mehr geöffnet worden. Der Gedanke, dass hier unten irgendwo ein Blindgänger vor sich hinrosten könnte, stellte ihm die Nackenhaare auf.

Was, bei Lykandras Nachfahren, hatte die Kleine hier unten zu suchen? Er beschloss, es herauszufinden.

Im Schutz eines alten Ansagerhäuschen zog er sich aus. Er legte alles ordentlich zusammen und versteckte es. Dann nahm er seinen wertvollsten Besitz vom Hals. Das Wolfsauge. Ein Loch in der Wand bot dem Kristall ein sicheres Versteck. Wer wusste schon, wer hier unten im Bahnhof verkehrte. Es schien ihm ein guter Ort für illegale Geschäfte. Falls jemand seine Kleidung stahl, konnte er das verschmerzen. Aber ein Wolfsauge war nicht zu ersetzen. Von diesen Splittern gab es nur sehr wenige auf der Welt.

Nachdem er alles verstaut hatte, schloss er die Augen und konzentrierte sich auf seine Gestalt. Er spürte seine Füße, die Zehen, die Hacken und konzentrierte sich auf seine Beine, seine Lenden, jeden Teil seines Körpers. Die Energie, die nun durch seine Adern schoss, war vergleichbar mir heißer Lava. Die Hitze erfasste seinen ganzen Leib. Schweiß rann über seine Stirn. Von ganz allein beugte sich sein Oberkörper vorn über und seine Fingerspitzen streckten sich dem Boden entgegen. Noch ehe sie ihn berührten, waren aus den großen Händen kräftige Pfoten geworden. Sein Blickfeld veränderte sich. Gerüche stiegen ihm in die Nase, die er in seiner Menschengestalt nicht wahrgenommen hätte. Er hörte noch so ferne Geräusche. Alles um ihn war von einer Lebendigkeit erfüllt, die ein Mensch nicht kannte.

Vorsichtig verließ er das Ansagerhäuschen, darauf bedacht, nicht von dem Obdachlosen gesehen zu werden. Er filterte alle Gerüche, bis er schließlich den gefunden hatte, den er suchte. Die Duftspur war sehr intensiv, sehr weiblich, sehr sexy. Unwillkürlich zogen sich seine Lefzen hoch und ein Grollen entwich seiner Kehle. Er folgte dieser Spur. Mit einem Satz landete er auf den Gleisen. Berauscht von ihrem Duft, eilte er ihr nach durch die Dunkelheit.

Die Spur führte tiefer in den Tunnel und schließlich erspähte er in der Ferne einen einzelnen Waggon, der in leichter Schieflage auf den Gleisen stand. Am Boden brannte ein Feuer. Die Flammen waren nicht sehr groß, aber dafür äußerst hell. Nur unweit der Lichtquelle machte er zwei Körper aus. Einer lang am Boden, das Mädchen saß daneben und lehnte mit dem Rücken gegen einen Stahlträger, die Arme hatte sie um die Beine geschlungen und den Kopf gesenkt, so dass er nur ihre dunklen Haare sehen konnte. Angst und Verzweiflung lag in der Luft. Was um alles in der Welt war hier geschehen?

Als Wolf würde er nichts erfahren, also beschloss er, sich ihr zu offenbaren. Hinter dem Waggon verwandelte er sich in seine Menschengestalt zurück. Seine Sorge um die junge Frau trieb ihn zur Eile an. Rasch richtete er sich zu seiner vollen Größe auf und stieß scheppernd mit dem Kopf an einen niedrigen Stützbalken, der vor einiger Zeit eingebrochen sein musste. Er versuchte, einen Schmerzenslaut zu unterdrücken, aber ein leises Knurren kam ihm dennoch über die Lippen. Das würde eine Beule geben. Er rieb sich mit der Hand die schmerzende Stelle, als ihm einfiel, dass sein kleiner Unfall möglicherweise nicht unbemerkt geblieben war.

Vorsichtig blickte er um die Ecke des Wagens, um zu sehen, ob seine Wolfsängerin noch dort saß. Aber sie war verschwunden. Stattdessen hörte er Schritte hinter sich und es wurde hell um ihn herum. Als er sich umblickte, stand sie hinter ihm. In der einen Hand die Fackel, in der anderen ein Messer.

Correy wich einen Schritt zurück. Ihr Blick war entschlossen und er zweifelte keinen Moment daran, dass sie das Messer gebrauchen würde. So lange die Klinge nicht aus Silber bestand, konnte sie ihm damit nichts anhaben. Er wollte allerdings eine aggressive Auseinandersetzung vermeiden.

„Entschuldigen Sie … ich wollte Sie nicht ängstigen."

„Sie?" Ihre Augen weiteten sich und er spürte förmlich ihr Erstaunen. Sie blickte an ihm hinunter „Also … das hätte ich nicht von Ihnen gedacht." Ihre Kinnlade sackte ab. „Warum sind Sie nackt? Sind Sie ein Perverser?"

Die Situation war nicht zum Lachen, aber er spürte, wie sich ein Lächeln auf seinen Lippen formte. Er wusste nicht was er darauf antworten sollte, zumal sie hinreißend aussah. Ihr Gesicht war traumhaft schön und die schwarzen Haare schmeichelten ihrer Blässe. Durch den Kontrast fielen ihre Augen noch mehr auf. Das zarte Violett strahlte wie ein Rosenquarz im Licht der Fackel. Und diese Lippen. Er fragte sich, wie sie wohl schmeckten. Ihr Kleid überließ kaum etwas der Fantasie. Der Rock war eng, betonte ihre wohlgeformte Hüfte. Und der Ausschnitt war eben weit genug, um die Ansätze ihrer runden Brüste zu erahnen. Er erinnerte sich, dass in diesem hübschen Rock ein Riss war, an einer verführerischen Stelle. Ja, er gab es unumwunden zu. Ihr Anblick weckte uralte Instinkte und Gefühle, die in jedem Mann stecken und die noch viel stärker in einem Werwolf vorhanden waren. Ihn nun aber einen Perversen zu nennen, kränkte ihn dann aber doch.

„Ich bin nicht pervers und ich habe auch keine unzüchtigen Absichten", sagte er so stolz er konnte in Anbetracht der Situation.

„Das sieht aber ganz anders aus." Sie deutete mit dem Kinn auf seinen Schritt. Correy blickte an sich hinunter und … ups! Nicht nur, dass er für einen Moment völlig vergessen hatte, dass er nackt vor ihr stand, es zeichnete sich auch eine sichtbare Erregung zwischen seinen Beinen ab.

Rasch hielt er eine Hand davor und riss mit der anderen ein Laken herunter, das an einem der Fenster des Waggons hing, um sich darin einzuwickeln.

Er räusperte sich. „So war das nicht … geplant."

„Das glaube ich Ihnen aufs Wort."

„Hören Sie, ich bin wirklich kein Lüstling oder sowas." Wie glaubwürdig klang das in einem solchen Moment?

„Und warum sind Sie mir dann gefolgt und stehen nun splitterfasernackt vor mir?"

Correy wusste, dass sie ihm die Wahrheit nicht glauben würde, also versuchte er erst gar nicht, sie ihr zu erklären.

„Es war nicht meine Absicht, Sie zu erschrecken. Ich weiß, Sie glauben mir jetzt kein Wort mehr. Aber das alles sind nur sehr unglückliche Umstände."

Er sah ihren zweifelnden Blick und wusste sich bestätigt. Er hätte sich am liebsten selbst in den Hintern getreten. Wieso war er nur so unvorsichtig gewesen? Lag es an der Euphorie, endlich eine Wolfsängerin gefunden zu haben? Aber gerade dann hätte er doch besonders behutsam sein müssen. Er kam sich wie ein Trottel vor.

Theresa musste trotz allem schmunzeln. Beinahe tat ihr dieser Superdetektiv leid. Aber was er sich hier geleistet hatte, war schon grenzwertig. Auch wenn sie ihm dankbar war, dass er ihr neulich Nacht aus der Klemme geholfen und sie nicht das Gefühl hatte, dass er tatsächlich gefährlich war.

Das Licht der Fackel fiel auf den staubigen Untergrund. Sie erkannte Spuren. Da waren seine Fußabdrücke. Aber neben ihnen entdeckte sie Pfotenabdrucke. Theresa war in Zoologie nicht bewandert genug, um zu entscheiden, was für ein Tier sie hinterlassen hatte, doch es musste groß sein. Ziemlich groß. Sie bezweifelte, dass Aurora ein Haustier besaß. Es konnte also nur bedeuten, dass sich hier unten noch irgendetwas anderes herumtrieb und sie hoffte inständig, dass es nicht gefährlich war.

„Bitte gehen Sie jetzt", sagte sie fest.

Sie musste sich um Aurora kümmern. Sie konnte niemanden gebrauchen, der jetzt im Weg stand und neugierige Fragen stellte.

„Wenn Sie in Schwierigkeiten stecken, helfe ich Ihnen. Sie müssen es nur sagen."

Oh, wenn er nur wüsste, wie groß die Schwierigkeiten waren, in denen sie steckte, er würde seine Worte sicherlich bereuen. Aber ein nackter Verrückter fehlte ihr jetzt gerade noch.

„Hören Sie, ich bin Ihnen dankbar für neulich, aber bitte tun Sie sich und mir den Gefallen und verschwinden schnell von hier. Ich komme allein klar. Es ist alles in Ordnung."

„Das sieht mir aber nicht danach aus. Was ist mit der Verletzten?" Er nickte in Richtung Aurora.

„Nur ein Schwächeanfall. Bitte kümmern Sie sich um Ihre eigenen Angelegenheiten."

Sie wollte nicht zulassen, dass dieser Typ auch noch in die Sache hineingezogen wurde.

Ein merkwürdiges Knacken und Knarzen in der Ferne ließ sie aufhorchen. Sie richtete die Fackel in die Richtung aus der sie die Geräusche vernommen hatte, doch es war nichts zu sehen.

„Scheint, als wären wir nicht allein hier unten", sagte der Detektiv mit untrüglichem Scharfsinn.

Ihr Blick glitt zu den Pfotenabdrucken. Ganz hier in der Nähe musste sich ein Tier herumtreiben. Vielleicht ein streunender Hund.

„Sie sollten nun verschwinden, Sherlock."

Wieder hörte sie etwas im Dunkeln. Rasche Schritte, die wie ein Heer aus Tausendfüßlern klangen. Erschrocken fuhr sie ein weiteres Mal mit der Fackel herum.

Nahe der Schienen stand eine Gestalt auf zwei Beinen. Die gebückte Körperhaltung erinnerte an den Glöckner von Notre Dame. Kaum wurde die Person vom Lichtkegel getroffen, hob sie schützend die Klauenhände vor das Gesicht und huschte mit einem leisen Zischen in den Schatten zurück.

Schattengänger. Die Hyänen unter den Blutsaugern. Sie wünschte, es wäre nur ein streunender Hund gewesen. Mit dem wären sie notfalls fertig geworden, falls er sie überhaupt angegriffen hätte. Schattengänger aber waren unberechenbar. Sie schlossen sich in kleinen Gemeinschaften zusammen, jagten nicht in den Straßen, sondern lauerten ihren Opfern in Gefilden wie diesen auf. Fernab der menschlichen und vampirischen Zivilisation. Sie fürchteten das Feuer, waren viel lichtempfindlicher als ihre Kollegen über Tage.

Und das war ihr Glück. Theresa war plötzlich froh, dass das Licht der Fackel nicht so einfach zu löschen war. Aus der Ferne hörte sie ein Knarren und Ächzen. Sie versuchte, die Gestalt im Dunkeln auszumachen, richtete die Fackel höher, um die Schienen zu beleuchten, und stellte fest, dass der Schattengänger längst verschwunden war.

Das Gefühl, in der Falle zu sitzen, drängte sich ihr auf. Aus derselben Richtung vernahm sie erneut Tausendfüßlerschritte, die vermutlich dadurch verursacht wurden, dass sich die Schattengänger sehr schnell bewegten. Es wurden mehr. Plötzlich schoss eine dürre Hand vor und griff nach Aurora. Theresa zögerte keinen Augenblick, stürmte los und wirbelte die Fackel bedrohlich durch die Luft, so dass sie einen brennenden Schweif hinter sich herzog.

„Verschwinde!“, rief sie und tatsächlich zog sich das Viech in die Schwärze des Tunnels zurück.

Jetzt konnte Theresa auch die anderen Gestalten schemenhaft erkennen. Es waren mindestens drei. Sie zischelten und die Laute erinnerten an Schlangen. Theresa starrte die Vampire an, die immer bedrohlicher knurrten. Noch hielt das Feuer der Fackel die Bestien fern.

„Verdammt, das sieht nach Ärger aus“, hörte sie die Stimme Blackdooms hinter sich.

In einem offensichtlichen Anfall von Größenwahn stellte sich ihr detektivischer Freund schützend vor sie.

„Was glauben Sie, was Sie da tun?“

Bildete er sich ein, er könne es allein mit den Schattengängern aufnehmen? Die sahen vielleicht gebrechlich und wie Halbtote aus, aber ganz sicher waren sie das nicht.

„Ich beschütze Sie.“

„Schattengänger fürchten das Feuer.“

Also war es ihre Aufgabe, ihn zu schützen. Sie drängte sich vor und hielt die Fackel vor ihren Körper. Tatsächlich waren die Schattengänger verschwunden.

„Sehen Sie, was habe ich gesagt?“

„Die treten nicht die Flucht an. Die schwärmen aus.“

„Was? Aber wohin denn?“

Der Schacht war vielleicht breit genug für zwei U-Bahnen, die in verschiedene Richtungen aneinander vorbei fuhren, doch viel zu schmal zum Ausschwärmen. Sie müssten die Blutsauger sehen können. Theresa lauschte angestrengt. Da war es wieder. Dieses Trippeln. Sie konnte nicht genau bestimmen, woher es kam. Es klang fast, als bewegten sie sich hinter den Wänden, wie Ratten in alten Schornsteinen.

„Als ich Ihnen folgte, habe ich hier einige Verzweigungen und Räume gesehen. Es scheint ein ganzes Tunnelsystem zu geben. Ich nehme an, Ihre gruseligen Freunde haben es angelegt. Jetzt hilft es ihnen dabei, uns zu umzingeln."

„Sie müssen verdammt gute Augen haben, wenn Sie das alles sehen konnten."

„Mein Augenarzt ist sehr zufrieden mit mir."

Etwas berührte ihre Schulter. Theresa fuhr herum und blickte in das totenbleiche Gesicht eines glatzköpfigen Vampirs, der ebenso laut aufschrie wie sie. Wenn er sie nicht gar übertönte. Allerdings war sein Gebrüll kein Schreckens- sondern ein Angriffsschrei.

„Weg mit dir! Weg!" Sie schwenkte mit der Fackel und trieb ihn ein Stück zurück.

„Da sind noch mehr", sagte Blackdoom und Theresa konnte sie im Augenwinkel sehen.

In gebückter Haltung und mit fletschenden Zähnen fingen sie an, sie zu umkreisen.

„Fort mit euch!"

„Ein ssschönesss Kind, nicht ssso tot wie die da", ächzte einer der Vampire und deutete zu der bewusstlosen Aurora. „Dein Blut ssschmeckt sssicher sssüß und rein."

Er leckte sich mit der Zunge über die Lippen. Allmählich schlossen sie den Kreis enger um sie.

„Fass sie an und du wirst es bereuen, Aasfresser." Die Stimme ihres Detektivs war grollend.

„Oh, da issst aber jemand sssehr mutig. Sssehr."

Theresa sah nur noch eine Möglichkeit, heil aus der Sache rauszukommen.

„Ich bin Levans Dienerin! Wagt es nicht uns etwas anzutun!"

Blackdoom, der sich wieder vor sie gestellt hatte, starrte sie an, als hätte sie den Teufel persönlich herbeigerufen.

„Was?", entkam es ihm, in einem Ton der Entrüstung.

Sie hatte keine Zeit ihm zu antworten, denn die Schattengänger ließen sich nicht beirren.

„Nie gehört, Täubchen. Doch ssselbssst wenn … wir haben unsssere eigenen Regeln.“

Sie schlossen den Kreis und bewegten sich immer schneller und schneller. So schnell, bis sie nur noch schemenhafte Gestalten waren, die wie Schatten an ihnen vorbei glitten. Eine spindeldürre Hand tauchte neben ihr auf und griff nach ihr. Eine zweite riss ihr die Fackel aus der Hand. Theresa konnte nicht rechtzeitig reagieren. Alles ging viel zu schnell. Erschrocken schrie sie auf und stieß die gierigen Hände weg, doch die schienen überall zu sein, auf ihren Brüsten, in ihren Haaren und an ihrer Kehle.

„Lasst mich in Ruhe!“

Sie wurde zu Boden gerissen, mit dem Gesicht nach unten. Einen kurzen Moment konnte sie nichts sehen außer dem Staub zwischen den Gleisen. Der Vampir setzte sich auf sie und wurde fast genauso schnell wieder herunter gerissen.

Theresa hob den Kopf und konnte im flackernden Licht der am Boden liegenden Fackel erkennen, dass es ein großer, grauer Hund war. Er trieb die fauchenden Schattengänger ins Dunkel. Ehrfürchtig wichen sie vor dem Tier zurück, das wie aus dem Nichts aufgetaucht war, gefährlich knurrte und durch sein gesträubtes Fell noch größer und furchteinflößender aussah.

Ein letztes mächtiges Knurren ließ die Vampire die Beine in die Hand nehmen und in die Tiefen des Tunnels flüchten.

Theresa richtete sich auf, klopfte den Staub von ihrer Kleidung und merkte erst jetzt, dass sie am ganzen Körper zitterte. Erschöpft ging sie ein paar Schritte, ehe sie merkte, dass ihr Kreislauf das nicht mitmachte, und setzte sich wieder hin. Tief atmete sie durch. Ihr Herz raste, ihre Schläfen pochten und der Kopf schmerzte zum Zerspringen. Etwas Warmes floss an ihrem Hals herunter.

Entweder hatte der Schattengänger sie gebissen oder es waren seine Klauen gewesen, die ihr die Wunde zugefügt hatten. Jedenfalls war er durch ihr Halstuch durchgekommen. Erstarrt blickte sie auf ihre blutverschmierten Finger, bevor sie ein Taschentuch aus der Tasche ihrer Strickjacke zog, den Schal lockerte und es gegen die Wunde drückte.

Jetzt, da die Vampire verschwunden waren, hatte sie die Zeit und Nerven sich umzublicken.

Wo war Blackdoom? Hatten die ihn etwa mitgenommen? Das fehlte noch.

In einiger Entfernung bemerkte sie den Hund, der sie zu beobachten schien. Theresa musterte ihn. Es war ein schönes Tier. Edel, anmutig, aber gefährlich. Er machte glücklicherweise keine Anstalten sie anzugreifen. Im Gegenteil. Er schien nur gekommen, um sie zu schützen. Ihre Hand tastete nach der Fackel und als sie die unter den Fingern spürte, nahm sie den Griff in die Hand und richtete sie auf das schöne Tier. Sein Fell schimmerte seidig. Es wirkte dicht, beinahe kuschelig. Er hatte einen breiten Brustkorb, kräftige Pfoten und spitze Ohren, die augenscheinlich ins Dunkel lauschten und sich in verschiedene Richtungen bewegten. Nein, das war kein Hund.

Es war ein Wolf.

Seine Augen blickten sie besorgt aber auch auf warme Weise an. Sie waren strahlend grün. So grün, dass sie an eine Sommerwiese denken musste.

Blackdoom.

Nein, das konnte doch nicht sein.

Das war unmöglich. Instinktiv wich sie vor ihm zurück. In der Legende von Pyr und Lykandra waren die Werwölfe nicht gerade gut weggekommen. Sie galten als kaltherzig und grausam. Aber so wirkte Blackdoom keinesfalls. Er hatte sie nun schon zum zweiten Mal gerettet. Blackdoom war kein Monster. Er stand auf ihrer Seite. Das hatte er bewiesen. Alles Lügen, die ihr die Vampire aufgetischt hatten.

„Ich danke dir", sagte sie leise, da wandte sich der Wolf ab und verschwand in den Schatten.

Einen Augenblick später tauchte Blackdoom wieder auf, seinen Unterkörper wieder in das Laken gehüllt.

„Woher wussten Sie, dass ich es bin?", fragte er und setzte sich einige Schritte entfernt von ihr nieder.

„Die Augen", sagte sie und erinnerte sich an die Pfotenabdrucke unter seinen nackten Füßen.

„Und Sie dienen einem Vampir."

Eine Feststellung. Würde er sie dafür hassen? Der Gedanke, er könne es tun, störte sie. Sogar sehr. Theresa wusste von der unerbittlichen Feindschaft zwischen Werwölfen und Vampiren und sah sich genötigt, ihm zu erklären, dass sie nicht mehr auf der Seite der Blutsauger stand, bevor er noch dem Glauben verfiel, sie wäre sein Feind. Doch ehe sie etwas sagen konnte, lenkte ein leises Stöhnen ihre Aufmerksamkeit auf sich. Aurora.

Theresa rannte zu ihr hin und beugte sich über sie. „Bitte, komm zu dir."

Tatsächlich flackerten ihre Augenlider und wenige Sekunden später war sie wach, zog sich ganz selbstverständlich die Skimaske über das Gesicht und erhob sich auf wackeligen Beinen.

„Es geht schon", sagte sie angestrengt, blickte sich um und erstarrte, als sie den fremden Mann sah.

„Schon in Ordnung, er ist ein Freund."

Aurora nickte zögerlich. „Ich weiß jetzt, was sie will", sagte sie und hielt die Hand nach der Fackel auf.

Theresa verstand kein Wort. „Wer was will?"

„Die Fackel. Sie muss zurückgebracht werden."

„Was?“ Theresa glaubte, sich verhört zu haben. „Zurück zu den Vampiren? Aurora, hör bitte auf mit diesen Späßen.“

Aurora ignorierte sie erneut. Sie griff nach der Fackel, steckte sie behutsam in den Zylinder und ging in ihren Waggon zurück. Für einen Moment stand Theresa ratlos im Dunkeln.

„Was hat es mit dieser Fackel und den Vampiren auf sich?“, fragte der Werwolf.

Theresa ahnte, dass er nicht so schnell wieder gehen würde. Also gut, vielleicht konnte er irgendwie hilfreich sein.

„Kommen Sie mit, dann erfahren Sie es.“

Im Waggon zog Aurora hinter einem Stapel Bücher ein zusammengerolltes Papier hervor, das sie auf dem Tisch ausbreitete. Es handelte sich um eine Weltkarte. Theresa wollte sie fragen, was sie da tat, aber Aurora sagte nur:

„Still. Ich muss mich konzentrieren.“

Sie blickte sich im Waggon um und zog eine afrikanische Perlenkette von der Decke. Wie ein Pendel hielt sie diese über die Karte und langsam zog es drehend immer größere Kreise und schwenkte schließlich stark in eine Richtung aus. Vorsichtig folgte Auroras Hand der Bewegung des Pendels, das sie nach Süden zog. Hier wurden die Kreise noch stärker. Theresa war fasziniert. Sie hatte davon gehört, dass in Amerika Entführungsfälle mit der Hilfe von empathischen Medien aufgeklärt worden waren. Das Pendel hatte die Polizei auf die richtige Fährte gebracht.

„Ich bin ganz nah“, flüsterte Aurora.

Das Pendel bewegte sich weiter nach Süden, über Montenegro und Albanien hinweg, bis es schließlich zielstrebig auf Griechenland zusteuerte.

„Hier muss es sein“, sagte Aurora und die Aufregung war ihrer Stimme deutlich anzuhören. „Irgendwo hier.“

Das Pendel blieb im südlichen Bereich, pendelte sich allmählich aus, bis der Anhänger schließlich nur noch glatt an der Kette herunterhing.

„Bist du dir sicher?"

Die Frage war eigentlich überflüssig. Aurora wusste, was sie tat. Sie würde nie den Fehler begehen und das Pendel bewusst oder unbewusst nach ihrem Willen steuern.

„Griechenland. Die Fackel muss dorthin gebracht werden."

Theresa war nicht von dem Plan überzeugt. „Ich glaube es ist besser, die Fackel irgendwie zu zerstören. Wenn Levan herausfindet, wo sich das ewige Feuer befindet, wird er alles in Bewegung setzen, um es zu beschaffen. Selbst in Griechenland wäre es nicht sicher vor seinem Zugriff."

„Doch, das wäre es. Bring die Fackel zu ihrem Ursprung. Dort wird sie kein Vampir jemals finden."

„Der Ursprung der Fackel liegt laut Broody in der Unterwelt. Ich bin mir sicher, dass ich da nicht hin will."

„Es ist die einzige Möglichkeit, sie vor Levan zu schützen."

Das sah Theresa ein. Aber der bloße Gedanke, sich in ein düsteres Totenreich zu begeben, ließ sie erzittern.

„Ich glaube, die Damen müssen mir jetzt erst mal einiges erklären", erklang die tiefe Stimme des Werwolfs hinter ihnen.

Theresa hatte ihn ganz vergessen. Als sie sich zu ihm umdrehte, hatte er die Hände in die Seiten gestemmt und blickte sie auffordernd an.

Maeva verfluchte Theresa, die wie vom Erdboden verschwunden war und nichts für den Empfang von Lord Vasterian vorbereitet hatte. Levan hatte ihr aufgetragen, einige Mädchen zu organisieren, die bereit waren, ihr Blut dem Mächtigsten zu spenden. Schwierig war es nicht, an solche Frauen zu kommen. Es gab eine ganze Szene von Vampirliebhaberinnen, die es erregte, von einem Blutsauger gebissen zu werden und für die es die größte Lust bedeutete, das saugende Geräusch an ihren Ohren zu vernehmen. Blutsklavinnen wurden sie genannt. Maeva empfand Abscheu für diese erbärmlichen Kreaturen. Bildeten sie sich wirklich ein, ein Vampir würde etwas für sie empfinden, nur weil er von ihnen trank? Sie waren nichts als kleine Würmer.

„Verflucht!“, schallte Levans Stimme durch das Haus. „Wo ist sie?“

Levan war so aufgebracht, dass er bebte. Maeva wusste, dass es besser war, ihm nun aus dem Weg zu gehen. Sie wollte aufstehen, ihr Zimmer verlassen und unauffällig zum Fahrstuhl gehen, als ihre Tür mit Schwung aufgerissen wurde.

Levan blickte durch den Spalt. Seine Augen funkelten vor Zorn und seine Haut schien noch blasser als sonst. Sie schimmerte in der gleichen Farbe wie seine langen Haare.

„Hast du die Fackel?“, zischte er.

„Die ist im Tresor.“

„Irrtum. Jemand hat sie heraus genommen.“

Nun erfasste auch Maeva eine unterschwellige Panik. Wenn Lord Vasterian kam und es war keine Fackel da, würde es Tote geben.

„Ich habe sie nicht.“

Levan ging und Maeva folgte ihm ins Wohnzimmer.

„Wo ist Theresa?“, fragte sie.

Es war merkwürdig, dass sie sich nicht blicken ließ.

Levan hielt inne und zuckte die Schultern. „Was weiß ich."

„Vielleicht weiß sie etwas über den Verbleib der Fackel?"

„Was soll sie schon wissen?"

„Wenn sie etwas mit deren Verschwinden zu tun hat? Die Jalousien waren hochgefahren. Ich bin sicher, dass wir sie gestern morgen hinunter ließen. Sie hat sich hier umgesehen, hat etwas gesucht. Was sollte sie hier suchen, wenn nicht die Fackel?"

„Theresa? Mach dich nicht lächerlich. Sie würde es nie wagen, uns zu hintergehen. Wenn jemand dahinter steckt, dann dieser Broody."

„Broody hat Hamburg noch gestern Nacht mit seinem Privatflieger verlassen. Warum sollte er es sich mit uns verscherzen? Er ist nun einer von uns. Außerdem war Theresa in letzter Zeit sehr merkwürdig, irgendwie anders."

Maeva war es aufgefallen, Levan offenbar nicht. Theresa wirkte zurückgezogener, fast schon ablehnend. Es schien, als buhlte sie nicht mehr um Levans Gunst. Das war ein untrügliches Zeichen. Jede Blutsklavin verlor irgendwann das Interesse an ihrem Meister, wenn der sich anderen zuwandte.

„Wer kennt den Zugangscode?"

„Niemand außer mir." Levan fuhr sich mit der Hand über das Gesicht und atmete tief durch. „Er wird mich umbringen. Das wird er mir nicht durchgehen lassen. Ich bin tot."

„Nur die Ruhe. Es bleiben uns noch ein paar Stunden, ehe er hier ist", versuchte sie ihn zu beruhigen.

Levan lachte ohne Humor und schüttelte den Kopf. „Vasterian verzeiht keine Fehler. Selbst mir nicht, obwohl ich wie ein Sohn für ihn bin. Er wird mich töten."

„Darf ich den Tresor sehen?"

Levan machte eine einladende Handbewegung. „Er ist offen."

Maeva untersuchte ihn akribisch. Sie mochte farbenblind sein, ihren Geruchs- und Geschmackssinn verloren haben, doch ihr fielen winzige Details ins Auge, die Menschen für gewöhnlich übersahen.

„Na, was haben wir denn da?", fragte Maeva und nahm ein langes, dunkles Haar mit den Fingerspitzen heraus. „Theresa." Sie griff nach dem schnurlosen Telefon, das auf einem Zeitungstisch lag und drückte es Levan in die Hand. „Du musst etwas unternehmen. Eröffne eine Blutjagd. Ich bin sicher, Theresa hat etwas mit dem Verschwinden der Fackel zu tun. Niemand sonst war hier, außer uns und ihr."

Levan zögerte noch immer. Möglicherweise kratzte der Gedanke an seinem Ego, Theresa, die ihn immer vergöttert hatte, könne sich gegen ihn gewendet haben. Je länger Maeva darüber nachdachte, desto stärker war sie davon überzeugt. Levan hatte Theresa ziemlich schlecht behandelt. Es wunderte sie nicht, dass sie sich von ihm abwandte.

„Manchmal sind wir blind für das Offensichtliche. Die Blutjäger werden Licht ins Dunkel bringen."

„Du willst sie tot sehen?" Levan hob zweifelnd eine Braue.

„Natürlich nicht." Offenbar hing er doch an ihr. Das störte sie. Aber sie ließ sich nichts anmerken. „Sie sollen sie uns lebend bringen. Wichtig ist nur, dass alle informiert werden. Tot nützt uns die Kleine nichts."

Levan nickte langsam und betätigte die Tastatur. Dann verschwand er in seinem Büro.

Maeva setzte sich und schlug die Beine übereinander. Ihr Blick glitt zur Uhr. Jetzt war es 18:30 Uhr. Die Sonne war untergegangen und Lord Vasterian befand sich auf dem Weg zum Loft. Sie hoffte, dass sie noch vor seiner Ankunft einen ersten Erfolg vermelden konnten.

Binnen einer halben Stunde waren die Vampire der Stadt informiert. Levan hatte die Blutjagd ausgerufen und viele Vampire beteiligten sich mit sadistischer Freude daran. Sie gingen in alle Clubs und Bars, sahen in jedem dunklen Winkel nach. Es winkte eine große Belohnung. Levan versprach demjenigen, der ihm die Blutsverräterin Theresa Straub brachte, eine Phiole seines Blutes, denn in seinen Adern floss, wenn auch in abgeschwächter Form, das mächtige Blut des ersten Zöglings, der von Pyr den Kuss der Unsterblichkeit erhalten hatte. Für jeden Vampir war das ein attraktiver Preis. Ein Schluck genügte, und das mächtigere Blut verdrängte das schwächere. Mit Levans Blut erhielt man einen Teil seiner Kräfte und Fähigkeiten. Ein Zögling war zwar nie so stark wie sein Erzeuger, und mit jeder weiteren Generation wurde das Blut schwächer, jedoch bedeutete diese Belohnung einen Aufstieg in der Hierarchie.

Ein paar Stunden später war die gesamte Vampirgesellschaft in Aufruhr. Überall sprach es sich herum und jeder wollte Theresa Straub finden. Es wurden Steckbriefe angefertigt und Fotos per Email verschickt. Bald wusste jeder, der an der Jagd teilnahm, wie die Blutsverräterin aussah. Und jeder hoffte, sie zuerst zu finden.

Die Zeit verging wie im Flug, aber die erwarteten Anrufe blieben aus. Maeva spielte mit dem Gedanken, das Loft zu verlassen. Sie wollte Lord Vasterian nicht begegnen. Sein Zorn würde fürchterlich sein und womöglich nicht allein Levan treffen. Aber sie brachte es nicht über sich, ihn allein zu lassen. Stattdessen sandte sie ein Gebet nach dem anderen zu Pyr, bat sie um Hilfe, auf dass sie ihr Geschick leiten möge.

Ungeduldig starrte sie das Telefon an, als wollte sie es dazu bringen, endlich zu klingeln. Irgendein Vampir musste Theresa doch dort draußen finden und sie herbringen. In dem Moment schrillten Glocken auf. Der Signalton des ankommenden Fahrstuhls. Der hohe Besuch traf verfrüht ein.

Maeva und Levan tauschten besorgte Blicke aus.

Die Fahrstuhltür schob sich zurück und eine imposante Gestalt betrat den Wohnbereich. Ihr folgten zwei Bodyguards. Der Kerl, der sich nun mit gehobener Braue im Loft umblickte, war nicht Lord Vasterian.

Erleichterung machte sich in Maeva breit. Doch nur für einen kurzen Moment. Dies war Antoine de Prusant, die rechte Hand Vasterians. Ein schmieriger Typ, der für andere Vampire meist nicht mehr als Verachtung übrig hatte, hielt er sich selbst doch für etwas Besseres, weil er stets an Vasterians Seite stand. Mit Levan verband ihn eine gewisse Hassliebe, denn beide waren Zöglinge des Mächtigen. Die langen, dunklen Haare, die in dichten Wellen über die weiße Robe glitten, die feinen Züge, die trotz des männlich markanten Kinns aristokratisch wirkten, und der bohrende blutunterlaufene Blick, ließen nichts Gutes erahnen.

Antoine ging auf Levan zu und küsste ihn auf die Stirn. „Ich freue mich, dich wiederzusehen, Bruder."

Seine kalkweiße Hand glitt sanft über Levans Wange. Einen winzigen Moment blickte er ihm zu lange in die Augen, dann trat er vor Maeva und küsste auch sie. Danach streifte sein Blick wieder über Levan und seine Zunge strich über seine Unterlippe.

„Wirklich schön, euch wiederzusehen."

„Bitte, nimm Platz", sagte Levan und deutete zu der Couch, auf der sie noch gestern Abend mit Broody verhandelt hatten. Antoine lächelte und folgte der Einladung. Levan setzte sich zu ihm. Maeva zog es vor, stehen zu bleiben. Für den Fall der Fälle.

„Wir hatten Lord Vasterian persönlich erwartet."

„Ich weiß, ich weiß, lieber Levan. Aber die Geschäfte hielten ihn ab. Ich hoffe, ihr werdet jetzt auch mit mir Vorlieb nehmen."

„Sicher. Wir haben leider kein Mädchen organisieren können für das Abendmahl."

„Das macht nichts, Levan. Ich habe heute schon gut gespeist. Ich werde deine Gastfreundschaft auch nicht lange in Anspruch nehmen. Nehmt es mir nicht übel. Aber auch ich habe viele Termine. Deswegen würde ich gern gleich zur Sache kommen. Ich möchte die Fackel mitnehmen."

Maeva schwindelte und sie musste sich am Türrahmen abstützen, um nicht zu stürzen. Aus dem Augenwinkel bemerkte sie die eigenartigen Blicke von Antoines Leibwächtern.

„Antoine, es gibt etwas, das du wissen solltest", hörte sie Levan sagen und ein Zittern erfasste ihre Beine.

„Wovon sprichst du?", fragte er freundlich. „Ist die Fackel noch nicht gebracht worden? Gab es Schwierigkeiten mit Broody?"

„Nein, das ist es nicht."

„Gut. Andernfalls wäre ich ziemlich ungehalten." Seine angespannte Körperhaltung verriet, dass er es ernst meinte.

„Broody hat die Fackel wie vereinbart geliefert und seine Entlohnung bekommen. Er ist mittlerweile wieder in den USA. Ich habe das ewige Feuer im Tresor eingeschlossen, in dem Glauben, es sei dort am besten geschützt. Leider gibt es eine Blutsverräterin unter meinen Leuten, welche die Fackel gestohlen hat."

Antoine schwieg. Maeva wünschte, sie hätte sein Gesicht sehen können, aber er hielt den Kopf gesenkt, so dass sie weder seine Augen noch seinen Mund erkennen konnte. Die Stille war bedrückend. Auch Levan schien es so zu empfinden. Er warf immer wieder nervöse Blicke zu ihr und fuhr schließlich fort:

„Ich habe bereits alles in die Wege geleitet, um sie zu finden."

„Wie konnte das passieren?", fragte Antoine mit einer tiefen Grabesstimme.

„Es war mein Fehler. Ich hätte diesem Menschenweib nicht vertrauen dürfen."

Antoine nickte gefährlich langsam. „Ich habe es gespürt. Schon als ich hereinkam wusste ich, dass ihr mir etwas vorenthaltet. Ihr wisst, dass mich das ebenso in Schwierigkeiten bringt wie euch. Lord Vasterian verabscheut schlechte Nachrichten. Ich muss sehen, wie ich das hinbiege. Was habt ihr noch unternommen?"

„Nur die Blutjagd ausgerufen."

„Das genügt nicht. Was weiß die Sklavin über die Fackel?"

„Sie kann nicht viel erfahren haben. Außer dem, was wir mit Broody besprachen. Vermutlich weiß sie von der Legende des Ivari."

„Ist es auch möglich, dass sie unseren Plan kennt? Dass sie selbst zum Tor reist, um Pyrs Befreiung zu verhindern?"

Levan lachte. „Bruder, du überschätzt diese Sklavin. Woher sollte sie diese Kenntnisse haben? Sie ist nur ein Mensch."

„Ich frage mich nur, welches Ziel deine Blutsklavin verfolgt."

Levan schien einen Moment nachzudenken und sagte schließlich: „Sie will sich an mir rächen. Weibliche Eifersucht ist der Grund."

„Na schön, ich vertraue deiner Einschätzung. Du kennst sie besser als ich. Lasst uns jetzt nach vorne blicken. Noch ist nichts verloren. Ich gebe dir achtundvierzig Stunden, um die Fackel wieder in unseren Besitz zu bringen."

Mit diesen Worten erhob er sich. Ohne sich zu verabschieden oder Maeva auch nur eines Blickes zu würdigen, schritt er zum Fahrstuhl. Seine beiden Wachhunde folgten ihm auf dem Fuße. Die Fahrstuhltür schob sich auf und die drei Männer stiegen ein. Als sich die metallene Tür vor ihren Augen schloss, atmete Maeva auf und wandte sich Levan zu.

Sie hatten eine zweite Chance bekommen. Welch Glück, dass Vasterian verhindert gewesen war und seinen Speichellecker geschickt hatte.

Levan griff nach ihrer Hand und führte sie zu seinen Lippen. Ein zärtlicher Kuss benetzte ihre Haut.

„Ich danke dir, meine Liebe. Ohne dich wäre ich verloren."

„Wir werden sie finden, Levan. Und dann wird sie zu spüren bekommen, was es heißt, dich zu hintergehen."

„Also, meine Damen, ich höre."

„Wer ist das?", fragte Aurora.

Sie wirkte noch immer recht geschwächt und musste sich hinsetzen. Theresa fürchtete, sie würde jeden Moment umkippen.

„Wenn ich mich vorstellen darf", er deutete eine Verbeugung an, was eine gewisse Komik hatte, angesichts seiner kleiderlosen Form. „Mein Name ist Correy Blackdoom, Privatermittler. Es liegt in meiner Natur, den Dingen auf den Grund zu gehen. Und Sie sind?"

Sie stellte ihm Aurora vor und atmete tief durch. Blackdoom hatte für ihren Geschmack schon zu viel gesehen.

„Hören Sie, ich möchte Ihnen nur helfen. Ich bin auf Ihrer Seite“, sagte er und sie glaubte ihm.

Aufgrund der Tatsache, dass Werwolf und Vampir sich spinnefeind waren, seit Anbeginn ihrer Existenz, hatten sie gemeinsame Feinde. In gewisser Weise machte sie das zu Verbündeten. Vielleicht konnte ein Werwolf in dieser Angelegenheit tatsächlich behilflich sein.

„Was geht hier vor?“, beharrte er, zu erfahren.

„Sagt Ihnen der Name Vasterian Krobanis etwas?“

Blackdooms Augen verengten sich. „Der erste Zögling Pyrs.“

Theresa hatte sich gedacht, dass Blackdoom ihn kannte. Er war nicht nur unter Vampiren eine bekannte Persönlichkeit. Vasterian Krobanis war der erste Mensch gewesen, der den Kuss eines Vampirs erhielt. Kurz nach ihrer eigenen Verwandlung hatte Pyr ihm das ewige Leben geschenkt. Nach ihrem Tod galt er als oberster Anführer der Vampire. Theresa erzählte Correy von der Legende des Ivari, von Lord Vasterians und Levans Geschäft mit Broody, und von ihren Plänen mit der Fackel.

„Moment, wir sprechen von dieser Fackel hier?“, unterbrach Correy ihren Redeschwall und deutete zu dem metallenen Zylinder auf dem Tisch.

Theresa atmete tief durch und nickte. Allmählich schien er den Ernst der Lage zu verstehen.

„Aber wie kommen denn Sie beide … an die Fackel? Nein, sagen Sie es nicht, so verrückt können Sie gar nicht sein …“

„Ich habe sie gestohlen.“

Blackdoom lehnte sich zurück, fuhr sich mit der Breite seiner ganzen Hand über das Gesicht und atmete tief durch. „Ladies, das ist eine Nummer zu groß für Sie beide.“ Er stand auf und lief auf und ab.

„Ich frage Sie, was hätten Sie an unserer Stelle getan? Vasterian will Pyr zurückholen.“

Er wandte sich zu ihr um und sah ihr tief in die Augen. „Im Gegensatz zu Ihnen weiß ich mich gegen Vampire zu verteidigen. Ist Ihnen klar, dass Vasterian eine Blutjagd auf Sie eröffnen wird? Falls er es nicht längst getan hat.“

„Ich habe das in Kauf genommen“, sagte Theresa und wunderte sich selbst ein wenig, wie ruhig sie dabei blieb.

Sie hatte in ihrem Leben nicht viel erreicht. Irgendwie war sie immer an die falschen Leute geraten und hatte sich jedes Mal noch tiefer in irgendeiner Misere wiedergefunden. Dieses Mal aber wollte sie endlich etwas richtig machen. Schon bevor die Fackel überhaupt ins Spiel gekommen war, hatte sie darum gekämpft, sich von Levan zu lösen. Doch sie hatte es nie geschafft. Der Wille war da, aber der Anstoß hatte gefehlt. Fast schien es, als hätte ihr das Schicksal letzte Nacht eben diesen Anstoß gesandt. Mit einem Mal hatte sie alles ganz klar gesehen. Sie hatte eine Aufgabe. Und dieses Mal würde sie es zu Ende bringen.

Correy blickte nun endlich durch. Seine Wolfsängerin steckte in argen Schwierigkeiten. Deswegen hatte Lykandra ihn zu ihr geführt. Dies war sein Auftrag. Natürlich. Er sollte verhindern, dass die Vampire diese Fackel in die Finger bekamen.

„Sie haben es längst herausgefunden, da mache ich mir keine Illusionen. Ich bin eine Blutsklavin, die zur Blutsverräterin geworden ist. Ich konnte nicht hinnehmen, was die Vampire vorhatten.“

Correy nickte langsam. Es war gut, dass Theresa offenbar zur Besinnung gekommen war und sich, zumindest physisch, dem Einfluss der Vampire entzogen hatte. Somit hatten sie ein Problem weniger. Dennoch waren Blutsklavin und Meistervampir durch ein metaphysisches Band aneinander gebunden. Ob sie sich im Klaren war, dass dieses Band ganz gewiss auch jetzt noch bestand?

Wenn sie seine Wolfsängerin war, musste sie sich davon befreien.

Nur hatte er keine Ahnung, wie er das anstellen sollte. Und ob sie das überhaupt wollte. Es war ihm unverständlich, warum sich ein so junges Mädchen wie sie überhaupt auf die Blutsauger eingelassen hatte. Er fragte sich, ob das mit rechten Dingen zugegangen war. Viele Vampire besaßen die Gabe, andere zu manipulieren und nutzten das natürlich schamlos aus.

„Dass Sie mich nun verachten, kann ich verstehen." Sie schaute ihn an. „Als Werwolf haben Sie auf die ganze Sache sicherlich noch einmal einen anderen Blick."

„Ich verachte Sie nicht."

Das war die Wahrheit. Selbst wenn er schockiert war, Verachtung wäre immer noch ein viel zu hartes Wort. Lykandra musste sich etwas bei dieser Wahl gedacht haben. Es war nicht an ihm, ihre Entscheidungen anzuzweifeln. Er würde tun, was die große Urmutter von ihm erwartete. Das war seine Chance auf Rehabilitation. Er würde Theresa nicht allein lassen. Sie schwebte in großer Gefahr. Er war nicht sicher, ob ihr bewusst war, wie groß diese Gefahr tatsächlich war. Ihr Mut beeindruckte ihn und er begann, sie mit anderen Augen zu sehen.

Die Lösung zu allen Problemen schien diese Fackel zu sein.

„Wir müssen die Fackel vernichten", sagte er, bereit dazu, die Sache in die Hand zu nehmen.

„Ich bin ja eigentlich auch dafür …"

„Das haben wir bereits versucht", unterbrach Aurora missmutig.

„Es funktioniert nicht“, erklärte Theresa in einem freundlicheren Ton.

„Das Feuer des Ivari ist unzerstörbar. Das konnte ich nun fühlen. Deswegen ist jeder weitere Versuch sinnlos. Ihr müsst das Feuer zurückbringen. Nur so könnt ihr es vor den Vampiren schützen.“ Aurora versuchte sich zu erheben, doch die Erschöpfung war viel zu groß. Sie sank zurück auf ihren Stuhl. „Es hängt so viel mehr davon ab, als ihr euch vorstellen könnt. Wenn ihr es selbst gesehen und gefühlt hättet, wüsstet ihr, wovon ich spreche. Angst. Schmerz. Gewalt. Ungeduld. Tod. Die ganze Palette düsterer Gedanken und Empfindungen. Und dann plötzlich Hoffnung, Erlösung. Wir haben keine andere Wahl.“

Correy konnte der seltsam verhüllten Frau nicht ganz folgen. Es ergab keinen Sinn. Entscheidend war aber letztlich, was Theresa tat, und sie schien von Auroras Worten überzeugt.

„Na schön, wenn es keine andere Möglichkeit gibt, werde ich die Fackel zurückbringen. Ich habe uns das alles eingebrockt, also werde ich mich auch darum kümmern“, sagte sie und für Correy stand fest, dass er sie begleiten würde. Auf keinen Fall würde er seine Wolfsängerin allein lassen.

„Aurora, bitte finde heraus, wie ich zum Ursprung komme.“

Aurora nahm das Pendel zur Hand, doch schon nach kurzer Zeit ließ sie es wieder sinken. „Hier … hier könnte es sein. Ich spürte eine Energie, doch ich bin zu geschwächt, um es mit Sicherheit zu sagen.“

Ihr Finger lag auf der griechischen Halbinsel Peloponnes.

„Broody erwähnte eine Höhle auf einer Halbinsel. Das muss sie sein. Jetzt muss ich nur noch herausfinden, wo diese Höhle ist. Irgendwie werde ich mich schon durchfragen.“

„Ich helfe Ihnen", mischte sich Correy ein. „Vor Ort werden Sie meine Dienste brauchen. Wie Sie wissen, ist das Beschaffen von Informationen mein Spezialgebiet."

Theresa wollte Einspruch erheben. Sie konnte nicht verantworten, dass Correy jetzt auch noch in diese Sache hineingezogen wurde. Obwohl, eigentlich steckte er schon mittendrin. Dieser Umstand machte ihr ein ziemlich schlechtes Gewissen.

Als sie ihn deswegen ansprechen wollte, schallte ein Poltern durch den Tunnel. Es näherten sich Schritte.

„Ihr solltet jetzt gehen", sagte Aurora und blickte dabei zu ihr.

Obwohl sie die Mimik der Empathin unter ihrer Vermummung nicht sehen konnte, verriet doch ihre Körpersprache große Sorge.

Correy stimmte zu. „Die Schattengänger sind in der Nähe. Sie holen Verstärkung, vielleicht greifen sie noch einmal an."

Also war Eile geboten. Theresa war sich ziemlich sicher, dass Correy eine Überzahl dieser Hyänen nicht noch einmal so leicht in die Flucht schlagen könnte.

„Was ist mit dir?", fragte sie besorgt, an Aurora gewandt.

„Ich werde nicht mit euch kommen. Ich gehöre nicht in die Welt dort oben."

Das war verständlich. Noch dazu war es ihre und nicht Auroras Aufgabe, die Fackel zu ihrem Ursprung zurückzubringen. Sie wollte die anderen nach Möglichkeit raus halten. Trotzdem war sie nicht sicher, ob ihre Freundin hier unten gut aufgehoben war. Schließlich war das kein ungefährlicher Ort.

„Aber die Schattengänger ..."

„Sie tun mir nichts. Sie lechzen nach Blut, doch was in meinen Adern fließt, interessiert sie nicht."

„Bist du dir sicher?"

„Ich lebe schon seit einer Ewigkeit hier unten und habe nie Schwierigkeiten mit ihnen gehabt. Mach dir keine Sorgen um mich. Mir wird nichts geschehen."

„Theresa, Sie kommen am besten mit mir", bestimmte Correy.

„Er hat recht", ergriff Aurora sofort für ihn Partei. „Zu Hause bist du nicht mehr sicher."

Sie sah ein, dass es so am besten war. „Danke, Aurora. Danke für deine Hilfe."

Zum Abschied umarmte sie ihre Freundin, auch wenn sie wusste, dass sie körperliche Nähe nicht mochte. Aber dieses Mal musste sie es einfach tun. Wer wusste schon, wann und ob sie sich wiedersehen würden.

„Machen Sie sich keine Sorgen", sagte Correy, während sie den Waggon verließen.

„Sorgen? Es sind ja nur ein paar mordlüsterne Blutsauger hinter mir her."

„Ich werde schon auf Sie achten. Immerhin habe ich Sie vor den Schattengängern gerettet. Sie können mir einiges nachsagen, aber nicht, dass ich nicht auf Sie aufpassen könnte." Er grinste verschmitzt.

Ihr Lächeln fiel müde aus. „Das ist wahr."

Wenige Augenblicke später stand Theresa vor dem verlassenen Ansagerhäuschen auf dem Bahnsteig und wartete, bis Correy sich angekleidet hatte. Als sie einen kurzen Blick durch das Glas in die Kabine warf, um zu überprüfen, wie weit er war, konnte sie einen Blick auf seinen muskulösen Rücken erhaschen. Er hatte ein breites Kreuz und kräftige Schultern, über die nun sein Hemd wie eine zweite Haut glitt. Als er aus der Kabine kam, deutete er zu der staubverhangenen Treppe.

„Gehen wir."

Theresa folgte ihm nach oben. Sie hatten Glück. Ein fahrgastloses Taxi fuhr vorbei und hielt auf sein Handzeichen hin an. Er nannte dem Fahrer seine Adresse und dieser trat auf das Gaspedal, während sich Theresa auf den Rücksitz fallen ließ, sich anschnallte und durch das Fenster nach draußen blickte.

Es war inzwischen Nacht geworden. Regentropfen prasselten gegen die Scheibe. Das Wetter passte zu ihrer Stimmung. Ihr wurde klar, dass sie wieder einmal dabei war, ihr altes Leben wegzuwerfen. Sie presste den metallenen Zylinder, den sie unter ihrer Jacke verborgen hielt, eng an ihre Brust und atmete tief durch. Ab heute Nacht war sie eine Gejagte und sie konnte nur hoffen, dass Correy tatsächlich so ein guter Beschützer war, wie er behauptete.

Sie blickte ihn von der Seite an. Sein Profil war markant, das Kinn kräftig und männlich, die Nase etwas herb, doch seine Augen strahlten Wärme und Sanftmut aus. So hatte sie sich gewiss keinen Werwolf vorgestellt. Wenn sie nicht wüsste, dass er dazu in der Lage war, sich zu verwandeln, sie hätte ihn für einen ganz normalen, netten Kerl gehalten. Ein weiterer Punkt, in dem Levan gelogen hatte.

„Ist alles in Ordnung?", fragte er besorgt.

„Es geht."

„Sie wirken nervös." Er zeigte auf ihre Beine, die leicht zitterten.

„Das ist nur die Anspannung."

Sacht legte er seine warme und erstaunlich große Hand auf ihre. Es beruhigte sie. Zumindest ein wenig. Sie war wirklich froh, dass er bei ihr war. Ihr wurde klar, dass sie ohne seine Hilfe nicht die Kraft aufbringen würde, das alles durchzustehen. Sie hatte spontan gehandelt, über die Konsequenzen nur kurz nachgedacht und gehofft, die Fackel vernichten zu können. Dass sie Chancen hatte, eine Blutjagd zu überleben, bezweifelte sie. Doch mit einem Werwolf an ihrer Seite sah es nicht ganz so aussichtslos aus.

„Sie stammen nicht von hier?“, fragte sie.

Sie wollte jetzt über etwas anderes reden und wenigstens für einige Minuten vergessen, dass sie in großer Gefahr schwebten.

„Woran haben Sie das gemerkt?“

„Ich bilde mir ein, einen leicht britischen Akzent zu hören.“

Er lehnte sich in seinem Sitz zurück und nickte. „Sie haben recht. Ich stamme ursprünglich aus Westminster. Habe aber auch eine Zeitlang in Frankreich gelebt.“

„Westminster?“

„Heute ist das ein Stadtteil Londons. Aber zu meiner Zeit war es eine eigene Stadt.“

Sie bemerkte den irritierten Blick des Taxifahrers im Rückspiegel und versuchte, die Situation aufzulockern.

„London wächst und wächst“, sagte sie und spekulierte darauf, dass der Taxifahrer keine genaueren Kenntnisse über die Londoner Stadtentwicklung hatte.

In einem leiseren Tonfall fügte sie hinzu: „Dann haben Sie sich aber gut gehalten, wenn man bedenkt, wie viele Jahre Sie auf dem Buckel haben.“

Er lächelte. „Das ist sehr freundlich von Ihnen. Tatsächlich hat man mir das schon mal gesagt. Es muss also etwas dran sein.“

„Können Sie bitte das Radio einschalten?“, bat sie den Taxifahrer, denn sie wollte verhindern, dass er mehr von ihrem Gespräch mitbekam. Besonders, weil er schon jetzt ständig neugierig zu ihnen blickte.

„Sicher“, sagte dieser und schaltete das Radio ein. In angenehmer Lautstärke drang Live forever von Oasis aus den Boxen.

„Ich weiß, ich kann jetzt nicht mehr nach Hause, aber ich brauche trotzdem ein paar Dinge“, flüsterte Theresa und deutete auf ihren Rock.

Sie wollte sicher nicht darin schlafen. Außerdem brauchte sie etwas für die Körperhygiene. Sie war heilfroh, dass sie wenigstens ihre Papiere und Bargeld bei sich hatte. Das meiste würde sie sich morgen neu kaufen können, aber jetzt hatten die Geschäfte schon geschlossen.

„Machen Sie sich darum keine Gedanken. Sie bekommen einen alten Schlafanzug von mir. Der Rest wird sich auch finden. Ich bin keiner von diesen Junggesellen, die nichts im Haushalt haben.“

Theresa schluckte bei dem Gedanken, in seinen Sachen zu schlafen. Das war irgendwie intim und sie kannte ihn kaum. Hoffentlich hatte er überhaupt zwei separate Zimmer. In all der Aufregung hatte sie bisher keinen Gedanken daran verschwendet, dass sie möglicherweise im selben Raum schlafen würden. Den meisten Junggesellen genügte eine Einzimmerwohnung. Vielleicht war ein Hotel doch die bessere Alternative. Andererseits machte ihr der Gedanke Angst, heute Nacht allein zu sein. Sie würde erst mal abwarten, wie seine Wohnung beschaffen war. Dann konnte sie immer noch entscheiden.

Das Taxi hielt vor dem Reihenhaus, in dem sich seine Wohnung befand.

„Wir sind da“, sagte Correy und drückte noch einmal sacht ihre Hand.

Sie stiegen aus. Während Correy den Taxifahrer bezahlte, ging Theresa zur Haustür. Die Gegend sah ganz nett aus. Besser als ihre. Correy tauchte hinter ihr auf und öffnete die Tür.

„Treten Sie ein", sagte er freundlich.

Theresa folgte ihm nach oben in den zweiten Stock. Der Flur war schön sauber, die Wände ohne Kritzeleien.

Auch seine Wohnung sah angenehm aus. Ein wenig karg, aber sie wirkte gepflegt.

„Hier ist das Bad und dort verbirgt sich mein Schlafzimmer. Ich werde Ihnen nachher das Bett neu beziehen."

Er gab ihr sein Bett? Und wo wollte er schlafen? Ehe sie nachfragen konnte, deutete er zu seinem Büro.

„Die Couch ist nicht so bequem wie das Bett, aber sie wird ihren Dienst tun."

Theresa spürte Erleichterung. Zwei Zimmer.

„Kommen Sie." Er führte sie in die Küche. „Die gute Martha denkt an alles." Auf einem Tisch lag ein Tablett mit mehreren belegten Brötchen und ein Zettel, auf dem stand ‚Guten Appetit.'

„Ich dachte, Sie sind Junggeselle?"

„Martha ist meine Haushaltshilfe." Er lächelte verschmitzt, fast so, als sei es ihm unangenehm, dass er Hilfe benötigte. „Setzen Sie sich."

Er bot ihr einen Platz an dem Tisch an und holte Geschirr und Besteck aus den Schränken. Außerdem nahm er eine Flasche Orangensaft aus dem Kühlschrank. Theresa hatte großen Hunger und vertilgte drei halbe Brötchen mit Schinken und Ei.

„Sie haben ja richtig Kohldampf", stellte er amüsiert fest.

„Ich komme irgendwie nie richtig dazu, mich in Ruhe satt zu essen. Die Brötchen sind köstlich. Bitte sagen Sie das Martha."

„Ich werde es ausrichten. Es wird sie sicher freuen, das zu hören."

Er schenkte ihr noch etwas Orangensaft nach. Im Anschluss an das Abendbrot bezog Correy wie versprochen sein Bett neu, während sich Theresa ins Badezimmer begab.

Er hatte ihr eine noch verpackte Zahnbürste geschenkt und ihr außerdem ein frisches, riesiges T-Shirt gegeben. Theresa machte sich nachtfertig. Das Shirt ging ihr bis über die Knie, fühlte sich weich an und roch trotz des unverkennbaren Waschmittelgeruchs nach ihm. Correy hatte einen sanften, dennoch männlichen Duft, der sie an Wald und feuchte Erde erinnerte.

Als sie sich frisch und sauber fühlte, ging sie in sein Schlafzimmer. Correy schien sie zu erwarten.

„Ich habe Ihnen noch ein großes Kissen herausgelegt. Ich verzichte normalerweise darauf. Aber ich dachte mir, dass Sie es sicher mögen."

„Danke, Correy. Sehr nett von Ihnen."

Sie bemerkte die dampfende Teetasse auf dem Nachttisch. War der Kerl echt?

„Danke", sagte sie gerührt.

Es war lange her, dass sich jemand so liebevoll um sie gekümmert hatte. Seltsam, vorher war ihr das nie aufgefallen. Vielleicht wäre alles anders gekommen, wenn sie statt Levan zuerst einem Mann wie ihm begegnet wäre.

„Sie sehen besorgt aus", stellte er fest.

„Ich hoffe nur, dass wir das alles schaffen werden."

„Keine Sorge, ich werde Ihnen helfen. Jetzt sollten Sie aber erst einmal schlafen, damit Sie morgen ausgeruht sind. Und haben Sie keine Angst wegen der Vampire. Bei mir sind Sie sicher", versprach er. „Ich wünsche Ihnen eine gute Nacht. Und falls etwas sein sollte, wissen Sie ja, wo Sie mich finden."

Sie nickte dankbar. Correy knipste das Licht aus und zog die Tür hinter sich zu. Eine kleine Nachtischlampe brannte noch und ließ die Einzelheiten im Zimmer erkennen. Es war gemütlich eingerichtet. Weniger karg als der Rest seiner Wohnung. Vorsichtig setzte sie sich auf das Bett. Es gab wunderbar federnd nach. Sie schlüpfte unter die Decke, nahm einen Schluck Tee und schaltete die Nachttischlampe aus.

Ihr Blick glitt zum Fenster. Sie hatte keine Erklärung dafür, doch die Nacht kam ihr plötzlich nicht mehr ganz so schwarz vor. Leise pochte der Regen gegen die Fensterscheibe. Die Lichter vorbeifahrender Autos erhellten sekundenlang das Zimmer. Vielleicht lag es an der Lebendigkeit draußen auf den Straßen. Vielleicht gab es aber auch einen anderen Grund. Sie fühlte sich sicher. Ja, das war es. Sicher. Sie schlief in dem Wissen ein, dass die Vampire sie hier nicht finden würden.

Während Theresa längst schlief, lag Correy wach auf der Couch in seinem Büro. Das gute Stück war doch bequemer als er erwartet hatte, wenngleich etwas zu hart, um sich gänzlich fallen zu lassen. An Schlaf war ohnehin nicht zu denken. Alles in ihm war wach, euphorisiert. Sie hatte sich sein Büro nur kurz angesehen, eigentlich nur den Kopf durch die Tür gesteckt und trotzdem konnte er ihren Geruch noch immer wahrnehmen. Diesen wunderbaren, einzigartigen Duft, der so weiblich, sinnlich und sexy war.

Sein Büro war zweckmäßig eingerichtet. Aber er hatte sich nie richtig wohl darin gefühlt. Das war plötzlich anders. Er atmete ihren Duft ein, inhalierte ihn und spürte, wie sein Körper erste Reaktionen zeigte, sich entspannte. Rosen. Ja, sie roch wie eine edle Rose. Sinnlich, blumig, intensiv. Ein Duft, der verzauberte, strahlte, falls man diese Eigenschaft einem Geruch zuschreiben konnte. Correy fühlte sich so leicht, als würde er schweben. Der Duft umschmeichelte ihn, strich wie eine zärtliche Hand über seine Haut und breitete sich überall um ihn herum aus. Ein normaler Mensch hätte ihn jetzt vielleicht gar nicht mehr wahrgenommen.

In den letzten Jahren hatte er zwar das Gefühl gehabt, seine Sinne würden allmählich nachlassen, weil er sie so selten hatte benutzen müssen, aber nun spürte er, dass ihr Geruch alles in ihm belebte.

Wie schön es war, dieses Wissen, dass nebenan jemand schlief. Jemand, der morgen früh mit ihm aufstehen und mit ihm frühstücken würde. Bei Lykandra, es war wahrhaftig eine Ewigkeit her, seit er zuletzt sein Heim mit jemandem geteilt hatte. Obwohl er noch Mitglied des Rudels war, hatten Killian und er getrennte Wohnungen bezogen. Correy wurde bewusst, wie lange er schon allein war. Die Vorstellung, dass sich das bald ändern könnte, für eine sehr lange Zeit, versetzte ihn in Hochstimmung.

Aber nun war es wichtig, dass er an ihren Auftrag dachte, sich darauf konzentrierte. Und vor allem, dass er etwas Schlaf fand, damit er morgen einen klaren Verstand hatte.

„Correy? Sind Sie wach?“

Theresa schlich in die Küche und als sie die Uhr sah, bekam sie fast einen Herzschlag. Es war nach elf, fast schon halb zwölf?

„Correy?“

Er antwortete nicht. Sie ging zum Kühlschrank, an dem ein Zettel hing, der mit einem Magneten befestigt war.

Guten Morgen. Bedienen Sie sich. Ich bin bald wieder da. Correy.

Sie öffnete den Kühlschrank, nahm sich einen Joghurt heraus und setzte sich an den Tisch. Sie hatte den Joghurt zur Hälfte ausgelöffelt, als sie hörte, wie sich der Schlüssel im Schloss drehte. In freudiger Erwartung stand sie auf, um Correy zu begrüßen, doch statt ihres hünenhaften Detektivs stand eine rundliche Frau vor ihr, die sie genauso überrascht anstarrte. Martha. Das musste Martha sein.

„Guten Morgen. Ich bin Theresa, eine Freundin von Correy."

„Er hat mir nicht gesagt, dass er Besuch hat. Sonst wäre ich nicht gekommen."

Sie musterte Theresa kritisch. Nicht nur, weil sie sie offenbar einzuordnen versuchte, sondern auch, weil sie Correys viel zu großes T-Shirt trug.

„Oh nein. So ist das nicht", sagte Theresa hastig. Es sollte kein falscher Eindruck entstehen.

Martha lächelte plötzlich, ach was, sie strahlte förmlich. Ganz offensichtlich war sie einem Irrtum erlegen.

„Haben Sie schon gefrühstückt?", fragte Martha.

„Nur einen Joghurt."

„Ich mache Ihnen ein ordentliches Frühstück, oder möchten Sie lieber ein Mittagessen?"

„Äh … ein warmes Frühstück? Das wäre toll."

Sie stellte sich an den Herd und fing an, Eier und Speck zu brutzeln. Theresa stand sprachlos daneben. Mama hatte ihr zuletzt ein Frühstück gemacht, als sie sieben Jahre alt war. Danach hatte sie sich selbst um ihre Verpflegung und später auch um die ihrer Schwester kümmern müssen. So war sie schnell selbständig geworden. Aber es war wunderbar, einmal verwöhnt zu werden.

„Wo ist Herr Blackdoom?", fragte Martha.

„Ich habe keine Ahnung. Er hat mir nur einen Zettel an den Kühlschrank geheftet."

„Sicher hat er einen Auftrag", überlegte Martha und häufte Spiegeleier und Speck auf einen Teller. „Setzen wir uns."

Theresa nahm wieder Platz und Martha reichte ihr den Teller sowie Besteck.

„Wenn er unterwegs ist, haben wir genügend Zeit zu reden", erklärte sie. „Ich freue mich sehr, dass Sie hier sind."

„Ach ja?", wunderte sich Theresa.

„Herr Blackdoom hat sonst nie Damenbesuch."

Das war kaum zu glauben. Besonders, wenn man bedachte, wie attraktiv ihr Superdetektiv aussah. Er hätte wahrscheinlich jedes Mädchen haben können. Stattdessen lebte er ganz allein. Sie fragte sich warum. Lag es daran, dass er ein Werwolf war?

Martha atmete tief durch. „Ich weiß, es geht mich nichts an …"

„Hier liegt ein Missverständnis vor, ich …" Theresa versuchte, sich zu erklären, doch Martha schnitt ihr ins Wort.

„Sie sollten wissen, dass Herr Blackdoom … nun ja … etwas anders ist."

Theresa klappte ihren Mund zu. Das interessierte sie nun brennend. Würde Martha ihr jetzt etwa verraten, dass er ein Werwolf war? Wusste sie das überhaupt?

„Nach außen hin ist er immer charmant und manchmal sogar ganz witzig. Aber in seinem Inneren ist er eigentlich sehr einsam, weil er niemanden an sich heran lässt. Ich möchte Sie also bitten", Martha unterbrach sich und schien nach den richtigen Worten zu suchen. „Was ich sagen will, es würde mich schmerzen, wenn ihn jemand verletzt."

„Ich glaube, Sie missverstehen meine Situation. Ich bin nur eine Freundin, nicht mehr …"

Marthas Gesichtszüge entgleisten. Sie war sichtlich enttäuscht. Und das wiederum tat Theresa leid. Die ältere Dame hatte sich offenbar sehr für ihren noch viel älteren Schützling gefreut.

„Sehr schade", brachte sie nur hervor.

In diesem Moment öffnete sich die Tür und Correy kam zurück. Er begrüßte Martha überschwänglich, wie ein Junge, der seine Großmutter nach langer Zeit wiedersieht. Dann bat er sie allerdings, ihn und Theresa allein zu lassen. Martha tat dies. Vielleicht hoffte sie, dass sich zwischen Correy und ihr doch mehr entwickelte.

„Ich sehe, Sie haben schon Bekanntschaft mit meiner Haushaltsgehilfin gemacht."

„Ja, sie ist sehr nett. Aber jetzt verraten Sie mir erst mal, wo Sie waren."

Correy legte einige Unterlagen auf den Tisch. „Ich habe das gemacht, was ich am besten kann. Schnüffeln."

Er zwinkerte ihr zu. Theresa musste lachen und gleichzeitig an Marthas Worte denken. Hatte er wirklich zwei Seiten, von denen eine sehr verletzlich war? Er wirkte stark, unabhängig und wusste in jeder Situation, was zu tun war.

„Ich bin heute morgen zur Universität Hamburg gefahren und habe mich in der Fakultät für Geschichtswissenschaften umgesehen. Dort habe ich mich durchgefragt und man empfahl mir, mit einem Professor Ulbrich zu sprechen, dessen Steckenpferd Griechische Mythologie ist. Vielleicht haben Sie von ihm gehört? Er hat einige Sachbücher zu dem Thema verfasst."

„Tut mir leid, der Name sagt mir nichts."

„Ein sehr fähiger Mann mit einem beeindruckend umfangreichen Wissen. Die alten Griechen glaubten, dass der Hades, wie sie die Unterwelt nannten, an einem festen Ort war. Der Herr der Unterwelt nannte sich ebenfalls Hades und zu seinem Gefolge gehörten Thanatos, der Tod, und Hypnos, der Schlaf. Außerdem der Fährmann Charon, der die Verstorbenen über den Fluss Styx ins Totenreich brachte. Der Eingang wurde laut Ulbrich vom dreiköpfigen Höllenhund Kerberos bewacht, der keinen, der die Unterwelt betrat, wieder hinaus ließ. Innerhalb der Unterwelt schien es auch eine Art Aufteilung in Himmel und Hölle zu geben. Die Gerechten gelangten in die Gefilde des Elysion, eine Insel der Seligkeit, die für von Göttern geliebten Helden bestimmt war. Die Schlechten kamen in den Tartaros, wo sie für ihre Untaten büßten."

„Erstaunlich. Diese Legenden ähneln sehr den ancorasischen, von denen Broody sprach."

„Richtig. Es kann gut sein, dass die alten Griechen mehr wussten als wir und in ihre Geschichten einfließen ließen. Noch interessanter ist jedoch folgendes. Ulbrich meint, dass die Griechen glaubten, der Eingang der Unterwelt befände sich in einer Höhle auf der Halbinsel Peloponnes."

„Das passt ja perfekt zusammen. Sie verstehen was von Ihrem Job", sagte Theresa anerkennend.

„Danke. Aber es kommt noch besser. Ich weiß auch, wo diese Höhle liegt. Sie wird Tropfsteinhöhle von Pyrgos Dirou genannt und befindet sich nahe der Stadt Aeropoli. Wir sollten den nächsten Flieger nach Athen nehmen."

Theresa wäre ihm vor Freude über die guten Nachrichten am liebsten um den Hals gefallen, aber dann fiel ihr noch etwas ein.

„Nicht so schnell. Ich brauche noch ein paar Sachen. Wie Sie wissen, kann ich nicht nach Hause. Ich bin sicher, Levan hat dort jemanden abgestellt."

Correy blickte auf die Uhr. „Gut, ich buche den Flug. Danach kümmern wir uns um Ihre Einkäufe."

Nach dem Einkauf packte Theresa ihre Sachen. Bedauerlicherweise waren viele Flüge ausgebucht gewesen, so dass sie erst einen am Abend bekommen hatten. Immerhin noch am selben Tag. Auch Correy nahm einen Rucksack aus dem Schrank, warf Kleidung, Papiere und Waschzeug hinein und legte das Wolfsauge in ein Schubfach seiner Kommode. Er wollte es in Sicherheit wissen. Im Augenblick hatte Theresa schon genug Druck. Vor ihrer Rückkehr aus Griechenland wollte er es ihr nicht anbieten. Zu guter Letzt hob er seine Armbrust aus dem Regal, nahm sie auseinander und verstaute die Einzelteile in seiner Tasche. Verdammt. Damit würde er niemals durch die Flughafenkontrolle kommen. Womöglich würde man sie sogar festhalten und unangenehme Fragen stellen. Es war sicher besser, das gute alte Stück hier zu lassen. Sie hatten nicht die Zeit, sich auf endlose Diskussionen einzulassen. Er packte die Armbrust wieder aus und schrieb Martha eine Nachricht, damit sie sich keine Sorgen um ihn machte.

Ein Taxi brachte sie zum Flughafen und sie checkten ein. Correy fand sich wenige Augenblicke später auf dem Fensterplatz der Lufthansamaschine wieder. Theresa war nach all dem Stress müde und noch bevor das Flugzeug startete, war sie eingeschlafen. Ihr Kopf sank zur Seite und bettete sich an seine Schulter. Das fühlte sich sehr gut an.

Correy blickte auf die dichte Wolkendecke hinab, über die das Passagierflugzeug glitt. Es war eine ruhige, friedliche Nacht.

Er betrachtete seine kleine Wolfsängerin. Er konnte es nicht in Worte fassen, aber sie war sehr traurig. Vielleicht lag es an ihren Augen. In ihnen meinte er einen stillen Schmerz zu sehen. Ein Schmerz, den auch er nur zu gut kannte. Die Ursache für seinen Schmerz lag in der Vergangenheit, die er einfach nicht abschütteln konnte, die ihn immerzu einholte wie ein düsterer Schatten.

Die Gedanken an Keith verfolgten ihn, als wollte er ihn bestrafen und ewig daran erinnern, dass sein Tod Correys Schuld war.

Er schloss die Augen. Wenn er das Vergangene nur ändern, es rückgängig machen könnte, er hätte alles dafür getan, sogar sein Leben gegeben.

Wie durch Watte hörte Theresa ein Stöhnen, das sie aus dem Schlaf weckte. Es dauerte einen Moment, ehe sie sich orientiert hatte und daran erinnerte, dass sie in einem Flieger nach Athen saß.

Das alles war also doch kein böser Traum gewesen. Sie öffnete die Augen einen Spalt und bemerkte, dass Correy sich unruhig in seinem Sitz bewegte. Seine Hände krallten sich um die Sitzlehnen und sein Kopf bewegte sich hin und her. Er musste während des Fluges eingeschlafen sein.

„Nein, Herr, nicht."

Seine Beine zitterten leicht. Er sprach leise, Theresa versuchte, ihn zu verstehen.

„Er ist nicht böse. Bitte. Tut ihm nichts."

„Correy, wachen Sie auf", sagte sie und rüttelte ihn leicht.

„Er hat nichts getan!"

„Correy!"

Sie packte ihn etwas fester. Er erschrak und stieß ein leises Knurren aus, dass so unverkennbar nach Wolf klang, dass sie hoffte, keiner der anderen Passagiere hatte es gehört. Schwer atmend blickte er sich um. Seine Pupillen, die eben noch riesigen Kohlestücken glichen, wurden zu schmalen Schlitzen.

„Beruhigen Sie sich, Sie haben nur schlecht geträumt."

Sie legte ihre Hand auf seinen Arm. Seine Muskeln waren angespannt. Er wirkte erschöpft und seine Stirn glänzte. Er fuhr sich mit der Hand durch das dichte, aschblonde Haar, so dass für einen kurzen Moment nicht menschlich aussehende spitze Ohren sichtbar wurden.

„Es geht schon wieder. Nicht so schlimm." Seine Stimme klang belegt. Er versuchte, ihrem Blick auszuweichen.

„Sind Sie sicher, Correy? Sie sehen blass aus." Sie fragte sich, was in dem Traum geschehen sein könnte, das ihn so sehr aus der Ruhe brachte. Eine Stimme unterbrach ihre Gedanken.

„Darf ich Ihnen noch etwas zu trinken bringen?"

Theresa zuckte zusammen. Sie hatte die Stewardess nicht bemerkt.

„Für mich nichts, danke", sagte Correy.

Auch Theresa lehnte dankend ab.

Die Stewardess wollte weiter, aber Correy hielt sie zurück. „Einen Moment noch, bitte." Dann wandte er sich an Theresa. „Wann haben Sie das letzte Mal etwas gegessen?"

„Das weiß ich gar nicht so genau, heute Morgen denke ich. Marthas Spiegeleier."

Seltsamerweise verspürte sie keinen Hunger. Ihr Magen fühlte sich wie zugeschnürt an.

„Dann sollten Sie etwas essen."

Er sah sie auf eindringliche Weise an. Sein Blick war anders als noch vor wenigen Sekunden. Sanft. Fürsorglich. Aber auch bestimmend. Theresa sah ein, dass sie sich stärken musste.

„Okay, ich nehme das Huhn und den kleinen Salat."

„Möchten Sie dazu ein Glas Orangensaft?", fragte die freundliche Stewardess, die nun lächelte und zwei große Hasenzähne offenbarte.

Theresa nickte stumm. Wenige Augenblicke später hatte sie ihr Abendessen. Sie klappte den winzigen Tisch herunter.

„Sie sollten aber auch etwas essen, Correy."

„Im Moment brauche ich nichts."

„Ach, kommen Sie, ich teile mein Hühnchen mit Ihnen."

Sie hielt ihm ihre Gabel mit Reis und Huhn vor den Mund.

Er sah sie an. „Nur wenn wir endlich auf die Förmlichkeiten verzichten und zum Du übergehen."

Theresa musste lächeln und nickte. „Natürlich. Und jetzt nimm bitte einen Bissen."

Correy lächelte zurück, wendete jedoch nie den Blick von ihren Augen und nahm auffällig langsam und genussvoll das Essen von der Gabel ab. Einen Augenblick erinnerte sein mächtiger Kiefer an das Gebiss eines Raubtieres, das seine Beute zermalmte Doch seine Zähne sahen glücklicherweise ganz normal aus. Ihr Puls hatte sich beschleunigt und ihr Mund fühlte sich mit einem mal trocken an. Sie wusste nicht so recht ob es an seinem Gebiss lag, oder an der Art wie er sie immer noch kauend ansah. Sie schluckte hart.

„Und? Schmeckt es?" Ah, ihre Stimme funktionierte noch.

„Du solltest unbedingt selbst kosten", sagte er, nachdem er heruntergeschluckt hatte.

Theresa riss sich von seinem Anblick los und aß. Ihr Magen knurrte vor Freude. Sie war wohl hungriger als sie dachte.

„Schlecht ist es nicht. Besonders für Flugzeugessen."

„Was hältst du davon, wenn wir uns noch eine gemeinsame Mahlzeit bestellen?"

Das Essen mit ihm zu teilen war angenehmer und aufregender, als es sein sollte. Sie konnte seinem Vorschlag nicht widerstehen und als der nächste Teller von der Stewardess gebracht wurde, nahm Corry ihn entgegen, packte ihn sorgfältig aus, sah ihr tief in die Augen und hielt ihn ihr entgegen.

„Und nun darfst du als Erste essen."

Während sie kaute sah er ihr abwechselnd in die Augen und auf den Mund. Leise, ganz leise hörte sie ein sanftes Grollen in seiner Brust und schaute ihn fragend an.

„In meinem Rudel galten Frauen und Mädchen als etwas ganz besonders Wertvolles. Es war eine Schande, sich nicht um die Frauen zu kümmern, sie zu versorgen." Sein Blick gewann an Intensität. „Es ist uns ein inneres Bedürfnis alle satt und gesund zu sehen. Es tut mir gut, dich essen zu sehen und es bereitet mir Freude, dir persönlich Essen dazureichen, Theresa."

Trotz seiner offenen Worte sah er etwas verlegen dabei aus, als hätte er ihr ein intimes Geheimnis verraten. Und vielleicht war es auch so.

In Athen angekommen, gab es ein erstes Problem. Theresas Reisetasche war abhanden gekommen, so dass sie schon wieder ohne Nachtzeug und tagestaugliche Kleidung zum Wechseln da stand.

Sie meldeten den Verlust am Lost & Found Schalter des Ankunftsbereichs und bezogen Einzelzimmer in einem Motel nahe des Flughafens Athen-Eleftherios Venizelos. Ob ihre Tasche wieder auftauchen würde, bezweifelte sie.

Sie würde wohl ein zweites Mal neue Garderobe kaufen müssen.

Es war mittlerweile recht spät, aber Theresa war trotz aller Anstrengung nicht mehr müde. Der angenehme Flug und das Adrenalin, das unentwegt durch ihre Adern rauschte, hatten sie wach gemacht.

Correy schien es ähnlich zu gehen, also gingen sie in die Bar gegenüber des Motels. Theresa hatte den Zylinder unter der Matratze ihres Bettes verstaut und sah einem Schlummertrunk mit Freude entgegen. Sie war noch immer so aufgekratzt, dass sie jetzt ohnehin nicht schlafen konnte.

Da es kühl war, legte Correy ihr seine Jacke um die Schultern. Wie ein wärmender Schutz hüllte sich der Stoff um ihren Körper. Die Jacke reichte ihr bis zum Oberschenkel und konnte glatt als kurzer Mantel durchgehen. Eng zog Theresa sie an sich. Sie roch nach ihm.

„Danke, sehr freundlich."

„Gehen wir", er deutete mit der Hand zu der kleinen griechischen Bar auf der gegenüberliegenden Straßenseite, deren Tür einladend offen stand.

Die Bar war gut besucht. Dennoch fanden sie einen Platz in einer gemütlichen Ecke. Die Klänge von Laute und Lyra klangen angenehm vom Band und der Rauch von Zigarillos lag in der Luft. Ein freundlicher Kellner reichte ihnen die Karte. Fast konnte man vergessen aus welchem Grund sie nach Griechenland gereist waren.

Theresa merkte schnell, dass es hier deutlich wärmer war als draußen und nahm erst Correys Jacke und dann ihr Halstuch ab, das einen kleinen Blutfleck abbekommen hatte. Für sie war es nichts Außergewöhnliches mehr, ihre Narben zu zeigen. Die meisten Leute sahen ohnehin nicht so genau hin, es sei denn es handelte sich um frische Wunden. Aber als sie Correys Blick bemerkte, fiel ihr wieder ein, dass Levan, Maeva und zuletzt dieser schreckliche Broody ihre Spuren hinterlassen hatten. Keiner der Vampire hatte sich Mühe gegeben, sanft mit ihr umzugehen oder wenigstens immer die selbe Stelle zu beißen. Nun war ihr Hals mit den Einstichen von Zähnen und Blutergüssen übersät.

„Tut mir leid, ich lege das Tuch wieder an", sagte Theresa hastig, aber Correys Hand legte sich sanft auf ihre und hielt sie auf dem Tisch.

„Nicht. Du brauchst dich nicht zu schämen."

So etwas ausgerechnet aus dem Mund eines Werwolfs zu hören, erstaunte sie. Für Correy musste es merkwürdig sein, dass sie einem Vampir ergeben gewesen war. Sie hätte erwartet, dass er sie ablehnte. Aber er war fürsorglich und freundlich. Er schenkte ihr ein warmes Lächeln als Aufmunterung.

Der Kellner kam zurück, um die Bestellung aufzunehmen. Auch ihm fielen die Bisswunden auf. Seine Augen weiteten sich, aber er sagte nichts. Correy schien zu merken, wie nervös sie solche Blicke machten und seine Hand drückte ihre etwas fester.

„Keine Angst", formten seine Lippen.

Der Kellner zückte einen Kugelschreiber sowie einen Notizblock und richtete den Blick nun demonstrativ auf die Kerze, die in der Mitte des Tisches brannte.

Correy nahm ein Bier und Theresa zog einen Cocktail vor. Der Kellner sprach erfreulicherweise Englisch, was Correys Muttersprache war. So gab es keine Verständigungsschwierigkeiten. Theresa hatte Englisch in der Schule gemocht. Sie war überrascht, wie viel hängen geblieben war.

Kurz darauf brachte ihnen der Kellner ihre Bestellungen. Das Bier wurde in einem länglichen Glas serviert und Theresa bekam ein bauchförmiges, das mit einer Ananasscheibe und einem Schirmchen dekoriert war.

„Oh … der ist aber sehr fruchtig“, sagte sie, nachdem sie von ihrem Cocktail gekostet hatte.

Correy nickte nur und blickte nachdenklich ihren Hals an. Offenbar hatte er doch ein Problem die Narben zu sehen. Theresa konnte es ihm nicht verübeln.

„Ich kann meinen Schal wieder anlegen. Das macht mir wirklich nichts aus.“

Correy stellte sein Glas ab und schüttelte den Kopf. „Du missverstehst mich. Eigentlich frage ich mich nur, warum sich eine intelligente Frau wie du einem solchen Scheusal verschrieben hat.“ Seine Hand verharrte einen Moment über ihrem vernarbten Hals, er berührte sie jedoch nicht, sondern ließ die Hand wieder sinken. „Ich muss zugeben, ich empfinde es als unerträglich, wie grob er dich behandelt hat.“

„Ich war eine Blutsklavin. Da hat man keinen höheren Status als den eines Snacks für zwischendurch.“

Sie wusste, dass das makaber klang. Doch es entsprach der Wahrheit. Das hatte sie bitter erfahren müssen. Seine Augen verdunkelten sich.

„Du musst sehr in ihn verliebt gewesen sein.“

Theresa war erstaunt, dass er diese Schlussfolgerung zog. Er hatte recht, daher nickte sie, wollte das aber nicht kommentieren. Sie wollte Levan und die Vampire vergessen, aus ihrem Leben am liebsten streichen. Immer, wenn sie an ihn dachte, spürte sie diesen Stich im Herzen. Es fühlte sich an, als hätte sie etwas Wichtiges verloren. Etwas, das einer Familie gleich kam. Aber diese Familie hatte ihr nur geschadet.

„Ich starte einen Neuanfang“, sagte sie, entschlossen, alles Vergangene abzuschütteln.

„Eine gute Entscheidung. Kann es einen besseren Moment dafür geben als diesen Abend?“

Nur sah ihre Zukunft nicht unbedingt rosig aus. Die Vampire würden sicher nicht ruhen, ehe sie ihren Verrat gesühnt hatten. Es blieb ihr wohl nichts anderes übrig, als Hamburg für immer zu verlassen. Möglicherweise musste sie sogar Deutschland den Rücken kehren. Vampire betrieben stark verzweigte Netzwerke, die auch über eine Stadt hinaus funktionierten.

„Darauf stoßen wir an“, sagte Correy und hob sein Glas.

Aber Theresa war plötzlich nicht mehr nach Anstoßen zumute.

„Was ist? Du siehst plötzlich blass aus.“

„Tut mir leid, ich denke, ich sollte jetzt besser ins Bett gehen.“ Sie wollte sich erheben, aber Correy hielt sie zurück.

„Warte, bitte. Woher der plötzliche Stimmungswandel? Ich hoffe, das hat nichts mit mir zu tun.“

Sie musste wieder lächeln. Correy war immer so höflich und um ihr Wohlergehen besorgt. Sie war das nicht gewohnt.

„Ich mache mir Sorgen um die Zukunft.“ Ein Werwolf konnte sicherlich am besten verstehen, wovor sie sich fürchtete. Vampire waren gnadenlose Jäger. „Es gibt niemanden, der eine Blutjagd überlebt hat“, fügte sie resignierend hinzu. „Die einzige Chance ihnen zu entkommen ist der Weg nach vorn. Ich muss alles zurücklassen, mein altes Leben, meine Identität.“

„Ich verstehe deine Befürchtungen. Vielleicht kann ich helfen.“

„Ja?“ Theresa spürte, wie Hoffnung in ihr aufkeimte.

„Ein ehemaliges Mitglied meines Rudels lebt in Berlin. Sein Name ist Remierre de Sagrais. Ich könnte Kontakt zu ihm aufnehmen und dafür sorgen, dass er dich unter seinen Schutz stellt.“

„Du meinst ein einzelner Werwolf kann mich vor den Vampiren schützen?“

„Ich kenne ihn aus alten Zeiten. Es gibt keinen Vampir, dem Remierre nicht gewachsen wäre. Vertrau mir."

Theresa fühlte sich nicht ganz wohl bei dem Gedanken. Sie kannte weder Berlin noch diesen Remierre und sie hatte Angst vor dem neuen Leben, zu dem sie durch die Umstände gezwungen wurde. Doch wenn alle Werwölfe so einen Ehrenkodex lebten wie Correy, würde sie sich schon irgendwie damit arrangieren können. Jetzt hatte ihre Mission Vorrang. Sie mussten die Fackel zurückbringen. Danach würde sich alles andere schon irgendwie von selbst regeln. Hoffte sie.

„Du bist wirklich ein anständiger Kerl, Correy. Ich stehe tief in deiner Schuld."

„Ich bin froh, dass wir uns begegnet sind."

„Ach ja? Ich habe dich nur in meinen Riesenschlamassel reingezogen, der vielleicht unser beider Leben kosten könnte."

„Ja, ich denke, das wäre sonst eine ziemlich langweilige Woche geworden."

Sie war sprachlos. Seine scherzhaften Worte nahmen ihr tatsächlich etwas von der Angst, die sich immer wieder hoch schlich. Er nahm noch einen kräftigen Schluck.

„Wollen wir austrinken und dann zurück ins Motel?"

Ehe sie etwas erwidern konnte, tönte die lautstarke Stimme des Wirtes zu ihnen herüber.

„Ah, welcome back, Mr. and Mrs. Boyle!"

Überschwänglich begrüßte er ein Pärchen, das gegensätzlicher kaum sein konnte. Er war schon etwas älter, hatte zurückgegelte silbergraue Haare und sie war geschätzte dreißig Jahre jünger als er, blondiert und nach Theresas Einschätzung war auch der Rest ihres Luxuskörpers nicht nur von der Natur modelliert.

„Thank you, Vasili. It was a long flight", sagte Mr. Boyle und hielt nach einem Tisch Ausschau.

Wie es der Zufall wollte, waren inzwischen alle Tische belegt und nur an Theresas und Correys Tisch waren noch zwei Plätze frei. Da sie aber ohnehin vorhatten, gleich zu gehen, spielte es kaum eine Rolle, als der Wirt das Pärchen, nachdem er Correys Zustimmung eingeholt hatte, zu ihnen setzte.

„How long will you stay?“, wollte Vasili wissen.

„Two weeks. We have exciting plans this year.“

Mrs. Boyle lachte auf schrille Weise und wedelte hektisch mit den Händen herum. Um ein Haar fiel ihr die edle Handtasche herunter. Theresa wollte sie auffangen, als ihr der Prospekt auffiel, der aus dem Reißverschluss lugte. Explore the underworld! Das konnte wohl kein Zufall sein.

„May I have a look?“, fragte sie mit ihrem ordentlichen Schulenglisch.

„Of course“, entgegnete Mrs. Boyle und gab ihr den Prospekt.

Theresa traute ihren Augen nicht. Er war in mehreren Sprachen verfasst, unter anderem auch in Deutsch. Während die Boyles sich noch mit dem Wirt unterhielten, las Theresa Correy vor.

„In den Landstrichen des südlichen Peloponnes, der so genannten Mani, gibt es eine Tropfsteinhöhle nahe der Stadt Areopoli.“ Soweit stimmte das mit ihren Recherchen überein. „Der Legende nach befindet sich dort der Eingang in das Totenreich, dem Hades.“ Das ist eine Touristenattraktion, Correy. Man kann eine Bootsfahrt buchen. Sieh mal, hier sind sogar ein paar Fotos.“

Es waren Familien in Schwimmwesten und mit Helmen ausgestattet zu sehen, die in einem Boot saßen, dass durch eine unterirdische beleuchtete Höhlenanlage fuhr.

Super, dort war mit Sicherheit kein Tor.

Sie folgten der falschen Spur.

Correy blieb im Gegensatz zu ihr gelassen und zuckte die Schultern.

„Wir sollten die Sache trotzdem untersuchen."

Theresas Hoffnungen schwanden. „Falls sich dort wirklich ein Zugang in die Unterwelt befindet, hätte man ihn doch längst entdeckt. Ich meine, wenn das sogar ein beliebtes Familienausflugsziel ist, bleibt so etwas doch nicht lange verborgen."

„In der Beschreibung steht, die Höhle hat mehrere Seitenarme. Nur einer davon ist für Touristen zugänglich. Die anderen sind zu eng, um sie zu befahren. Der Professor erwähnte die Halbinsel und die Tropfsteinhöhle, die auch in Broodys Erzählungen auftauchten. Lass uns nicht so schnell die Flinte ins Korn werfen."

Er hatte recht. Das war die einzige Spur, die sie hatten.

Das Frühstück wurde am nächsten Morgen im kleinen Seitenraum des Motels eingenommen. Die Gäste saßen an langen Tischen wie in einer Kantine und es war überraschend voll, was sicherlich daran lag, dass sich das Motel in der Nähe des Flughafens befand. Mr. und Mrs. Boyle wurden auf Theresa und Correy aufmerksam und boten ihnen einen Platz an ihrer Seite an.

Während sich Theresa ein paar Cornflakes und Milch organisierte, erwähnte das britische Paar ganz nebenbei, dass sie sich einen Wagen gemietet hatten, mit dem sie nach Areopoli fahren wollten. Da die Halbinsel Peloponnes auch Correys und Theresas Ziel war, einigte man sich schnell darauf, gemeinsam hinzufahren.

Nach dem Frühstück ging es los. Correy übernahm auf Mr. Boyles Bitten hin das Steuer, weil der Brite es nicht gewöhnt war, dass sich der Fahrersitz auf der linken Seite befand. Er ließ es sich jedoch nicht nehmen, auf dem Beifahrersitz Platz zu nehmen und die Landkarte ausführlich zu studieren, während sich die beiden Frauen mit dem Rücksitz begnügen mussten. Mrs. Boyle hatte dagegen nicht viel einzuwenden, Theresa hätte lieber neben Correy gesessen. Sie genoss seine Nähe immer mehr und hätte es schön gefunden, sich mit ihm zu unterhalten. So musste sie sich an Mrs. Boyle halten, die eine schöne Perlenkette und einen auffälligen Klunker am Finger trug. Theresas Verdacht, sie könne Mr. Boyle nur wegen seines Geldes geheiratet haben, erhärtete sich. Auch schien Mrs. Boyle ein besonderes Faible für teure Designer zu haben.

Theresa mochte die teilweise eher karge Landschaft und wann immer sie durch eine Ortschaft fuhren, war sie von dem griechischen Städteflair verzaubert. Alles wirkte rustikaler und deutlich überschaubarer als in Hamburg oder Athen. Es hatte einen angenehmen ländlichen Charme. Correy schien es ähnlich zu gehen. Zumindest ließ er hin und wieder Worte wie „gemütlich" oder „schöne Gegend" fallen. Auch Mr. Boyle, der sehr schweigsam war, ließ sich zu einem Lob hinreißen. „Beautiful", sagte er.

Als sie Areopoli, die größte Stadt der Mani, erreichten, mieteten sie sich in ein kleines, jedoch modern ausgestattetes Hotel ein. Mr. und Mrs. Boyle nahmen ein Doppelzimmer. Theresa und Correy hatten Glück und bekamen zwei Einzelzimmer auf demselben Flur, wie es bereits im Motel in Athen der Fall gewesen war. Als Mrs. Boyle das mitbekam, zeichnete sich ein erfreutes Lächeln auf ihren aufgespritzten Lippen ab. Das irritierte Theresa. Es schien fast so, als freue es die Dame, dass sie getrennte Zimmer bezogen.

Theresa schloss ihre Zimmertür auf, trat ein und begutachtete ihre Bleibe. Sie war klein, gemütlich eingerichtet und wenn es ein Adjektiv gab, mit dem sie den Raum in einem Wort hätte beschreiben sollen, wäre es „griechisch" gewesen. Es gab ein kleines gekacheltes Bad, den obligatorischen Kleiderschrank, einen Fernseher, sogar ein Telefon und natürlich ein Bett.

Sie versteckte den Zylinder unter ihrem Kopfkissen, legte sich auf die Matratze und merkte, dass diese angenehm federnd nachgab. Sie reckte und streckte sich und vergaß für einen kurzen Moment beinahe, dass sie nicht im Urlaub war. Nach ihrem kurzfristigen Aufbruch gestern abend und der langen Fahrt von Athen zum südlichen Teil der Halbinsel war sie unendlich müde. Ihre Augen fielen ihr ganz von allein zu. Einen kurzen Moment döste sie gänzlich weg, da schreckte sie ein Klopfen an der Tür aus dem Schlaf.

„Ja?", rief Theresa und fügte hinzu: „Es ist nicht abgeschlossen."

Correy trat ein. Verlegen kratzte er sich am Hinterkopf und schob die Tür mit seinem Stiefel hinter sich zu. Da er sah, wie sie gähnte und sich die Augen rieb sagte er:

„Tut mir leid, du wolltest wohl gerade schlafen?"

„Macht nichts. Was gibt es?" Möglicherweise hatte er etwas Neues in Erfahrung gebracht.

Aber Correy zuckte die Schultern. „Nichts. Genau genommen geht es um Mrs. Boyle. Sie ist ein wenig … merkwürdig. Findest du nicht?"

„Wie kommst du darauf?"

„Sie kam eben in mein Zimmer und hat seltsame Sachen mit ihrem Mund gemacht."

Theresa lachte leise. „Habe ich es mir doch gedacht, sie steht auf dich."

„Aber sie ist verheiratet", sagte er entrüstet.

Sie musste schmunzeln. Correy konnte unmöglich so naiv sein und glauben, dass das ein Hindernis für diese Frau war. Andererseits war er deutlich älter als er aussah und stammte womöglich aus einer Zeit, in der ein Eheversprechen noch etwas galt, ein Bündnis war, das nur durch den Tod geschieden werden konnte. An und für sich war das ziemlich romantisch, solange man sicher war, den Richtigen gefunden zu haben. Falls sie jemals heiratete, wünschte sie auch, es würde ewig halten.

„Stör ich dich wirklich nicht? Ich kann auch später wiederkommen."

„Nein." Sie gähnte noch einmal. „Sag schon, was geschah dann?"

„Ich habe sie gebeten zu gehen, aber das hat alles nur schlimmer gemacht. Ich bin jetzt einfach gegangen."

„Ich schätze, das war eindeutig. Sie wird dich bestimmt von jetzt an in Ruhe lassen." Vorausgesetzt Mrs. Boyle hatte ihren Stolz.

„Armer Mr. Boyle. Wenn er davon wüsste …"

„Wir sollten uns nicht einmischen."

Sie schätzte ihn als rechtschaffend genug ein, um zu Mr. Boyle zu gehen und ihm von den Avancen seiner Frau erzählen. Aber ein Familiendrama war das Letzte, was sie jetzt gebrauchen konnten.

„Du hast sicher recht."

Theresa war froh, dass er so schnell einsichtig war und auch ein wenig darüber, dass er an Mrs. Boyle kein Interesse zu haben schien.

Correy legte das Ohr an die Tür und lauschte. Schließlich drückte er die Klinke herunter. „Ruh dich etwas aus. Ich schau mich in der Gegend um und melde mich später wieder bei dir."

„Danke, das ist sehr lieb."

Der ganze Stress und die permanente Anspannung hatten ihr die letzten Kraftreserven geraubt. Doch hier in Areopoli würde sie hoffentlich endlich zur Ruhe kommen. Hier waren sie fernab von den Vampiren.

Nachdem Correy Theresas Zimmer verlassen hatte, setzte er sich an die Hotelbar und bestellte einen Orangensaft. Er wollte mit dem Barkeeper ins Gespräch kommen, um Informationen über die Gegend einzuholen, da hörte er Mrs. Boyles schrille Stimme hinter sich.

„There you are!"

Unaufgefordert setzte sie sich neben ihn und rückte anzüglich ihr Dekolleté zurecht. Ihr Ausschnitt reichte fast bis zum Bauchnabel. Diese Frau ging ihm allmählich auf die Nerven und er war heilfroh, als Mr. Boyle neben ihr auftauchte. So konnte er sicher sein, dass sie ihm nicht zu nahe rückte. Überschwänglich erklärte sie, dass sie eine hervorragende Idee hätte, von der auch ihr Mann ganz begeistert sei. Sie wollten einen Ausflug zur Tropfsteinhöhle von Pyrgos Dirou machen.

„Come on, Correy. You wanted to see the underworld. That's your chance", sagte Mr. Boyle und klopfte ihm auf die Schulter.

Vielleicht war das gar keine schlechte Idee. So konnte er schon mal die Höhle auskundschaften, während Theresa sich von den Strapazen erholte.

Sie bekamen Helme und Schwimmwesten ausgehändigt. Mrs. Boyle weigerte sich allerdings ihre Schwimmweste zu tragen, weil sie der Ansicht war, ihre Figur käme dann nicht ausreichend zur Geltung. Außerdem passe die Farbe nicht zum Rest ihres Outfits. Nach einer hitzigen Diskussion mit dem Fährmann hatte dieser schließlich entnervt aufgegeben und Mrs. Boyle hatte ihren Willen durchgesetzt. Auf den Urlaubsfotos wollte sie schließlich ansehnlich aussehen.

Über eine steile Treppe ging es ins Innere der Tropfsteinhöhle. Unten angekommen gelangten sie an den unterirdischen Fluss und stiegen in das für sie vorgesehene Boot.

Die Höhle war größer als Correy erwart hatte. In einem gemütlichen Tempo durchquerten sie mehrere Säle. Wohin das Auge blickte, gab es beeindruckende surreale Gebilde. Die Decken hingen teilweise so tief, dass sie die Köpfe einziehen mussten. Man hatte Beleuchtung angebracht, um entsprechend schöne Stalaktiten ins rechte Licht zu rücken. Correy hatte kaum die Zeit, den Anblick dieser Naturschätze, welche die größte Tropfsteinhöhle Europas barg, zu genießen. Mrs. Boyle rückte immer wieder näher an ihn heran, als ihm lieb war. Und Mr. Boyle schien auf beiden Augen blind zu sein. Er merkte nichts davon. Außerdem konnte seine Frau nicht still sitzen. Wenn sie ihm nicht gerade zu nahe kam, wollte sie am liebsten von jedem Stalaktiten ein Foto machen, stand sogar mitten in der Fahrt auf und brachte das Boot ins Wanken. Der Fährmann ermahnte sie mit den Worten „Bitte bleiben Sie auf Ihren Plätzen“ aber die Dame lachte nur und entschuldigte sich halbherzig.

Sie drangen tiefer in die Höhle vor. Correy hielt die Augen nach irgendetwas offen, das auch nur entfernt einem Tor glich. Schließlich befuhren sie einen kleinen See und der Touristenführer verkündete, dass ihre Reise hier zu Ende sei und sie sich auf den Rückweg machen würden.

Correy bemerkte einen Seitenarm zu seiner Linken, der tiefer ins Innere der Höhle führte. Eigentlich war er immer noch breit genug, um ihn mit dem Boot zu befahren. Doch offensichtlich sah die Route das nicht vor. Die wie Eiszapfen von der Decke hängenden Tropfsteine versperrten ihm die Sicht auf ein steinernes Gebilde, das eine merkwürdig abstrakte Form aufwies, die beinahe unnatürlich aussah. Mit viel Fantasie konnte man darin eine Figur erkennen. Sie weckte sein Interesse und Correy wünschte, er hätte sie sich näher ansehen können. Aber das Licht reichte nicht weit genug hinein. Außerdem wendete der Touristenführer das Boot.

„Oh, that's wonderful", tönte Mrs. Boyles schrille Stimme an sein Ohr. Voller Elan sprang sie auf und knipste den kleinen See wie eine Besessene.

„Darling, sit down please", bat ihr Mann, aber Mrs. Boyle ignorierte sowohl ihn als auch den mittlerweile stinksauren Fährmann.

Stattdessen wackelte sie anzüglich mit ihrem Hinterteil vor Correys Nase herum.

„Setzen Sie sich hin", knurrte auch er nun genervt. Es war kaum zu glauben, wie stur diese Frau war. Das Boot schwankte. Wasser schwappte in den Bauch.

„Just one more picture."

Sie hatte einen ihrer Ansicht nach besonders schönen Stalaktiten entdeckt und machte einen verhängnisvollen Schritt nach vorn, beugte sich leicht über. Das Boot kam zu nah an die Höhlenwand und schwankte. Der Fotoapparat fiel ins Wasser und Mrs. Boyle war auf dem besten Wege hinterher zu fliegen.

Correy reagierte schnell, versuchte sie zu halten, doch seine Finger streiften lediglich den Stoff ihres Mantels. Mit einem mächtigen Klatsch landete sie im Wasser und ging unter.

„Oh my God!", rief Mr. Boyle in Panik.

Aber der Fährmann war schnell zur Stelle und drückte ihn auf seinen Platz zurück.

„Bleiben Sie ruhig. Ich kümmere mich um Ihre Frau", sagte Correy und ehe der Fährmann Einspruch erheben konnte, war er ins Wasser gesprungen.

Extreme Kälte lähmte sein Herz für einige Schläge. Aber dann setzte es mit einem kräftigen, fast schmerzhaften Schlag wieder ein. Die Beleuchtung ließ etwas Licht in das tiefe Dunkel dringen. Rasch blickte er sich nach allen Seiten um. Er entdeckte Mrs. Boyle, die leblos durch das Wasser glitt. Offenbar hatte sie das Bewusstsein verloren. Die Kälte war derart tückisch, er spürte kaum noch seine

Glieder. Er tauchte tiefer hinab und fasste sie am Handgelenk. Mrs. Boyle musste so schnell wie möglich aus dem Wasser, sie hatte schon zu lange keinen Sauerstoff mehr bekommen. Ihre Kleidung war vollgesogen und es kostete ihn einiges an Kraft ihren Körper nach oben zu befördern. Mr. Boyle und der Fährmann reichten ihm hilfreiche Hände und zogen die Bewusstlose ins Boot.

„Oh dear, Daphne!", rief Mr. Boyle schockiert.

Sie kam langsam zu sich, hustete und spuckte Wasser.

„Kommen Sie, ich helfe Ihnen", sagte der Fährmann und reichte Correy die Hand.

Aber Correy sah nun die Möglichkeit gekommen, den Seitenkanal zu erforschen. Er musste unbedingt wissen, was in den Stein gehauen worden war. Es konnte wichtig sein.

„Einen Moment", sagte er und tauchte wieder hinab. Er hörte noch wie ihm der Fährmann etwas nachrief.

„Sind Sie verrückt geworden?"

Schon füllte das Wasser seine Ohren. Mit raschen Beinstößen beförderte er sich durch das eiskalte Wasser tiefer in die Dunkelheit hinein. Das Licht drang nur noch spärlich zu ihm vor. Langsam kehrte er an die Oberfläche zurück, denn die Luft wurde allmählich knapp. Er war nun tief genug in den Kanal vorgedrungen, um das Gebilde in Augenschein zu nehmen. Er war sich nicht ganz sicher, doch glaubte, dass die Ausbuchtungen im Höhlengestein die Form eines Kopfes aufwiesen. Es war eine mächtige Gestalt. Doch man erkannte sie nur, wenn man ganz genau hinsah. Ein Maul, spitze Ohren und mächtige Beine, welche einen riesigen Körper stützten. Vielleicht hatte jemand die Figur in Stein geschlagen oder sie war auf natürliche Weise entstanden. Beides schien möglich.

Dann fielen ihm links und rechts zwei weitere Köpfe auf, die weniger deutlich herausgebildet waren. Auch sie hatten aufgerissene Mäuler, die vermutlich unerwünschte Besucher abschrecken sollten. Nun fiel es ihm wie Schuppen von den Augen.

Das war Kerberos, der Wächter der Unterwelt, der dem Hades ergeben war.

Adrenalin schoss durch seine Adern. Jetzt gab es einen ersten Hinweis. Sie mussten noch einmal mit der Fackel herkommen. Vielleicht stimmte es, was die alten Griechen vermutet hatten. Vielleicht war hier tatsächlich der Eingang zur Unterwelt.

Er machte sich auf den Weg zurück. Jetzt musste er sich beeilen.

Er war schon wieder auf dem Weg nach oben, als etwas seine Beine packte und ihn nach unten riss.

Seine Versuche, zu erkennen was es war, blieben vergeblich. Er spürte vier Hände, die an ihm zogen. Correy versuchte die Wesen abzustreifen, wegzuschütteln, aber trotz ihrer kaum vorhandenen Substanz, besaßen sie beängstigende Kräfte.

Die Oberfläche glitt in weite Ferne. Er sah, wie das Licht des Bootes über ihm immer kleiner wurde. Die Kälte wurde schier unerträglich. Bei Lykandra, sollte das tatsächlich sein Ende sein?

Die Hände von Wassergeistern glitten an ihm hoch, kraulten seine Brust, umschmiegten seine Wangen. Er spürte sanfte, flüssige Lippen an seinem Mund, die verführerisch über seine glitten. Es fühlte sich nicht unangenehm an, bis er realisierte, dass die Wasserfrau ihm die verbliebene Luft aus den Lungen sog.

Mit aller Kraft versuchte er, sie wegzustoßen, doch seine Hand ging durch sie hindurch wie durch das Wasser.

Er sammelte seine verbliebene Kraft und stieß sich von einem Felsen nach oben ab. Ein gutes Stück schoss er dadurch in Richtung Oberfläche.

Jetzt waren es nur noch wenige Meter, die ihn vom rettenden Boot trennten. Die Wasserwesen ließen unvermittelt von ihm ab und seine Hände durchstießen die Oberfläche, griffen nach dem Rand des Bootes und zwei warme und trockene Hände an seinen Handgelenken zogen ihn hinauf. Lykandra sein Dank.

„So etwas dürfen Sie niemals tun", rief der Touristenführer aufgeregt. „Das kann gefährlich enden!"

Aber Correy war zu erschöpft, um zu antworten.

Theresa erschrak zutiefst, als Mr. und Mrs. Boyle an ihrer Zimmertür klopften und einen völlig erschöpften Correy bei ihr ablieferten. Er sah aus, als hätte er dem Tod persönlich die Hand geschüttelt. Obendrein war er völlig durchnässt und eine Pfütze hatte sich unter seinen Stiefeln gebildet. Auch Mrs. Boyle war von oben bis unten klitschnass. Im Gegensatz zu Correy konnte sie aber selbst gehen.

„Mein Gott!" Sie eilte ihm entgegen und half Mr. Boyle, ihn zu stützen. „Setz dich", sagte sie und brachte ihn zur Couch.

Mrs. Boyle erklärte aufgelöst, dass er sein Leben für sie riskiert hatte. Ihre Wimperntusche war zerlaufen.

„Please take care of him."

„Natürlich."

Es war selbstverständlich, dass sie ihn in diesem Zustand nicht sich selbst überließ. Diese Frau und ihre nutzlosen Ratschläge machte sie rasend. Glücklicherweise verabschiedeten sich die Boyles schnell, jedoch mit dem Hinweis, Theresa könne sie jederzeit um Unterstützung bitten, was sie dankbar stimmte. Aber nun interessierte sie viel mehr, was überhaupt geschehen war.

„Zieh am besten gleich deine Sachen aus", sagte sie und fing damit an, sich an seinen Stiefeln zu schaffen zu machen. „Du holst dir noch den Tod, wenn du sie anbehältst."

Sie sah sich nach der dicken Tagesdecke um und überlegte, ob sie ihm ein warmes Bad machen sollte.

Correy hustete so stark, dass sein Körper durchgeschüttelt wurde, was bei einem großen und muskulösen Mann wie ihm, der eigentlich vor Stärke strotzte, besorgniserregend aussah.

„Ich denke, ich werde lieber heiß duschen." Mit diesen Worten erhob er sich und schwankte zum Badezimmer. Theresa war nicht sicher, ob das eine gute Idee war. Er wirkte noch immer entkräftet. „Es geht schon wieder", versicherte er, als er ihren Blick bemerkte.

„Was ist denn überhaupt geschehen?"

Er blieb an der Tür stehen und zog sich das nasse Hemd über den Kopf. Seine Brustmuskeln waren ausgeprägt und er war behaart. Doch was hatte sie von einem Werwolf anderes erwartet? Die Behaarung verlieh ihm eine ausgesprochen männliche Note. Während er seine nassen Kleider auf den gekachelten Boden des Badezimmers klatschte, erklärte er ihr wie es dazu kam, dass er tropfnass in ihrem Zimmer abgeliefert wurde.

„Wir sollten uns die Höhle noch einmal genauer ansehen und die Fackel mitnehmen."

Das hörte sich gut an. Sie sah, dass seine Beine zitterten. Aber er spielte das herunter und bestand darauf, dass alles okay sei. Männer. Sie wollte ihn nun nicht länger von seiner heißen Dusche abhalten und er verschwand im Bad.

Theresa setzte sich auf die kleine, jetzt nasse Couch. Ihn derart schwach zu sehen, beunruhigte sie. Sie wünschte inständig, sie hätte mehr für ihn tun können. Während die Dusche rauschte, spielte sie mit dem Gedanken, ihm eine heiße Suppe zu bestellen. Vielleicht wäre es besser gewesen, wenn sie zur Höhle mitgekommen wäre. Sie hätte auf Mrs. Boyle aufpassen können, dann wäre das alles nicht passiert. Aber wenigstens war nichts Schlimmeres geschehen und er würde schon wieder auf die Beine kommen, dafür würde sie sorgen.

Sie vernahm einen dumpfen Schlag aus dem Badezimmer.

Rasch sprang sie auf und eilte hinein, schob die gläsernen Türen zur Seite und schaltete die Dusche ab. Correy lag bewusstlos auf dem Boden der Kabine. Sie klopfte ihm mit flacher Hand auf die Wange, aber er reagierte nicht. Sein muskulöser Körper lag reglos vor ihr. Die stark behaarte Brust hob und senkte sich gleichmäßig. Das war ein gutes Zeichen, wenn auch das einzige.

„Correy? Kannst du mich hören?"

Tatsächlich bewegte er leicht die Lippen, wandte den Kopf von einer Seite zur anderen. Er musste einen Kreislaufzusammenbruch erlitten haben.

„Keith … wo ist Keith …"

Wer war Keith? Sie hatte keine Ahnung wovon er sprach.

„Correy, ich bin es. Theresa."

Sie legte ihre Hand auf seine Stirn. Sie fühlte sich heiß an. Er reagierte noch immer nicht auf ihre Ansprache. Stattdessen bäumte sich sein Brustkorb plötzlich auf. Theresa zuckte zurück. Aber dann griff sie nach seiner Hand und drückte sie fest.

„Alles wird gut, Correy."

„Keith", murmelte er und seine Stimme klang gequält.

Sie musste jetzt endlich handeln, ihn irgendwie aus der Kabine ins Bett schaffen. Aber wie? Er war riesig. Und sicherlich wogen diese Muskelberge einiges mehr als ihre dünnen Ärmchen tragen konnten. Dennoch, es half alles nichts. Er musste hier raus.

Sie kletterte über ihn hinweg und griff ihm unter die Arme. Mit aller Kraft versuchte sie, ihn heraus zu ziehen, mit dem Ergebnis, dass sie sich fast die Arme aus den Schultern riss. Doch sie gab nicht auf. Sie biss die Zähne fest zusammen und zog, zerrte, bis es ihr gelang, zumindest seinen Oberkörper auf die Fliesen zu hieven. Seine Beine folgten dann fast von selbst. Nun hatte sie einen hervorragenden Blick auf … alles.

Correy lag nicht mehr gekrümmt, sondern ausgestreckt auf dem Boden. Ein Bluterguss zierte seinen Beckenknochen. Den musste er sich beim Aufprall zugezogen haben, oder in der Höhle. Außerdem waren seine Beine zerkratzt und wiesen ebenfalls blaue Flecken auf.

Theresa holte sich einen kalten Waschlappen und legte ihn auf seine Stirn. Sein Atem wurde ruhiger und er schien sich zu entspannen. Als sich seine Augenlider bewegten, wusste sie, dass er jeden Moment zu sich kommen würde.

Rasch holte sie die Tagesdecke von ihrem Bett und breitete sie über ihm aus. Die Fliesen waren kalt und er hatte sich schon in der Grotte unterkühlt. Als sie sich über ihn beugte, um noch einmal seine Stirn zu berühren, öffneten sich seine leuchtend grünen Augen und blickten sie desorientiert an. Er war aufgewacht. Gott sei Dank.

„Theresa …“ Correy richtete sich leicht auf und hielt sich den Kopf, als schwindelte ihm. „Was … ist …“ Er fuhr sich mit leicht zitternder Hand über die Stirn und im nächsten Moment schien die Erinnerung ganz von selbst zurückzukehren. „Ich bin gestürzt. Mir wurde plötzlich schwarz vor Augen.“

Ja, sie war nun sicher, es war ein Kreislaufzusammenbruch gewesen.

„Du gehörst ins Bett, großer starker Wolf, du hast Fieber."

Theresa konnte vor Glück, dass er wieder zu sich gekommen war, nicht an sich halten und küsste ihn auf die Stirn.

Correy blickte sie überrascht an. „Danke. Aber du weinst ja."

Sie erschrak über diese Feststellung und fuhr sich mit der zitternden Hand über die Wangen.

„Das ist nur die Erleichterung", sagte sie und bot ihm ihren Arm. „Du hast mich ganz schön erschreckt. Kannst du aufstehen?"

Er nickte und sie half ihm auf die Beine. Er wirkte neben ihr wie ein Riese. Erst jetzt, da er aufrecht stand, wurde ihr bewusst, wie groß er eigentlich war. Wankend und mit enorm kleinen Schritten näherten sie sich dem Wohnbereich ihres Zimmers.

Die Zeit lief ihnen davon und die Blutjagd war bisher ohne Erfolg geblieben. Levan lief nervös durch das Loft und blickte immer wieder auf die Uhr. Der Zeiger bewegte sich auf die zwölf Uhr zu. In einer Stunde würde Lord Vasterian hier sein. Dieses Mal würde der Mächtige keinen Stellvertreter schicken. Er hatte sich persönlich angemeldet und falls Levan keine Ergebnisse vorweisen konnte, würde das üble Konsequenzen haben.

Maevas Kehle zog sich bei dem Gedanken daran zusammen. Sollte sie fliehen? Levan allein zurücklassen? Und vor allem, würde Vasterian nach ihr suchen und sie zur Vogelfreien erklären?

Sie konnte sich gut vorstellen, dass Vasterian ihr eine Mitschuld daran gab, dass man ihnen die Fackel gestohlen hatte. Maeva sah das ganz anders. Levan war zu vertrauensselig gewesen. An seiner Stelle hätte sie Theresa nicht im Loft übernachten lassen, völlig gleich wie schlimm ihr körperlicher Zustand gewesen war.

Menschen durfte man nicht vertrauen.

Fast empfand sie Mitleid mit Levan, weil er sich von ihr hatte blenden lassen.

Als sie sich dazu durchgerungen hatte, bei Levan zu bleiben, klingelte das Telefon. Sie ging ran und vernahm auf der anderen Seite der Leitung eine knarzende Stimme, die nur schwer zu verstehen war. Doch das Entscheidende hörte sie heraus. Jemand hatte die Fackel gesehen. Es gab eine erste Spur. Levan musste ihr die Erleichterung angesehen haben, denn er kam gleich auf sie zu.

„Wer war das?"

„Ein Schattengänger."

Sie sprach den Namen verächtlich aus und genauso verächtlich verzog sich Levans Gesicht. Schattengänger waren der Abschaum unter den Vampiren. Niemand hatte mit diesen Kreaturen gern zu tun. Und nun war es ausgerechnet ein Schattengänger, der eine Spur gefunden hatte.

„Was will der Kerl?"

„Er hat Theresa gesehen."

Nun hatte sie Levans volle Aufmerksamkeit.

„Ich treffe mich mit ihm. Vielleicht wird alles gut."

„Lord Vasterian ist bald hier. Beeil dich bitte."

Sie nickte. „Natürlich."

Dann gab sie ihm einen Abschiedskuss. In der Hoffnung, dass es nicht tatsächlich ihr letzter Kuss war.

Wie vereinbart wartete der Schattengänger am Eingang eines stillgelegten U-Bahnhofs. Maeva hatte sicherheitshalber Levans Wachhunde mitgenommen. Schattengängern konnte man genauso wenig trauen wie Menschen. Möglicherweise war es eine Falle, um Geld und Blut von Levan zu erpressen.

Ein grässliches Gesicht blickte ihr unter einer Kutte entgegen. Zwei tiefsitzende, trübe Augen, schuppige Haut, Falten und eine Nase, die nur noch aus zwei Löchern bestand. Widerlich. Der Verdacht lag nahe, dass sich diese Viecher gegenseitig auffraßen oder zumindest einiger Körperteile entledigten, wenn totes Blut knapp wurde.

„Wie ssschön, dasss Sssie gekommen sssind“, zischte der Schattengänger und reichte ihr die Hand.

„Du bist Goren?“, fragte sie, um sicher zu gehen, dass er es war mit dem sie telefoniert hatte.

Er nickte. Maeva betrachtete die dreckigen, langen Fingernägel, den sehnigen Handrücken und die knochigen Finger. Es kostete große Überwindung, die Hand anzunehmen, doch sie wusste auch, dass sie sich jetzt besser keine Unhöflichkeit leistete. Schattengänger waren durchaus empfindlich und achteten darauf wie sie von Geschäftspartnern behandelt wurden. Goren nickte zufrieden.

„Gut, also erzählen Sie, was haben Sie gesehen?“

Goren führte sie die Treppe zum Bahnsteig hinunter. „Die junge Frau, auf die Ihre Beschreibung passt. Und auch die Fackel.“

Maeva fragte sich, woher der Schattengänger überhaupt von der Blutjagd wusste. Scheinbar verbreiteten sich solche Nachrichten schnell und auch in Gefilden, in die normalerweise kaum ein Vampir kam. Sobald jedoch ein Schattengänger von der Jagd erfuhr, und sei es nur durch Zufall, weil er ein Gespräch mitbekommen hatte, wussten es bald alle. Und das war in diesem Fall ihr Vorteil.

„Sssie war bei Aurora.“

„Aurora?“

„Die Empathin. Sssie lebt hier unten in einem alten Waggon. Wir Ssschattengänger gehen ihr ausss dem Weg und sssie geht unsss ausss dem Weg. Aber man weiß doch, mit wem man esss zu tun hat."

Maeva hatte noch nie von ihr gehört.

„Die Kleine, die Sssie sssuchen, isst fort. Wir haben sssie heute nicht mehr gesssehen. Aber Aurora issst noch da. Sssie wird wisssen wo sssie issst."

Maeva atmete tief durch. Es wäre wohl auch zu einfach gewesen, wenn Theresa sich ihnen hier unten auf dem Silbertablett präsentiert hätte. Sie konnte nur hoffen, dass Vasterian ihre erste Spur als Erfolg wertete und Levan verschonte.

Der Schattengänger forderte seine Belohnung und hielt die Hand auf.

Aurora lag auf ihrer alten Matratze und betete, dass Theresa nichts geschehen möge, als die Lichtkegel von Taschenlampen durch die Waggonfenster fielen.

Noch bevor sie aufstehen und nach ihrem Dolch greifen konnte, brach jemand die Waggontür ein und Männer in dunklen Anzügen kamen in den Wagen. Schnell hatten sie Aurora ausfindig gemacht.

„Was wollt ihr von mir?"

Ängstlich wich sie vor den breitschultrigen Hünen zurück, bis sie einen Widerstand in ihrem Rücken spürte. Der Waggon war hier zu Ende.

Neben den beiden Wachhunden tauchte eine Frau mit langen schwarzen Haaren auf. Ihr Gesicht war bleich und emotionslos. Leicht öffnete sie die Lippen und Aurora konnte zwei spitze Eckzähne erkennen.

Der Blutsklave, der dicht vor Aurora stand, packte sie an den Armen und drehte sie ihr auf den Rücken. Über ihren Kopf zog man einen Sack. Es wurde dunkel. Sie versuchte sich loszureißen, aber die Männer waren zu stark.

Brutal beförderte man sie nach draußen, schleifte sie mit und drängte sie in ein Auto. Sie hörte den Motor aufheulen und spürte den kräftigen Ruck, der sie in den Sitz drückte. Aurora versuchte, in den Gedanken ihrer Entführer zu lesen, doch die Vampirin besaß die Fähigkeit, sich vor ihr zu verschließen und in den Köpfen der beiden Männer konnte sie nichts brauchbares finden.

Nach einer halben Ewigkeit hielt der Wagen. Man zerrte sie in einen Fahrstuhl und von dort in eine Wohnung.

„Sei unser Gast", hauchte die Frau und nahm ihr den Sack vom Kopf.

Aurora musterte sie argwöhnisch. „Wer bist du?", fragte sie, aber die Vampirin gab keine Antwort sondern setzte sich auf den Rand einer Badewanne.

Leicht beugte sie sich hinunter und steckte den Stöpsel in den Abfluss, ehe sie mit einem genüsslichen Grinsen den Hahn aufdrehte.

„Man nennt mich Maeva", erklärte sie schließlich. „Und die Feinde der Königin sind auch meine Feinde."

Auroras Magen krampfte sich zusammen. Sie spürte all die negativen Energien. „Was wollt ihr von mir?", knurrte sie.

„Informationen." Maevas Hand tauchte in das Wasser und erzeugte leichte Wellen.

Aurora straffte die Schultern. Sie ahnte, worauf die Vampirin anspielte. Sie wollte wissen, wo Theresa steckte. Aurora würde eher sterben, als Theresa zu verraten. Die Badewanne war nun bis zum Rand mit Wasser gefüllt. Maeva gab ihren Begleitern ein Handzeichen und sie drängten Aurora vor die Wanne, zwangen sie auf die Knie und hielten sie fest.

„Es gibt zwei Wege für dich“, erklärte Maeva. „Weg Nummer eins ist sehr schmerzhaft und qualvoll. Weg Nummer zwei ist der einfache, der direkte, der, den ich mir für dich wünschen würde.“

Es klang fast fürsorglich. In Wahrheit stand die Vampirin unter Zeitdruck. Ganz gelang es ihr doch nicht, sich vor Aurora zu verschließen. Sie konnte ihre Ängste spüren. Sie brauchte die Informationen dringend. Schnell.

„Alles was du tun musst, ist meine Fragen zu beantworten.“

Aurora lachte leise auf. Den Teufel würde sie tun. Sollten die sie doch foltern. Sie umbringen. Wenn schon.

„Kein Wort kommt über meine Lippen.“

Maeva nickte den Männern zu. Einer riss Aurora die Maske vom Kopf und ein entsetztes Raunen erfüllte den Raum. Selbst die Vampirin blickte sie angewidert an.

„Widerlich“, sagte sie und wandte den Blick ab. „Macht weiter“, befahl sie, und der Blutsklave hob Aurora an, packte ihren kahlen Kopf und drückte ihr Gesicht ins kühle Wasser.

Sie hielten sie nicht lange unten, doch immerhin lange genug, dass ihr schwindelig wurde.

Prustend kam sie wieder hoch. Maeva schlich hinter ihr lang, doch wagte es nicht, sie zu berühren. Aurora spürte ihren Ekel.

„Ihr habt mir noch keine einzige Frage gestellt.“

„Das war nur ein kleiner Vorgeschmack, auf das, was dich noch erwartet, meine Gute. Es wäre klüger, Weg Nummer zwei zu wählen,“ sagte Maeva.

Aurora presste demonstrativ die verkümmerten Lippen zusammen und blickte die Vampirin direkt an. Diese hielt ihrem Blick nicht lange stand. Auroras Anblick machte sie nervös. Sie setzte sich wieder auf den Wannenrand und presste genüsslich die Fingerspitzen beider Hände aneinander, während sie ein Bein über das andere schlug.

„Wo ist Theresa Straub?“

Aurora sagte nichts. Der Griff des Blutsklaven an ihrem Nacken wurde fester und er drückte ihr Gesicht so weit hinunter, dass ihre Nasenspitze ins Wasser reichte.

„Sie ist nicht hier und ihr werdet sie nicht finden“, stieß Aurora aus.

Der Hüne ließ sie wieder hoch kommen.

„Da wäre ich mir nicht so sicher. Denn hier drin sind alle Antworten.“

Maeva tippte mit dem Zeigefinger gegen Auroras Stirn. Es kostete sie Überwindung. Aber dann brach ihr Widerwillen, Aurora zu berühren.

„Warum willst du es uns beiden schwer machen?“, fragte sie ungeduldig und packte brutal Auroras Kinn, zwang sie, zu ihr aufzublicken.

Das Schlucken fiel schwerer. Ihr Hals wurde überdehnt. Sie legte so viel Verachtung in ihren Blick, wie es ihr in dieser Situation möglich war.

„Ich frage dich noch einmal, wo ist Theresa Straub? Wo ist die Fackel?“

Aurora verweigerte die Antwort. Schon empfing sie eiskaltes Wasser, das ihr Gesicht gänzlich umschloss. Es ergab keinen Sinn, sich zu wehren. Der Druck, den man auf sie ausübte, war derart stark, dass sie sich keinen Millimeter bewegen konnte.

Langsam ging ihr die Luft aus. Aus einem Reflex heraus öffnete sie den Mund, als wollte sie einatmen, doch statt Luft drang nur etwas Wasser ein. Maeva sagte irgendetwas, aber sie konnte sie nicht verstehen. Dann hörte sie ihr Lachen, spürte die sadistische Freude der Vampirin und ihrer Anhänger. Ein Zucken jagte durch ihren Körper. Ihre Finger verkrampften sich.

Gerade noch rechtzeitig ließ man sie wieder hinauf. Aurora schnappte nach Luft und konnte nicht genug davon bekommen.

„Ich hatte dich gewarnt. Aber du wolltest es auf die harte Tour. Ich gebe dir eine letzte Chance, Aurora. Sag mir, wo ich Theresa Straub finde."

Aurora rang noch immer nach Atem. Doch sie schwieg beharrlich. Diese Pyr-Anhänger würden schon sehen, wie zäh sie war.

Maeva gab dem Mann noch ein Zeichen. Wieder wurde Aurora unter Wasser gedrückt. Dieses Mal wurde sie so lange unten gehalten, dass sie ernstlich glaubte, den nächsten Tag nicht mehr zu erleben. Ihre Sinne schwanden, kurzweilig wurde es dunkel, dann war sie wieder an der Oberfläche und erlösende Luft strömte in ihre Lungen.

„Wir können dieses Spiel ewig weiter spielen. Das könnte eine anstrengende Nacht für dich werden", provozierte Maeva.

„Und wenn schon. Ich habe nichts zu sagen."

„Wie du willst. Wir haben noch andere Möglichkeiten. Nehmt sie mit!"

Correy schreckte auf. Er fühlte sich benommen und brauchte eine Weile, ehe er realisierte, dass er in einem Bett lag. Er spürte die weiche Matratze unter sich und die Decke, die ihn bis zum Ansatz seiner Brust wärmte. Sein Kopf war auf ein Kissen gebettet. Trotzdem schmerzte sein Nacken und jedes seiner Glieder fühlte sich so steif an, als wäre er seit langer Zeit eingerostet.

Allmählich kehrte die Erinnerung zurück. Er hatte noch versucht, sich am Duschkabinenrand festzuhalten. Aber der Untergrund war nass und rutschig gewesen, so dass er gestürzt war. Theresa hatte ihn gefunden und Lykandra allein wusste, wie sie ihn da herausbekommen hatte. Bei ihrer schmalen Gestalt hatte sie sich vermutlich völlig verausgabt, um einen schweren Kerl wie ihn auch nur einen Meter weit zu ziehen.

Er hörte das Knarren der Tür. Seine Augenlider konnte er ohne Schmerzen öffnen, das war erfreulich. Theresa kam herein. Sie trug ein Tablett mit einer Kanne und einer Tasse aus Porzellan vor sich her.

„Ah, du bist ja schon wach", sagte sie erfreut und setzte sich zu ihm. Er spürte ihre kühle Hand auf seiner Stirn.

„Dein Fieber ist gesunken, das ist gut. Ich habe dir etwas Tee aus der Hotelküche besorgt. Die Wärme wird dir gut tun."

„Danke." Er war gerührt, wie sie sich um ihn sorgte.

„Geht es dir besser?"

„Etwas."

Jetzt wo sie da war und er ihr wunderschönes Lächeln sehen durfte, wurden seine Lebensgeister wieder wach. Ihr Anblick durchströmte ihn mit Energie und Wärme.

„Du hast lange geschlafen", sagte sie.

Ein Blick zum Fenster verriet, dass es mittlerweile dunkel war. Der Duft von Zitrone stieg ihm in die Nase, während Theresa seine Tasse füllte.

„Vorsicht, der ist noch sehr heiß."

Er nahm die Tasse vorsichtig entgegen, stellte sie dann aber ohne davon zu trinken auf dem Nachtschränkchen ab.

„Wie geht es deinem Becken?", fragte Theresa, während sie seine Decke zurück zog, aber dann hielt sie abrupt inne, weil sie offenbar vergessen hatte, dass er darunter immer noch nackt war.

„Tut mir leid“, sagte sie hastig und ließ die Decke wieder fallen.

Schade. Er schob ein Stück der Decke zurück, damit sie es sich näher ansehen konnte, ohne noch einmal in diese süße Verlegenheit zu geraten.

„Also, ich bin keine Ärztin, aber ich würde trotzdem sagen, das sieht ganz gut aus.“

Sanft glitten ihre Fingerspitzen über den hervorstehenden Beckenknochen. Die kurze Berührung ließ ihn zucken.

„Habe ich dir weh getan?“, fragte sie besorgt.

Er schüttelte rasch den Kopf. Nein, das war nicht der Grund gewesen. Es war vielmehr so, dass er selbst so überrascht davon war, wie sehr er diese Berührung genossen hatte. Und dass sie sein Verlangen geweckt hatte. Ein Verlangen nach mehr.

„Alles okay?“, fragte Theresa.

Erst jetzt merkte Correy, dass er sie angestarrt hatte.

„Ja … sicher.“

„Du hast dich ziemlich gestoßen“, sagte sie und musterte das Hämatom ausgiebig. „Aber deine Regeneration ist erstaunlich. Man sieht nicht mehr viel davon. Morgen ist es vielleicht ganz verschwunden.“

„Mich bringt so schnell nichts um. Auch keine Lebensenergie saugenden Wassergeister.“

„Bitte, was?“

Er fuhr sich mit der Hand über das Gesicht. „Die Höhle wird von Wassergeistern bewacht, die mich zu ihrer Mahlzeit erklären wollten. Aber ich bin mit ihnen fertig geworden.“

„Daher also deine anderen Verletzungen“, sagte sie.

Er nickte. „Aber mach dir keine Sorgen, ich heile schnell.“

„Gott sei Dank!“ Sie lachte, aber dann sah sie ihn auf so sanfte Weise an, dass ihm warm wurde, und das war ein

Fieber, das nichts mit Unterkühlung zu tun hatte. „Ich meine das ernst", sagte sie, „ich bin wirklich froh darüber."

Ihre Worte rührten ihn. Von Anfang an hatte er Theresa attraktiv gefunden. Süß. Charmant. Eine Frau, in die er sich hätte verlieben können. Und nun schien genau das zu passieren, nach nur wenigen Tagen. Die Intensität seiner Gefühle brachte ihn durcheinander. Diese Gefühle waren unleugbar da und sie waren echt. An Liebe auf den ersten Blick hatte er nie geglaubt und das war auch nicht das, was mit ihm geschehen war. Er schob es auf die Extremsituation, in der sie sich befanden. Die Nerven waren angespannt. Man stand unter großem Druck und ständig lauerte die Gefahr im Hintergrund, die Vampire könnten sie doch noch einholen, sie finden und umbringen. Er fürchtete um ihr Leben. Sein eigenes hatte er nie hoch geschätzt. Aber der Gedanke diese elenden Blutsauger könnten ihr weh tun, machte ihn rasend. Er wollte sie schützen, weil sie so viel schwächer war als er. Ausgerechnet sie war es nun, die sich um ihn sorgte. Obwohl ihm doch kaum etwas auf dieser Welt anhaben konnte. Aber das war längst nicht alles, was ihn an ihr reizte. Theresa war eine Frau, die nicht nur ein strahlendes Lächeln und ein hübsches Gesicht hatte. Sein Blick glitt über ihren Körper. Sie besaß auch andere Vorzüge, die ihm nicht gerade dabei halfen, sein Verlangen zu zügeln. Jetzt war er tatsächlich froh, dass sie keinen zweiten Blick unter die Decke werfen wollte.

„Probier mal den Tee, der ist jetzt sicher etwas abgekühlt", sagte Theresa und wünschte, sie könne das Gleiche von sich behaupten.

Als sie Correy unter der Dusche hervorgezogen hatte, hatte sie keine Zeit und nicht den Sinn danach gehabt, seinen Körper genauer zu betrachten. Sie war viel zu sehr in Sorge gewesen. Nachdem sie nun aber einen unfreiwilligen Blick unter der Decke auf ihn geworfen hatte, sah die Sache anders aus. Er war schlichtweg sexy und ihr Körper reagierte mit ersten zarten Anzeichen. Außerdem blickte er sie auf eine verwirrende Weise an. Seine grünen Augen schienen förmlich zu lodern. Ein grünes Feuer, das sinnlich knisterte. Rasch wandte sie den Blick ab und rief sich zur Raison, als seine Hand ganz zufällig ihre berührte. Sie versuchte, sich ihre Nervosität nicht anmerken zu lassen. Als seine Finger sanft ihren Handrücken streichelten, wurde ihr klar, dass die Berührung alles andere als zufällig geschehen war. Dies war keine freundschaftliche Berührung, nicht in Verbindung mit diesem Blick. Sie ließ sich in seine Augen fallen, genoss seine Streicheleinheiten und wie sein Blick auf ihrem Gesicht ruhte. Es fühlte sich richtig an.

Seine Hand glitt höher, ihren Arm hinauf. Das zärtliche Streicheln ließ sie innerlich erbeben. So liebevoll hatte sie noch kein Mann berührt.

„Theresa", sagte er leise und richtete seinen Oberkörper auf.

Seine Hand lag nun auf ihrer Wange und sein Daumen berührte ihre Unterlippe. Ganz vorsichtig zog er ihren Kopf näher zu sich.

Theresa war wie in Trance. Sie konnte sich nicht wehren und wollte es auch nicht. Stattdessen blickte sie auf seinen Mund und fragte sich, wie seine Lippen wohl schmeckten. Sie spürte eine so starke Sehnsucht, es herauszufinden, dass sie sich ihm entgegen reckte. Als endlich sein Mund auf ihren Lippen lag, und sie heiß und zärtlich küsste, hielt sie den Atem an. Sie hätte schwören können, dass ihr Herz für einen Augenblick stehen blieb. Für einen kurzen, kostbaren Moment stand die Zeit still. Im nächsten Augenblick fand sie sich in seinen Armen wieder, die schützend aber auch besitzergreifend um ihre Taille lagen. Sein Körper strahlte eine unglaubliche Wärme aus. Sie fühlte sich geborgen und angekommen, als hätte sie seit langer Zeit diese besondere Nähe gesucht, die ihr nur Correy geben konnte. Er küsste sie zärtlich auf die Stirn und sie fühlte an der Stelle ein leichtes Brennen.

Sie ignorierte es, denn sie wollte diesen wunderbaren Moment weder stören noch auf seine Zärtlichkeiten verzichten. Seine Lippen glitten tiefer und strichen über die Kuhle oberhalb ihres Schlüsselbeins. An der Stelle war sie besonders empfindsam. Wieder hinterließen seine Lippen eine brennende Spur.

„Alles okay?", fragte er sie, weil er merkte, dass sie zurückschreckte.

Theresa nickte zögernd. Sein Kopf verschwand unter der Decke und sie fühlte wie er ihren Pullover hochschob und seine Zunge an ihrer linken Brustwarze spielte. Warm umschlossen seine Lippen ihre Knospe, saugten an ihr und neckten sie. Ein Prickeln schoss durch ihren ganzen Körper. Es fühlte sich an, als würden tausend kleine heiße Nadelstiche durch ihre Haut stechen. Es brauchte eine Weile, ehe Theresa bemerkte, dass die Wärme und das Stechen nicht allein von seinen Liebkosungen verursacht wurden.

Er half ihr dabei, ihre Jeans auszuziehen. Als sie schließlich beide nackt unter der Decke lagen und seine Hand über ihre Brüste strich, spürte sie es in seiner ganzen Intensität.

Ein Band, das sich um ihren Brustkorb spannte, diesen zusammenzog und einen heißen Schmerz durch ihren Körper schickte.

Sie konnte nicht richtig durchatmen.

Ihre Muskeln und Glieder verkrampften sich.

Correy schien davon nichts zu merken. Er streichelte sie auf unerträglich sanfte Weise weiter und doch löste jede seiner Berührungen einen intensiven Schmerz aus. Als er auch noch ihre Beine sacht auseinander schob, durchfloss sie eine starke Präsenz, die ihr vertraut war und die sie fürchtete.

Levan.

Sie riss unwillkürlich die Augen auf und blickte sich um. Aber der Vampir war nicht körperlich hier. Deswegen hatte er offenbar aber nicht weniger Macht über sie. Ihre vor Erregung etwas langsam arbeitenden Gedanken sortierten sich wieder.

Levans ‚Keuschheitsgürtel'.

Eine Blutsklavin wie sie, die für sexuelle Dienste ausgerichtet war, würde niemals einen anderen Liebhaber haben als ihren Meister. Er würde sie durch seine vampirische Macht an sich binden und dafür sorgen, dass sie nie einem anderen dienlich sein konnte. Damals hatte sie das noch romantisch gefunden. Sie hatte es so interpretiert, dass er sie so sehr lieben würde, dass er sie nicht an einen anderen verlieren wollte. Pah. Wie naiv sie war. Das Band, ihrer Verbindung war nichts als ein metaphysisches Sklavenhalsband.

Nun musste sie schmerzlich erfahren, dass es real existent war und ihr die Luft abzuschnüren drohte. Levan hatte diese reale Macht über sie.

Aber Theresa wollte sich ihm nicht beugen. Er sollte nicht länger über sie bestimmen. Sie wollte frei sein davon, vor allem sollte er sie nicht von jemandem fernhalten, den sie wirklich begehrte, und wenn es sie dabei innerlich förmlich zerriss. Denn bei allem Schmerz und der Atemnot reagierte ihr Körper mit Sehnsucht und willig auf Correys Zärtlichkeiten.

Sie spürte, wie Correy in sie eindrang. Ihre Körper verschmolzen miteinander. Noch einmal brandete der Schmerz auf. Das Band drohte, ihr die Luft zu rauben und schnürte sich wie ein viel zu enges Korsett um ihren Leib. Theresa biss die Zähne fest zusammen, um der Schmerzen Herr zu werden, als Correy in seiner Bewegung inne hielt.

„Habe ich dir weh getan?", fragte er besorgt.

In dem Moment lockerte sich das Band.

Theresa konnte es noch immer spüren, doch es saß nicht mehr so eng. Sie konnte frei atmen und der Schmerz trat in den Hintergrund. Überrascht blickte sie auf und sah dabei in seine grünen Augen.

„Nein … nein, im Gegenteil." Sie musste schwer atmen.

Er hatte die Präsenz des Vampirs geschwächt. Wie war das möglich? Wie konnte ein Werwolf das Band zu ihrem Meister schwächen?

Ehe sie weiter darüber nachdenken konnte, verschlossen seine Lippen ihren Mund. Sie krallte sich an seinem Rücken fest und wollte seinen Körper ganz eng an sich spüren. Es gelang ihr, den leichten Schmerz in den Hintergrund zu drängen und sich ganz auf Correy einzulassen, jeden Muskel seines Körpers, jeden Kuss so intensiv wie nur möglich zu spüren, in sich aufzunehmen. Sie ließ sich fallen. Correys Becken bewegte sich erst sanft, dann immer kraftvoller. Und je mehr sie von ihm fühlte, desto schwächer wurde Levans Präsenz. Das Glücksgefühl war unbeschreiblich. Wie Wellen wusch es über sie. Correy legte seine Stirn auf die ihre und seine Hände verschränkten sich mit den ihren. Seine Bewegungen waren schnell und sie spürte ihren nahenden Höhepunkt wie grelles

Licht in ihrem Unterleib, das sich wie eine Lichtexplosion entlud und während Correy, gefangen in seinem Höhepunkt, ihren Namen rief, wusch die Lichtwelle ihrer Orgasmen über sie hinweg, durch sie hindurch und spülte die letzten Reste von Levans Energie aus ihrem Körper.

Ineinander verschlungen blieben sie liegen.

Theresa lauschte seinem kraftvollen Atem, der sie in Sicherheit wog, weil er so vertraut geworden war. Ganz eng schmiegte sie sich an ihn und die unglaubliche Wärme seines Körpers ging auf sie über. Sie schloss die Augen und genoss einfach nur ihr Zusammensein.

Nach einer Weile veränderte sich der Rhythmus seines Atems. Er war nun schwerer, langsamer, aber immer noch kraftvoll. Als Theresa die Augen wieder öffnete und zu ihm blickte, stellte sie schmunzelnd fest, dass Correy eingeschlafen war.

Vorsichtig strich sie ihm eine Strähne aus dem Gesicht und musterte die spitze Form seines Ohrs, das einerseits so menschlich und doch so andersartig aussah. Genau wie seine Gesichtszüge, die außergewöhnlich attraktiv und dadurch fast schon etwas fremdartig waren. Wie schön er aussah, wenn er friedlich schlief.

Sie bereute nichts. Und doch fragte sie sich immer wieder, was an ihm war, dass er ihr die Schmerzen durch Levans Band genommen hatte. Wusste er davon oder war es von ganz allein geschehen? Er hatte danach kein Wort darüber verloren. Vermutlich hatte er nicht einmal mitbekommen, was genau sie gequält hatte. Also konnte er auch nicht bewusst eingegriffen haben.

Sie nahm seine Hand und hielt sie fest. Im Gegensatz zu manch anderen Stellen seines Körper was sie wenig behaart, aber groß und stark. Kaum vorstellbar, dass sich eine so menschliche Hand in eine Wolfspranke verwandeln konnte. Es mussten Lykandras Energien sein, welche die Verwandlung bewirkten. Sie durchströmten ihn, weil ein Teil von ihr in ihm war, genauso wie ein Teil von Pyr in Levan steckte. Theresa strich über seine Finger. Die Nägel waren kurz und hatten nicht die geringste Ähnlichkeit mit Krallen. Sie küsste seine Fingerspitzen, eine nach der anderen. Seine Finger waren so sanft mit ihr umgegangen, wenn sie daran dachte, bekam sie Tränen in die Augen. Vielleicht waren es Lykandras Energien gewesen, die sie gespürt hatte, sie hatte Pyrs Energien und Levans Macht weggefegt. Reingewaschen. Die Schwestern Lykandra und Pyr waren wie zwei Seiten derselben Medaille, wie zwei Energien, die einander offenbar neutralisierten. Das machte Sinn und erklärte auch, warum dieser schreckliche Krieg seit so langer Zeit tobte.

Sie schmiegte sich wieder an den schlafenden Correy und ließ das sanfte Vibrieren ihrer Sinne nachwirken. Unendliche Dankbarkeit und Liebe durchströmte sie.

„Wo warst du all die einsamen Jahre, Correy, wo?“, flüsterte sie an seine Brust. Sein leises Knurren im Schlaf, ließ sie lächeln. „Jetzt bist du ja da“, sagte sie, wischte sich die schon wieder laufenden Tränen vom Gesicht und streichelte dann für eine lange Zeit seinen Rücken während sie seinen Duft einatmete.

Lord Vasterian war angekommen. Maeva hörte seine engelsgleiche Stimme durch die angelehnte Tür und wies Levans Wachhunde an, die gefesselte und geknebelte Aurora in ein Nebenzimmer zu bringen und sich um sie zu kümmern, wobei sie offen ließ, wie genau die Männer vorzugehen hatten. Sollten sie einfach etwas Spaß mit der Gefangenen haben. Sie war überzeugt, es würde ihnen etwas einfallen, das Auroras Widerstand nach und nach brach.

Hinter ihnen schloss sie die Tür und blieb im Bad. Die Anwesenheit des Mächtigen machte sie nervös. Sie brauchte noch Zeit, um sich zu beruhigen. Ihr Spiegelbild gab mehr über sie preis, als ihr lieb war. Sie war bleicher als sonst und ihre Augen vor Angst starr geweitet. Sogar ihre Hände zitterten. Maeva drehte den Hahn auf und kühlte ihre Handrücken. Eine unsinnige, menschliche Angewohnheit. Und doch schien es zu helfen.

Als Maeva in den Wohnbereich zurückkehrte, empfing sie eine seltsame Stille, die sie erneut beunruhigte. Levan saß in seinem Sessel und rieb sich den Hals, auf dem eine große Bisswunde prangte. Der Anblick ließ sie schaudern. Levan wirkte gebrochen, totenbleich und wagte nicht, zu ihr aufzublicken.

Hinter ihm standen Vasterians Anhänger, die genau wie der Mächtige in edle Kutten gehüllt waren. Es waren vier an der Zahl, von denen sich keiner regte. Im Gegensatz zu den anderen Vampiren hielt sich Vasterian keine Blutsklaven. Seine Diener waren Vampire.

Als Lord Vasterian sie bemerkte, erhob er sich würdevoll und schritt auf sie zu. Vasterian Krobanis war größer als die meisten Männer, die sie kannte. Sein Gewand war mit goldenen Verzierungen bestickt und die langen schwarzen Haare umschmeichelten seine jugendlich wirkenden Züge. Die breiten Schultern und der muskulöse Brustkorb aber verrieten, dass er ein Kämpfer war. Der einstige Leibwächter Königin Pyrs, und wenn man den Legenden glaubte, ihr Geliebter.

„Maeva, mein schönes Kind, wir haben auf dich gewartet“, sagte er so sanft und zärtlich wie nur ein Vater mit seinem Kind sprach.

Doch Maeva wusste, dass das nur die Ruhe vor dem Sturm war.

„Lord Vasterian." Sie deutete einen altertümlichen Knicks an.

„Ich hoffe für meinen Zögling Levan, dass du mir gute Nachrichten überbringst. Er durfte soeben erfahren, was euch beiden blüht, solltet ihr mich enttäuschen."

Er lächelte sanft und seine Stimme klang wie die eines Engels. Vasterian verbarg sein wahres Gesicht hinter einer Maske aus Freundlichkeit. Blickte sie jedoch an ihm vorbei zu Levan, wurde ihr schlagartig klar, zu welchen Gräueltaten dieser Vampir fähig war.

„Wir haben eine Gefangene gemacht, die weiß, wo die Verräterin und die Fackel sind."

„Gut, das klingt wirklich gut", sagte Vasterian anerkennend, allerdings war sie nicht sicher, ob er es so meinte.

Vasterian schlich um sie herum und sie spürte seine stechenden Blicke. Schließlich blieb er dicht vor ihr stehen. Der Kerl überragte sie um mehr als einen Kopf. Sein athletischer und doch eleganter Körperbau verdeckte ihre Sicht auf Levan.

„Maeva, ich vertraue darauf, dass ihr die Sache wieder ins reine bringt."

Sie nickte und hoffte, dabei zuversichtlich auszusehen.

„Für heute soll genug Blut geflossen sein. Es schmerzt mich sehr, meinen Kindern Leid zuzufügen. Aber ihr lasst mir leider keine andere Wahl. So kann ich nur hoffen, dass ihr mir weiteren Kummer erspart."

Er beugte sich zu ihr vor und gab ihr einen sachten Kuss auf die Stirn. Maeva ließ es zu und wartete, bis Vasterian mitsamt seiner Anhängerschaft im Fahrstuhl verschwunden war. Dann stürzte sie zu Levan, um seine Wunde zu versorgen.

„Oh Liebster, ich werde die Empathin zum Sprechen bewegen, das schwöre ich!"

Theresa lag noch immer wach in ihrem Bett und ließ den Tag Revue passieren. Ihr wurde bewusst, dass sie ihre Aufgabe nicht mehr als Last empfand. Sie war froh, dass alles so gekommen war. Ohne all die Rückschläge wäre sie Correy nie begegnet. Und nun, da sie wusste, was für ein wunderbarer Mann er war, hätte sie das bereut. Sie blickte zu ihm. Er war bisher nicht aufgewacht, schlief aber unruhig. Es war gut, dass sie erst morgen Nacht zur Tropfsteinhöhle fahren würden. So konnte Correy sich erst einmal erholen und wieder zu Kräften kommen. Am Tag waren zu viele Touristen unterwegs, wodurch sie gezwungen waren, ihre Mission bei Nacht auszuführen. Aber auch das war ihr recht. Neugierige Blicke und lästige Fragen konnten sie nicht gebrauchen.

Sie schmiegte ihren Kopf an seine Schulter und merkte, dass sein Atem schneller ging. Spürte er ihre Nähe? Sie legte die Hand sacht auf seine Brust und fühlte den Schlag seines Herzens. Es raste. Auch seine Beine und sein Kopf bewegten sich unruhig. Nein, das hatte wohl nichts mit ihr zu tun. Es schien eher als träumte er wieder schlecht und liefe vor irgendetwas davon. Seine Lippen formten einen Laut, doch sie konnte nichts verstehen.

„Correy, wach auf", flüsterte sie, denn sie wollte ihn nicht erschrecken.

„Keith. Nein, nicht Keith."

Da war er wieder, dieser Name. Was hatte es nur mit Keith auf sich? Warum träumte Correy immer wieder von ihm? Langsam machte sie sich Sorgen.

„Wach auf, Correy", sagte sie fester und rüttelte ihn.

Sofort saß er senkrecht im Bett. Sein Atem raste noch immer und er blickte sich orientierungslos um.

„Wo … bin ich …"

„In meinem Hotelzimmer."

Langsam zog er die Beine an und starrte ins Leere. In der Dunkelheit des Raumes wirkte sein Blick finster und angestrengt. So hatte sie ihn noch nie gesehen. Sie verspürte den Wunsch, ihn in die Arme zu nehmen, aber sie befürchtete, er würde das jetzt nicht zulassen. Etwas war anders an ihm.

„Sei mir nicht böse, aber ich muss an die frische Luft", sagte er plötzlich und hatte schon seine Hose in der Hand.

„Jetzt?" Sie hielt das für keine gute Idee, aber Correy ließ sich nicht davon abbringen.

Er wirkte nervös, gehetzt, wie ein Tier, das von einer Hundemeute gejagt wurde. Sie hatte kein gutes Gefühl dabei, ihn nun allein zu lassen. Entschlossen sprang sie aus dem Bett, streifte ihre Sachen über und schlüpfte in die Stiefel. Correy erhob keinen Einspruch. Zeigte aber auch kein Zeichen von Zustimmung. Doch sie ging davon aus, dass er ihre Begleitung guthieß.

Gemeinsam gingen sie durch die menschenleeren Straßen des Dorfes. Zuerst war er vorangegangen, so schnell, dass sie kaum hatte Schritt halten konnte, dann aber hatte er sein Tempo verlangsamt und sie war zu ihm aufgeschlossen. Um diese Uhrzeit trieb sich niemand mehr außerhalb der eigenen vier Wände herum. Nur eine schwarze Katze streifte ihren Weg.

Correys Atem beruhigte sich allmählich und er wirkte nun wieder etwas gefasster.

„Geht es dir besser?", fragte sie.

Er nickte. Aber es überzeugte sie nicht völlig. Etwas an seinem Blick war noch immer unruhig. Seine Pupillen zitterten. Er setzte sich auf den Rand eines Brunnens und tauchte seufzend die Hand ins Wasser. Sie blieb vor ihm stehen und musterte ihn nachdenklich.

„Ist es wegen mir, wegen uns? Ich meine …“

„Nein, Theresa, Liebes, nein, um Lykandras Willen.“ Er nahm ihre Hände in die seinen und sah sie an. „Es hat nichts mit uns zu tun. Sondern mit Keith.“

„Wer ist Keith?“

Im wachen Zustand hatte er ihn nie erwähnt. Er tauchte immer nur in Correys Träumen auf. Dennoch oder vielleicht gerade deswegen musste er eine wichtige Rolle in Correys Leben spielen. Correy schloss die Augen.

„Vielleicht hilft es, darüber zu sprechen“, sagte sie und hockte sich vor ihn.

„Ja, vielleicht.“ Correy legte den Kopf in den Nacken und atmete tief durch. „Ich habe nie mit jemandem darüber gesprochen“, sagte er leise.

Theresa merkte, wie schwer es ihm fiel, es jetzt zu tun. Aber dann erzählte er ihr von seiner Kindheit. Seinen Eltern, seinen Brüdern, wie sie mit den Schaustellern durchs Land zogen, und von dem Abend als sich Keith das erste mal vor ihm in einen Werwolf verwandelte. Und alles was danach geschah.

„Ich kann mich an diesen Tag erinnern, als wäre es gestern gewesen. Ein großer Mann mit breiten Schultern und strengem Blick stand vor mir. Er brauchte nichts zu sagen, auch ohne jedes Wort machte er mir eine Heidenangst. Ich weiß noch, dass eine goldene Kette an seinem Hals baumelte. Ein Kreuz hing daran. Ich starrte den Anhänger an, wusste nicht wohin mit meinem Blick. 'So, mein Junge. Du bist also Correy', sagte er. Seine Stimme klang so tief und rau wie der Hall von Donner. Ich wagte es nicht, ihm ins Gesicht zu sehen und nickte nur. 'Weißt du, warum du hier bist, Correy?'

Ich wusste es und nickte noch einmal.

'Gut.' Die riesige Hand dieses Mannes tätschelte meinen Kopf. Dann drehte er sich um und setzte sich hinter seinen Schreibtisch. Ein Totenschädel stand darauf. Der

Kopf von einem echten Menschen. Ich wollte nicht wissen, woher er den hatte.

'Komm, setzt dich zu mir. Du musst mir nun ganz genau erzählen, was du gesehen hast.'

Ich konnte mich kaum rühren. Meine Beine zitterten. Ich weiß nicht, wie ich es schaffte, doch schließlich saß ich in dem Stuhl, legte beide Arme auf die Lehnen und starrte zu meinen Füßen.

'Was ist heute Nacht passiert?'

Ich wusste, dass die Stadtwachen meinen Bruder gejagt hatten, weil er sich in ein Monster verwandelt hatte. Doch zu dem Zeitpunkt, als sie ihn fanden, war er wieder ein Mensch gewesen. Keine Ahnung, wo sie ihn hingebracht hatten. Einer der Männer, mit denen meine Brüder und ich umhergezogen waren, behauptete, man würde Keith in den Kerker werfen. Aber Keith war doch kein Verbrecher.

'Mein Bruder ist nicht böse', sagte ich und traute mich zum ersten Mal, seit ich das Büro des Inquisitors betreten hatte, dem Mann in der schwarzen Robe in die Augen zu sehen. Seine Gesichtszüge verhärteten sich.

'Das habe ich dich nicht gefragt, Correy. Ich will von dir wissen, ob es stimmt, was die Leute erzählen. Hat sich dein Bruder heute Nacht in einen Werwolf verwandelt?'

Ja, das hatte er. Ich hatte es mit eigenen Augen gesehen. Aber wenn ich gestand, würden sie meinen Bruder töten. Also schwieg ich beharrlich. Ich wusste, was sie mit Menschen machten, von denen sie glaubten, sie wären mit dem Teufel im Bunde. Sie wurden auf dem Scheiterhaufen verbrannt.

'Du kannst vor Gott nichts leugnen, Correy. Er sieht alles.'

Wenn Gott wirklich alles sah, dann musste er wissen, dass Keith kein böser Mensch war. Vielleicht war das, was in ihm steckte, böse, aber nicht Keith. Er hatte mir

Angst gemacht, aber trotzdem blieb er mein Bruder. Er brauchte Hilfe.

'Ich weiß nichts', stotterte ich und wünschte, der Inquisitor würde mich endlich gehen lassen.

'Wie du willst. Offenbar bist du genauso dickköpfig wie dein Bruder. Aber wir werden die Wahrheit herausfinden.'

Der Mann erhob sich, packte mich am Arm und zog mich zur Tür. Ich schrie er solle mich loslassen und versuchte mich loszureißen. Ich erinnere mich noch heute an diesen festen Griff und die fleischigen Finger, die sich in meinen Arm bohrten. Er ignorierte mein Flehen und zerrte mich die Treppe hinunter in einen abgedunkelten Raum. Schwere Vorhänge hingen vor den Fenstern. Nur wenige Kerzen brannten. Sie erlaubten einen schwachen Blick auf das Innenleben des Raumes. Hier standen viele Geräte, die merkwürdig aussahen. Sie hatten spitze Dornen, und Ketten waren an ihnen angebracht. Am anderen Ende des Raumes erkannte ich zwei Gestalten. Beide waren männlich und fast genauso groß wie der furchteinflößende Mann in der schwarzen Robe. An der Wand hing etwas. Ich konnte es zuerst nicht erkennen und musste genauer hinsehen.

Es war Keith.

Sie hatten ihn an die Wand gekettet. Er war nackt und schutzlos. Was noch schlimmer war, er bewegte sich nicht.

'Dein Bruder weigert sich mit uns zu sprechen. Doch vielleicht können wir deine Zunge lockern. Zwanzig Stockschläge sollten genügen.'

Er gab einem der beiden Männer ein Zeichen. Dieser nahm einen kräftigen Rohrstock und positionierte sich vor Keith. Wieder und wieder zog er den Stock über dessen ungeschützten Körper. Die Haut zerplatzte und Blut quoll aus den Wunden. Keith war inzwischen zu erschöpft, um zu schreien, aber ich hörte sein schmerzerfülltes Stöhnen.

'Bitte hört auf', flehte ich.

Aber es folgten nur weitere Schläge. Wieder. Und wieder.

„Sechs, sieben … acht“, zählte der Mann in der schwarzen Robe mit. Unter den heftigen Schlägen zuckte Keiths Körper. Es steckte nicht mehr viel Leben in ihm.

Erst nach dem zehnten Schlag kam ein 'Das genügt.'

Ich zitterte am ganzen Körper.

'Ich kann deinen Bruder den ganzen Tag durchprügeln lassen. Willst du ihm das wirklich zumuten?'

'Nein, lasst ihn in Ruhe, Herr.'

'Das kann ich nicht, Correy. Wir brauchen erst ein Geständnis.'

'Aber er ist doch kein Verbrecher. Keith braucht Hilfe.' Warum verstanden diese Männer das nicht? Der Inquisitor beugte sich zu mir hinunter und legte väterlich eine Hand auf meine Schulter. 'Ich will ihm helfen. Doch das geht nur, wenn du mir die Wahrheit sagst.'

Alles in mir sträubte sich dagegen, ihm zu erzählen, was ich gesehen hatte. Aber ich war zu aufgelöst, zu unerfahren, um auf diese innere Stimme zu hören. Ich hoffte nur, Keith aus dieser Lage befreien zu können. Wenn das die einzige Möglichkeit war, würde ich es tun.

'Komm', sagte der Mann in der schwarzen Robe und schob mich aus dem Raum. Vor der Tür setzte er sich mit mir auf die Treppe. 'Sprich mit mir, Junge.'

Ich atmete tief durch, wusste nicht, wo ich beginnen sollte. 'Es ist wahr', sagte ich schließlich. 'Er hat sich verwandelt. In ein riesiges Monster. Er hatte große Zähne und lange Krallen, ein dichtes Fell, wie das eines Wolfes.' Der Inquisitor hörte aufmerksam zu und nickte. 'Aber er ist nicht böse, ich schwöre es bei Gott, Herr. Er ist doch mein Bruder. Er würde niemandem etwas tun. Aber das, was in ihm steckt, das müsst Ihr aus ihm holen, damit er wieder wie früher wird.'

Ein zufriedenes Lächeln trat auf das Gesicht des Mannes. 'Gut gemacht, Correy. Jetzt können wir deinem Bruder endlich helfen. Wir werden dafür sorgen, dass er sich nie wieder in solch ein Scheusal verwandelt. Das willst du doch auch, oder Correy?' Man schickte mich fort. Ich habe Keith nie wiedergesehen."

Theresa nahm Correy in die Arme. Ihr fehlten die Worte. Wie schrecklich dieses Erlebnis für ihn gewesen sein musste. Vor allem, da er noch ein Kind war.

„Morgen jährt sich sein Todestag", murmelte er an ihrer Brust. „Ich wünschte, ich hätte mich anders entschieden, ich wünschte, ich …"

„Nein." Sie sah in sein Gesicht und legte einen Finger auf seine Lippen. „Dich trifft keine Schuld. Du bist ein Kind gewesen. Wie solltest du wissen, was der Inquisitor vor hatte? Außerdem hätten sie ihn sowieso getötet. Er war ja schon halb tot, als du ihn sahst."

„Ich hätte meinen Verstand gebrauchen müssen. Killian hat völlig recht. Ich bin Schuld am Tod unseres Bruders."

„Killian?"

„Der Mittlere von uns."

„Hat er dir eingeredet, dass du Schuld bist?"

„Ich bin schuld", sagte er überzeugt und knurrte, als ließe er keine andere Meinung gelten. Correy stieß die Luft durch die Zähne aus. „Du kannst das nicht verstehen. Du bist keine Werwölfin."

Theresa machte einen Schritt zurück. Ihr war klar, dass er nur deshalb aus der Haut fuhr, weil der Schmerz ihn zerriss. Dennoch war sie instinktiv zurückgewichen. Es war ein Schutzmechanismus, den sie sich mit der Zeit antrainiert hatte. Anders war es nicht möglich gewesen, bei Levan zu überleben.

„Tut mir leid", sagte Correy leise. „Bitte, hab keine Angst vor mir." Er streckte die Hand nach ihr aus. „Ich bin froh über das, was du gesagt hast und dass du keinen Mörder in mir siehst. Ich hätte es nicht ertragen, wenn du mich genauso verachten würdest wie ich mich selbst."

Sie nahm seine Hand und setzte sich auf seinen Schoß. Sacht nahm sie sein Gesicht in ihre Hände.

„Ich habe keine Angst", flüsterte sie und strich zärtlich über seine Wangen.

Seine Haut fühlte sich warm und seidig an, seine Lippen schimmerten sacht im Licht der Straßenlaternen. Am schönsten waren jedoch seine grünen Augen, die plötzlich voller Zuversicht strahlten. Und dann hörte sie ein leises animalisches Knurren. Sein Körper spannte sich an, seine Arme schlangen sich um ihre Taille und seine Lippen fanden ihren Mund. Er schmeckte herb und männlich.

Als man Aurora die Augenbinde abnahm, befand sie sich in einem großen, edel ausgestatteten Raum. Ihre Arme waren an die metallenen Lehnen eines Stuhls geschnallt. Die Jalousien waren heruntergelassen. Vermutlich war es inzwischen Tag und die Vampire mussten sich vor den Sonnenstrahlen schützen.

„Ich hatte dir versprochen, dass wir noch andere Möglichkeiten finden, dich zum Sprechen zu bewegen", sagte Maeva und trat vor sie. „Und ich pflege meine Versprechen zu halten."

Hinter ihr tauchte eine große dürre Gestalt auf. Sie war verhüllt, wie sich sonst nur Aurora verhüllte. Das Gesicht war unter einer Kapuze verborgen, die Teil einer bis zum Boden reichenden schwarzen Mönchskutte war.

„Wer ist das?“, fragte sie.

Die Antwort wurde ihr prompt auf telepathischem Weg gesandt. Jemand drang in ihren Kopf ein. Spielend leicht. Als gäbe es keine Mauer, die ihre Gedanken vor fremden Zugriff schützte. Das war furchteinflössend. Nie zuvor war es irgendwem gelungen, diese Mauern zu umgehen.

„Ich bin Ror“, sagte die Stimme in ihrem Kopf.

„Wie du siehst, haben wir an alles gedacht. Ein Folterstuhl, Fesseln und ein Vampir, der ebenfalls ein Empath ist.“

Oh ja, das war er. Ein sehr starker noch dazu. Ror steckte in ihr. Völlig gleich welchen Trick sie anwandte, um ihn auszusperren, er fand immer wieder ein Schlupfloch, um in ihre Gedankenwelt zurückzukehren, fast so, als besäße er eine Art Landkarte. Vielleicht wusste er mehr über sie und ihre Art. Womöglich war er anderen wie ihr begegnet. Wie sonst war es möglich, dass er sich so gut in ihr auskannte.

„Du hast viele Fragen“, stellte Ror fest.

„Beantworte sie mir, bitte.“

Nichts interessierte sie brennender als herauszufinden, was sie war. Es musste eine Antwort geben. Sie konnte unmöglich das einzige Wesen ihrer Art sein. All ihre Hoffnungen klammerten sich an Ror und sie vergaß darüber, dass er eigentlich hier war, um sie zu foltern.

„Die Erfahrung, die du gleich machen wirst, ist äußerst unangenehm“, fuhr Maeva ungerührt fort. „Ich würde sie dir gern ersparen. Doch ich fürchte, es hängt allein von dir und deiner Kooperationsbereitschaft ab.“

„Ich beantworte deine Fragen, wenn du unsere Fragen ebenso beantwortest“, meldete sich Ror in ihrem Kopf.

Der Handel war verführerisch. Aurora existierte schon so unendlich lange, dass sie die Einsamkeit bis an den

Rand des Wahnsinns getrieben hatte. Sie würde fast alles tun, um Wesen ihrer Art zu finden. Aber sie würde Theresa nicht verraten. Niemals. Um keinen Preis der Welt.

„Antworte mir“, knurrte Maeva, die von der Unterhaltung zwischen ihr und Ror nichts mitbekommen hatte.

„Ich sage nichts.“ Ihr Entschluss stand fest. Es ging nicht um Theresa allein. Es ging um die Fackel. Niemals durfte sie wieder in den Besitz der Vampire gelangen oder alles wäre verloren.

Maeva schüttelte entgeistert den Kopf. „Na fein, wie du willst, törichtes Weib. Dann sei es so. Ror, du weißt, was du zu tun hast.“

Ror baute sich vor ihr auf und legte beide Hände auf ihre Schläfen. Er hatte große Hände mit langen Fingern, die er im Gegensatz zu ihr nicht in Handschuhen verbarg. Seine Haut fühlte sich kalt an, als wäre das Blut zum Stillstand gekommen.

Ror konzentrierte sich, das spürte Aurora. Jetzt kam es auf ihre Kraft an. Sie musste stark sein, stärker als er. Er durfte nichts über Theresas Aufenthaltsort erfahren.

Schon drang er kraftvoll in sie. Durchbrach die erste Barriere, die sie aufgebaut hatte, als handele es sich lediglich um eine Sandmauer.

Aurora kniff die Augen zusammen, krallte die Hände an den Lehnen fest und verstärkte ihre Konzentration. Verflucht, Ror war wirklich stark. Sie hörte im Hintergrund das Lachen Maevas.

„Du hast keine Chance“, lenkte sie Aurora ab.

Ror durchbrach problemlos die zweite Barriere. Aurora spürte, wie ihre Kräfte nachließen. Wie war das möglich? Wie machte er das?

Sie presste die Zähne fest zusammen, schwitzte Blut und Wasser, aber Ror schien nicht mehr als einen Hindernisparkuhr zu absolvieren. Seine Präsenz war unglaublich stark, vereinnahmend und irritierend. Sie hatte keine

Übung darin, ihre Gedanken vor anderen abzuschirmen. Wie hätte sie diese auch haben sollen, wenn sie nie auf jemanden mit solcher Stärke getroffen war?

„Wo ist Theresa Straub?“, hämmerte sich schmerzhaft in ihren Schädel.

Es fühlte sich an, als verteilte jemand Hammerschläge auf ihren Kopf. Sie zuckte und wurde regelrecht durchgeschüttelt.

„Wo ist Theresa Straub?“

„Aufhören!“, schrie Aurora.

Die Vampire lachten erneut.

Sie versuchte, das Geheimnis tiefer in sich zu verbergen. So tief, wie es nur möglich war. Aber seine Hand schien nach eben diesem Geheimnis zu greifen und es mit aller Gewalt an die Oberfläche zu ziehen.

„Sie ist in Griechenland“, hörte sie Rors Stimme.

„Wo genau?“

Aurora schossen Tränen in die Augen. Sie war am Ende ihrer Kräfte. So sehr sie sich auch gegen diesen Überfall wehrte, Ror war der Stärkere. Der Griff seiner Hände um ihren Kopf wurde stärker. Es fühlte sich an, als wollte er ihn mit aller Gewalt zusammenpressen.

„Sie wehrt sich.“

„Ich helfe Ihnen“, sagte Maeva.

Plötzlich zuckte ein elektrischer Schlag durch ihre Arme. Aurora erschrak derart, dass sie sämtliche Konzentration verlor. Der Schmerz breitete sich unbarmherzig in ihren Armen aus und ging auf ihre Brust über.

Ror konnte sich nun frei in ihr bewegen. Alles, was sie jemals gedacht, gefühlt und gesehen hatte, ihre noch vorhandenen Erinnerungen, ihre Sehnsüchte, gehörten ihm. Und auch das Kostbarste, das sie in sich barg, war nun für ihn ein offenes Buch.

„Peloponnes.“

Aurora brach zusammen. Schockiert, verzweifelt, erschüttert.

„Antoine de Prusant hatte recht", sagte Maeva. „Die Kleine ist schlauer als wir dachten. Die wusste genau, was sie tat."

Nach dem Frühstück unternahmen sie einen Strandspaziergang. Zu Correys Glück hatten sich Mr. und vor allem Mrs. Boyle heute Morgen zurückgehalten. Zwar hatte man an einem Tisch gesessen, doch die junge Britin hatte ihm keine schönen Augen mehr gemacht. Es mochte daran gelegen haben, dass sowohl Theresa als auch Mr. Boyle anwesend waren und ihre Flirtversuche unangenehm aufgefallen wären, aber das spielte nur eine untergeordnete Rolle. Er hatte einfach nur seine Ruhe haben wollen und die hatte er bekommen.

Sie gingen die Küste entlang. Es war kalt um diese Jahreszeit, aber er war mit den Gedanken woanders und spürte die Kälte kaum. Theresa ging nur wenige Schritte von ihm entfernt neben ihm her. Kurz nach ihrem Aufbruch hatte sie sich eine neue Jeans und eine Flokati Jacke gekauft. In der Jacke sah sie fast selbst aus wie ein Wolf. Er beobachtete sie, sah zu, wie ihr dunkles langes Haar im Wind wehte und wie anmutig ihr Hals aussah, um den sie ein blauweißes Halstuch trug, um die Narben zu verbergen. Irgendwann merkte sie, dass er sie unaufhörlich anstarrte und lächelte ihn amüsiert an.

„Der Ausblick aufs Meer ist auch nicht zu verachten", sagte sie.

Aber für ihn war sie der schönste Anblick weit und breit. „Wie geht es dir?“, fragte er. Ihr Lächeln schoss ihm durch Mark und Bein.

„Es ist nett von dir, dass du dich immerzu um mein Wohlergehen sorgst.“

Nach der letzten Nacht fühlte er sich nicht mehr nur als ein Freund. Er liebte sie, hatte mit ihr geschlafen, und nun wollte er mehr. Er wollte sie beschützen vor allen Gefahren und vor allem vor der dunklen Macht, die sie noch immer in sich trug, aufgrund ihrer Verbindung zu diesem Blutsauger, der sie behandelt hatte wie ein Stück Vieh. Correy wusste nicht wie schwer es sein würde seinen Bann zu brechen, ob er das Recht dazu hatte, oder sie es überhaupt wollte. Er hatte sich fest vorgenommen zaghaft mit ihr zu sein und sie nicht zu überfordern. Menschen waren zerbrechlicher als Unsterbliche, das war immer so gewesen und würde immer so sein. Aber Theresa war selbst für eine Sterbliche auffällig fragil. Wie konnten diese Kreaturen Pyrs nur so mit etwas Wertvollem umgehen? Ihre ganze Gestalt, ihre Haut, ihre Seele, es schien ihm fast als wäre sie aus Porzellan. Eine falsche Bewegung und sie würde zerbrechen.

„Mir geht es gut“, sagte sie und klang zuversichtlich, was ihn erleichterte. „Und wie geht es dir?“ Sie kam näher und hakte sich bei ihm unter. Die Berührung wärmte sein Herz.

Er wusste, dass sie auf Keiths Todestag anspielte. Der 29. September. Merkwürdigerweise ging es ihm besser, als er erwartet hatte. Die Jahre zuvor hatte er sich zurückgezogen, seinen düsteren Gedanken nachgehangen und alles getan, um sich an seine Schuld zu erinnern, um zu büßen. Doch heute war das anders. Er war froh, dass sie bei ihm war. Ihre Gegenwart tröstete ihn. Auch die Tatsache, dass sie ihn mit keinem Wort schuldig gesprochen hatte. Sie war der festen Ansicht, dass er keine Schuld an dem Unglück trug. Sie war so ganz anders als Killian, der ihm immer wieder Vorwürfe gemacht hatte. Jahrzehnte lang, Jahrhunderte lang. Correy wusste, dass Killian ihn geliebt hatte, dennoch hatte er ihm nie verziehen. Sein einziger Freund war Remierre gewesen. Damals, als sie Remierre de Sagrais als Neuling in ihr Rudel aufgenommen hatten, war es das erste Mal, dass dieser unter Seinesgleichen lebte. Es fehlte ihm nicht nur an Erfahrung, er war auch noch sehr wild und aggressiv, wie die meisten jungen Werwölfe.

Correy hatte in Remierre sich selbst gesehen, denn auch Killian und er hatten zu Beginn nicht gewusst, was es mit ihrem Fluch auf sich hatte. Ihre Eltern hatten keine Gelegenheit gehabt, sie aufzuklären. Nur durch eigenständige Recherchen waren sie nach und nach hinter das Geheimnis gekommen. Sie hatten Anschluss an ein kleines Rudel gefunden, in dem sie unterwiesen worden waren. Einige Jahrzehnte waren sie dort geblieben, bis Killian sich von ihnen mit dem Vorhaben losgesagt hatte, ein eigenes Rudel zu gründen. Damals hatten sie sich noch Blacksmith geschrieben. Killian war auf die Idee gekommen, ihren Namen in Blackdoom zu ändern. Doom stand für Untergang oder Jüngstes Gericht. Black spielte auf die Fellfarbe seines Bruders an. Im Gegensatz zu Correy verwandelte sich dieser in einen schwarzen Wolf, die unter den Werwölfen selten waren.

Der Name sollte Programm werden. Killian war fest entschlossen jeden verfluchten Vampir auf der Welt zu jagen und zur Strecke zu bringen. Und es gelang ihm, mithilfe seiner damaligen Wolfsängerin, ebensolche Werwölfe um sich zu scharen, die nur dieses eine Ziel verfolgten. Sie alle waren von Zorn und Hass zerfressen und kannten kein Mitleid. Die Menschen waren ihnen gleichgültig. Doch Killian verachtete sie geradezu. Schnell machten Gerüchte innerhalb des Rudels die Runde, es wären Menschen gewesen, die Killian übel mitgespielt hatten. Die Werwölfe ahnten nicht, wie nah sie an der Wahrheit waren. Nur dass es Keith war, der unter ihren Händen gestorben war. Correy war Killian dankbar, dass er sein Geheimnis bewahrte.

Dennoch fühlte er sich unter den Werwölfen zusehends unwohler. Er war ruhiger als sie und konnte sich gegen seinen Bruder nur schwer durchsetzen. In Remierre hoffte er, einen Gleichgesinnten gefunden zu haben. Aber Killian traute es ihm nicht zu, den Neuling zu unterweisen. Also nahm er sich seiner selbst an. Zumal er ebenfalls ein schwarzer Wolf war und Killian sich mit ihm mehr verbunden fühlte als mit seinem eigenen Bruder. Natürlich hatte Remierre irgendwann gefragt, warum der Leitwolf Correy als seinen Lehrmeister nicht akzeptiert hatte und Killian war ihm die Antwort nicht schuldig geblieben.

„Er ist kein Anführer und trifft die falschen Entscheidungen."

Diese Worte hatten Correy gekränkt, ihn aber nicht wirklich überrascht. Genau das hatte Killian ihn all die Zeit über spüren lassen. Trotz beginnender Aversionen war Correy dem Rudel treu geblieben. Vielleicht war er damals noch kein Anführer wie Killian gewesen, aber er war loyal. Und das war seine Stärke. Heute Nacht würde er endlich die Gelegenheit bekommen, sich vor Lykandra zu beweisen. Er würde zeigen, dass er ebenfalls ein Leitwolf war.

„Die Familie ist dir wohl sehr wichtig?", rissen ihn Theresas Worte in die Gegenwart zurück.

„Nicht mehr."

Killian hatte ihn verlassen. Nachdem das Rudel von den Vampiren überfallen und viele Werwölfe und Wolfsänger getötet worden waren, hatte er noch versucht, zu retten, was zu retten war, sich aber schließlich ganz zurückgezogen. Correy war von diesem Tag an ein Einzelgänger geworden. Die Familienbande waren mehr und mehr zerrissen, bis sie schließlich kaum noch von Bedeutung waren.

„Ich weiß nicht, wo mein Bruder lebt oder was er gerade tut.“

Tot war er nicht, dessen war Correy sicher. Er hätte es gespürt, wenn Killian etwas zugestoßen wäre.

„Mir geht es ähnlich“, sagte Theresa und setzte sich in den Sand. „Ich habe keinen Bruder. Aber ich will damit sagen, dass ich keinen Kontakt mehr zu meiner Familie habe. Seit Jahren.“

Correy setzte sich zu ihr. Es war das erste Mal, dass sie ihm von ihrer Vergangenheit erzählte. Sie grub eine Hand in den Sand und ließ den feinen weißen Staub durch ihre Finger rieseln.

„Ich habe diese Entscheidung selbst getroffen. Ich fühlte mich wie eine Ausgestoßene in der eigenen Wohnung.“

Das kam ihm vertraut vor.

„Meine Mutter war gegen mich, mein Stiefvater sowieso. Den einzigen Halt gab mir meine Schwester. Aber das war einfach nicht genug.“

„Und dann bist du einem Vampir begegnet.“

„Ja, so ähnlich.“

Ein sanftes Lächeln bildete sich auf ihren Lippen und ihr Blick glitt in die Ferne. Correy verspürte einen Stich im Herzen. Er fragte sich, ob sie diesen Blutsauger noch immer liebte, obwohl sie mit ihm geschlafen hatte, letzte Nacht. Er fühlte sich machtlos, weil er nicht wusste, was in ihr vorging und weil er fürchtete mit seinem Verdacht recht zu haben. Aber dann griff sie nach seiner Hand und hielt sie fest. Sie blickte ihn an und er sah, dass sie wieder im Hier und Jetzt angekommen war.

„Heute Nacht geht es zu Ende“, sagte sie. „Mein altes Leben. Und wer weiß, was danach kommt?“

„Wir sind bald am Ziel, Liebster“, hauchte Maeva und ihre Lippen verschlossen Levans Mund.

Mit dem Zeigefinger umwickelte sie eine lange Strähne, spielte mit ihr wie eine Katze mit dem Schwanz einer Maus.

Lord Vasterian hatte ihnen einen Privatjet zur Verfügung gestellt. Die Fenster waren verdunkelt. Kein Sonnenlicht drang in das Innere der Kabine. In zwei Stunden würden sie in Athen landen und heute Nacht würden sie Areopoli erreichen.

„Es bleibt noch genügend Zeit für andere Dinge“, sagte sie, und setzte sich auf seinen Schoß.

In der vorderen Kabine saßen die Wachhunde und eine gefesselte Aurora. Levan lachte leise und strich ihr die dunklen Haare aus dem Gesicht.

„Ich muss dir sehr dankbar sein, Maeva. Ohne dich wäre ich jetzt nur noch Staub.“

„Es ist ihre Schuld, Levan. Aber dafür wird sie büßen. Ich werde ihr persönlich den letzten Blutstropfen aussaugen.“

Er packte sie an den Hüften und setzte sie in den Sitz neben sich. Nachdenklich blickte er aus dem abgedunkelten Fenster, durch das man die Umrisse der Wolkendecke erkennen konnte.

„Du musst es tun. Sie hat dich verraten. Und somit auch Lord Vasterian“, drängte Maeva. Sie wunderte sich über sein Zögern. Aber dann richtete er den Blick auf sie und seine Augen wirkten eiskalt.

„Ich kenne keine Gnade“, sagte er fest. „Aber überlass sie mir.“

Die letzten Strahlen der Sonne waren untergegangen. Dunkelheit überzog das Firmament und der Mond war hinter dichten Wolken verborgen, die sich zu gewaltigen Gebilden auftürmten. Surreale Gebirge und Kolosse. Theresa hatte sich am Nachmittag einen Rucksack gekauft, in dem sie nun den metallenen Zylinder verstaute. Rasch schlüpfte sie noch einmal unter die Dusche, um sich frisch zu machen. Ach, wie gut es tat, das heiße Wasser auf ihrer Haut zu spüren. Fast fühlte es sich an wie ein Streicheln. Sie musste an Correys zärtliche Hände denken und wünschte, er stünde mit ihr in der engen Kabine.

Nachdem sie sich abgetrocknet, die Haare geföhnt und wieder ankleidet hatte, schlüpfte sie in ihre Stiefel und wollte das Hotelzimmer verlassen, um sich mit Correy in der Bar zu treffen. Als sie die Klinke herunterdrücken wollte, klingelte das Telefon auf der Kommode. Das konnte nur Correy sein. In freudiger Erwartung nahm sie den Hörer ab.

„Ja?"

„Theresa."

Sie brauchte einen Moment, ehe sie Levans Bariton erkannte. Mein Gott, woher hatte er diese Nummer? Sie verlor das Gleichgewicht und landete mit ihrem Gesäß auf der weichen Matratze ihres Bettes.

„Wie schön, deine Stimme zu hören."

Er klang übertrieben freundlich. Doch sie konnte seine Anspannung hören.

„Was willst du von mir?"

„Hier ist jemand, der uns mit Hilfe seiner empathischen Fähigkeiten zu dir geführt hat. Du weißt doch, was man über Empathen sagt. Auf geringe Entfernung können sie einander aufspüren. Und wenn man eine Empathin ganz lieb fragt, so wie wir das getan haben, dann gibt sie einem auch eine zuverlässige Antwort. Eben diese Empathin möchte gern mit dir sprechen. Ich wette, du hast schon erraten, wer es ist."

Sie hörte ein Knacken. Offenbar reichte er das Telefon weiter. Eine andere Stimme meldete sich.

„Hier ist Aurora."

Nun setzte ihr Herz für einige Takte aus. Aurora war in Levans Gewalt. Ihr schwindelte.

„Was ist passiert? Geht es dir gut? Wo bist du?"

Sie antwortete nicht, stattdessen hörte sie wieder dieses Knacken. Die Verbindung war schlecht. Aber dann drang ihre Stimme doch zu ihr vor.

„Hör mir gut zu, Theresa. Es ist ganz wichtig, dass du mir richtig zuhörst, hast du verstanden?"

„Ja." Tränen erstickten ihre Stimme. Es war ihre Schuld, dass Aurora nun in Gefahr war. Sie hätten sie nicht zurücklassen dürfen.

„Du darfst Levan das ewige Feuer nicht geben. Bring es zur heiligen Stätte zurück."

„Miststück", knurrte eine Frau im Hintergrund.

Maeva.

Dann hörte sie einen Schlag, gefolgt von einem schmerzerfüllten Stöhnen.

„Es gibt eine kleine Chance, das Leben deiner Freundin zu retten. Wir treffen uns an der Tropfsteinhöhle an der Westküste. Komm allein und bring das Feuer des Ivari mit. Ich verspreche, Aurora unversehrt ziehen zu lassen. Sei in einer halben Stunde dort. Oder du kannst ihren abgetrennten Kopf aus dem Meerwasser fischen."

Ohne sie noch einmal zu Wort kommen zu lassen, legte Levan auf.

Theresas Knie fühlten sich so weich an, dass sie fast stürzte, als sie vom Bett aufsprang. Sie brauchte den Mietwagen von Mr. Boyle. Dringend.

Correy saß in der Bar und versuchte vergeblich, die liebestolle Mrs. Boyle abzuwimmeln, die ihm in ausführlicher Breite von ihrem neu erworbenen Bikini erzählte, den sie ihm gern im hotelinternen Hallenbad vorführen wollte. Es handele sich um ein ‚ganz süßes Exemplar' mit kleinen Schleifen und Schmetterlingen, welche die Körbchen zierten. Selbstbewusst, wie die junge Britin mit ihren unterspritzten Lippen war, ignorierte sie jede Ablehnung seinerseits.

„Don't be such a gentleman, Correy", tadelte sie ihn.

Correy hoffte inständig, dass Theresa bald kommen und ihn von dieser Plage erlösen würde. Und als er eben an sie dachte, sah er sie plötzlich durch das Eingangsportal des Hotels verschwinden. Irritiert beobachtete er sie durch das Fenster. Sie eilte auf den Parkplatz zu und schloss den Mietwagen der Boyles auf. Er fragte sich, was das zu bedeuten hatte.

„Excuse me", sagte er und Mrs. Boyle nickte und bestellte sich noch einen Cocktail.

Er ging hinaus und konnte gerade noch sehen, wie sie hinter einer Staubwolke in der Ferne verschwand. Irgendetwas stimmte nicht. Er eilte dem Wagen nach und versteckte sich schließlich hinter einer Böschung, um sich seiner Kleidung zu entledigen und sich in einen Wolf zu verwandeln. Auf vier Pfoten war er um einiges schneller.

Der Weg zur Tropfsteinhöhle war gut ausgeschildert, so dass Theresa sie ohne Probleme fand. Ihr Herz schlug heftig, als sie aus dem Wagen stieg und vor dem Eingang der Höhle zwei dunkle Gestalten ausmachte. Eine von ihnen war männlich, die andere wirkte deutlich kleiner. Sie schien zu schwach, um aufrecht zu stehen.

Theresa straffte ihre Schultern und ging auf sie zu. Nun erkannte sie die silbernen Haare des Vampirs. Er war in einen schwarzen Mantel gehüllt, der seine Gestalt schlank, aber doch kräftig und athletisch erscheinen ließ. Kühl blickte er sie an. Wo waren die anderen? Levan würde gewiss nicht allein hier auftauchen. Nicht ohne Maeva und seine Wachhunde.

„Theresa, meine Liebe, du hast mich sehr enttäuscht. Aber ich bin bereit, dir noch einmal zu vergeben."

Er hielt die Hand auf und erwartete wohl, dass sie sie nahm. Theresa blieb wachsam und blickte zu Aurora. Sie war geknebelt. Die Hände hatte man ihr auf den Rücken gebunden. Ihre Augen konnte sie trotz des Sehschlitzes der Skimaske nicht erkennen.

„Lass Aurora frei."

Ein süffisantes Lächeln bildete sich auf seinem Gesicht. Seine Eckzähne wuchsen zu ihrer vollen Länge an. Dann vernahm sie Schritte hinter sich. Sie hatte doch geahnt, dass es eine Falle war.

„Was ist mit unserer Abmachung?", fragte sie.

„Ich halte mein Wort. Aurora bekommt ihre Freiheit."

Er stieß sie zu Boden. Aurora blieb liegen. Regte sich nicht. Theresa stockte der Atem. Sie wirkte, als wäre sie bereits tot. Theresa wollte sich nach ihr bücken, da umschloss Maevas Hand ihren Nacken und hielt sie oben.

Einer der Wachhunde nahm ihr den Rucksack ab. Theresa wehrte sich nicht. Sie wusste, dass sie keine Chance hatte und alles nur noch schlimmer machen würde.

„Ist die Fackel da drin?"

Der Blutsklave holte den Zylinder aus dem Rucksack und schraubte den Deckel ab. „Ja", sagte er.

„Zeig sie mir. Ich will sie sehen. Ich traue ihr zu, dass sie sie gegen eine Attrappe ausgetauscht hat."

Der Mann zog die Fackel aus der Umhüllung. Kaum berührte sie die Luft, entzündete sich das heilige Feuer und leuchtete grell.

„Hervorragend."

Levan nahm seinem Diener die Fackel ab und schwenkte sie durch die Luft. Ein brennender Schweif glitt knisternd durch das Dunkel. Die Flammen waren so grell, dass Theresa den Blick abwenden musste.

„Sieh, mein Liebster", sagte Maeva und deutete auf einen Lichtkegel, der widernatürlich lang war und wie ein Pfeil die Küste erhellte.

Seine Spitze führte direkt zur Tropfsteinhöhle von Pyrgos Dirou.

„Das ist ein Wegweiser. Die Fackel leuchtet den Weg in die Unterwelt. Das waren Broodys Worte. Ich spüre eine Anziehungskraft. Lasst uns hineingehen. Und nehmt Theresa mit."

„Lord Vasterian wird es nicht gutheißen, wenn wir ohne ihn aufbrechen." Maeva klang besorgt, doch Levan lachte nur.

„Wenn ich es bin, der Pyr befreit, wird sie mir mehr Macht schenken, als Vasterian je besitzen wird."

Er fuhr sich über den vernarbten Hals. Es sah aus, als würde ihm ein Stück seiner Kehle fehlen. Theresa erschauderte. Die Wunden, die Vampirzähne verursachten, regenerierten deutlich langsamer.

Maeva zögerte und auch die Blutsklaven schienen seinem Befehl nicht folgen zu wollen.

„Jetzt ist der Moment sich zu entscheiden. Dient ihr Lord Vasterian oder dem Vampir an Pyrs Seite?“

Theresa empfand nur Verachtung für diesen Verräter. Er hatte nicht nur sie nach Strich und Faden belogen und betrogen, er hatte auch keine Skrupel seinen eigenen Schöpfer zu hintergehen. Was musste man für einen miesen Charakter haben, um so etwas zu tun.

Maeva war die Erste, die einen Schritt auf Levan zu trat und somit auch Theresa zum Eingang des Seitenarms der Höhle schob.

„Ich diene Pyr“, sagte sie trocken.

Ihr folgten die Wachhunde.

„Wir alle dienen Pyr. Und wir werden unsere Königin heute Nacht befreien!“, schallten Levans Worte durch die Stille der Nacht.

Er ging voran, folgte dem Lichtkegel bis zum Eingang des Seitenkanals. Ohne Schwierigkeit drangen sie ein. Die Fackel leuchtete den Weg. Es ging steil nach unten und es gab keine Treppe. Doch die Unannehmlichkeit nahmen die Vampire in Kauf. Dafür umgingen sie die Absperrungen des Haupteingangs.

Alles was vom Licht der Fackel berührt wurde, hellte in Sekundenschnelle auf und schon bald war die ganze Höhle von einem Strahlen erfüllt. Sie stiegen in ein Boot, lösten die Leine und glitten über das dunkle Wasser hinweg. Flackernd wiesen ihnen die ewigen Flammen die Richtung. Die riesigen Stalaktiten, die von den Decken hingen, sahen aus, als stammten sie aus einer fremden Welt. Sie erinnerten an mächtige Eiszapfen, deren Spitzen manchmal gefährlich nah über ihren Köpfen aufragten. Theresa spürte die kräftigen Hände von einem von Levans Wachhunden auf ihren Schultern. Er hielt sie auf ihrem Platz und machte jeden Gedanken an eine Flucht zunichte.

Plötzlich spürte Theresa etwas. Die Luft veränderte sich, wurde dünner, Druck lastete auf ihrer Brust. Sie glaubte, Stimmen zu hören, Gefühle zu erspüren von unendlich vielen Wesen. Sie schienen überall zu sein, unsichtbar, körperlos durch die Luft zu gleiten, als wären sie ein Teil von ihr. Es war überwältigend, beängstigend, ganz und gar andersartig. Etwas so Intensives hatte sie noch nie wahrgenommen. Vielleicht nahte eine weitere Vision. Doch es tauchten keine fremden Bilder, die von der Zukunft erzählten, vor ihrem geistigen Auge auf. Sie blieb im Hier und Jetzt.

„Was ist das? Hört ihr das auch?“, fragte Levan in die Stille hinein.

Die Vampire blickten sich um, als suchten sie nach etwas oder jemandem. Doch sie waren allein. Theresa aber spürte körperlose Hände an ihren Armen und Beinen. Sie hörte ein Flüstern, ein Jammern und Zetern, das ihr eine Gänsehaut über den Rücken jagte.

„Es ist niemand hier außer uns“, vernahm sie die tiefe Stimme des Wächters hinter sich.

Doch sie sah an Maevas irritiertem Blick, dass auch sie etwas spürte. Theresa beobachtete das unruhige Aufflammen des ewigen Feuers von Ivari. Hier unten war es nahezu windstill, dennoch zuckten die Flammen hin und her. Die Präsenzen mussten von der Fackel angezogen werden, andernfalls hätten die Touristen und die Betreiber der Höhlentouren sie längst wahrgenommen. Sie waren sehr real. Fast greifbar.

Correy sah eine reglose Gestalt nahe am Eingang der uralten Tropfsteinhöhle. Rasch verwandelte er sich in einen Menschen zurück. So schnell er nur konnte, eilte er zu der Gestalt, die ihr Gesicht unter einer Skimaske verbarg und ganz und gar in einen dunklen Mantel gehüllt war, so dass man sie nicht erkennen konnte.

Aurora!

Schnell befreite er sie von ihrem Knebel und den Fesseln an ihren Handgelenken. Ein leises Stöhnen kam über ihre Lippen. Die Augen flirrten. Zum ersten Mal konnte er sie sehen, weil sie keine Sonnenbrille trug. Sie wirkten unendlich müde.

„Aurora! Was ist passiert? Was machst du hier?“ Er versuchte ihr aufzuhelfen und sie zu stützen. Doch die Frau war zu schwach. Sie sank wieder zu Boden.

„Wo ist Theresa?“ Ihm schwante Schreckliches.

„Die … Vampi…“ Sie keuchte. Hustete. Ihr Körper zuckte.

Bei Lykandra! Er hatte es doch geahnt, dass diese verfluchten Blutsauger hinter allem steckten.

„Wo sind sie?“

„Bring … mich …“

„Was sagst du?“

„Bring mich … zu ihr …“

„Du bist zu schwach, du brauchst ärztliche Hilfe.“

Er verwarf den Gedanken gleich wieder, denn er wollte sich lieber nicht ausmalen, was die Ärzte mit ihr anstellten, wenn sie sie aus ihrer Kleidung geschält und den ausgemergelten Körper der Empathin vor sich hatten. Er wusste nur zu gut, wie aggressiv und gewalttätig Menschen reagieren konnten, wenn sie sich vor etwas Fremden fürchteten. Keith hatte das am eigenen Leib erfahren müssen. Und er wollte um Lykandras Willen nicht, dass Aurora das gleiche Schicksal widerfuhr.

„Hin…ein … Bitte.“

Die Empathin schien ihm etwas sagen oder zeigen zu wollen. Also hob er sie hoch und trug sie zum Höhleneingang. Der aber war durch ein Gitter unzugänglich. Correy blickte sich irritiert um. Irgendwie musste es den Vampiren gelungen sein, dennoch einzudringen. Sein Blick glitt zum Seiteneingang. Wahrscheinlich hatten sie den genommen, denn es gab keine andere Möglichkeit.

Er folgte dem Weg bis zum Ufer hinunter. Ein Boot war bereits losgebunden. Ein zweites stand bereit. Vorsichtig legte er die Empathin hinein. Sie regte sich nicht. Hoffentlich war es kein Fehler, sie auf diese Strapaze mitzunehmen.

Correy blickte über das Wasser. Die Vampire mussten bereits tief in die Höhle vorgedrungen sein. Jetzt galt es, sich zu beeilen. Glücklicherweise fand er unter seinem Sitz eine alte Shorts, die er sich überstreifte. Der Umstand nach einer Verwandlung nackt zu sein, war manchmal etwas lästig. Die Hose war ihm zu eng, aber besser als gar nichts.

Er fand auch eine Öllampe, die er entzündete. Ohne Licht wären sie in diesem Labyrinth verloren, denn um diese Uhrzeit war die Beleuchtung ausgeschaltet.

Sie hatten einen See passiert und waren von dort in einen kleinen Kanal vorgedrungen, der gerade breit genug für das Boot war. Da hier keine Beleuchtungsanlagen aufgestellt waren, vermutete Theresa, dass sie den offiziellen Touristenbereich bereits verlassen hatten. Die Präsenzen waren hier noch stärker. Viel stärker. Sie erdrückten Theresa. Die verunsicherten Gesichtsausdrücke der anderen ließen nichts Gutes ahnen. Es schien, als verliefe es nicht ganz nach Plan, als hätten auch sie nicht mit der Anwesenheit unbekannter Mächte gerechnet. Das beunruhigte sie noch mehr. Was, wenn nicht mal die Vampire die Lage unter Kontrolle hatten?

Die Höhlendecke wölbte sich stark und sie gelangten in eine Art Saal, der sie in unerwarteter Ausdehnung vor ihnen erstreckte. Inmitten des dunklen Wassers ragte etwas Gewaltiges über ihnen auf. Levan hob die Fackel, um es zu erhellen. Es war eine riesige natürlich gewachsene Gestalt aus Höhlenstein.

„Was ist das?“, zischte Maeva.

Kerberos. Correy hatte das Gebilde erwähnt. Es erinnerte tatsächlich an einen dreiköpfigen Hund. Riesige Mäuler, gewaltige Pranken. Drei Köpfe.

Das Licht der Fackel fiel auf den steinernen Bereich zwischen Kerberos Pfoten.

Plötzlich vibrierten die Wände um sie herum und das Wasser schlug hohe Wellen. Ganz langsam löste sich der Bereich unter dem Höllenhund auf, als wäre er nur eine optische Täuschung gewesen und dahinter lag ein dunkler Gang.

Kerberos war nicht der Wächter, er war das Tor zur Unterwelt!

„Pyr stehe uns bei.“

Theresa hielt erschrocken den Atem an. Der Strom der Präsenzen wurde stärker. Sie strömten in das Tor hinein, wurden hereingezogen, wie in einen Strudel. Theresa wollte nur eines. Fort von hier. Das alles war zu viel für sie. Sie hatte Angst. Nie zuvor hatte sie so viele Wesenheiten erspürt. Ihr Verstand konnte diese Menge nur schwer verarbeiten. Sie würde verrückt werden.

„Steigt aus“, sagte Levan, während einer seiner Blutsklaven das Boot an Kerberos Klauen anlegte.

Der Kerl hinter ihr hob sie von der Bank und legte die riesige Hand um ihren Nacken.

Levan leuchtete in den Tunnel hinein und schritt voran, die anderen folgten ihm nur widerwillig. Theresa sah es an den ehrfürchtigen doch zugleich starren Mienen und merkte es an den zögerlichen Schritten. Sie hatten eine Grenze überschritten, jetzt befanden sie sich nicht mehr in ihrer Welt.

„Wir sind hier nicht allein", hörte sie die tiefe Stimme ihres Wachhunds.

Ein Großteil des Stroms war bereits verschwunden. Aber da war immer noch irgendetwas, das ihnen folgte. Es war für menschliche und scheinbar auch für vampirische Augen nicht sichtbar. Ferne Stimmen erklangen um sie herum. Zuerst glaubte sie, es sei der Wind. Aber hier unten gab es keinen Wind.

„Was ist das?", zischte Maeva.

„Weiter! Weiter", rief Levan und legte einen Schritt zu. „Seht dort vorne. Das ist der Styx."

Ein kleiner Fluss tauchte am Ende des Tunnels auf. Und dort stand auch eine Fähre. Uralt, kantig, verschroben. Beim Anblick des hölzernen Bootes lief ihr ein unheimlicher Schauer über den Rücken. Die Fähre schaukelte friedlich im schwarzen Wasser. Und dann waren sie wieder da, in ihrer vollen Intensität. Der Raum füllte sich. Tausende Präsenzen sammelten sich um sie. Theresa konnte sie nicht sehen, aber sie spürte ihre Anwesenheit. Ihre Geschichten, Schicksale, Gefühle.

Die nervösen Blicke der Vampire verrieten, dass auch sie sie spürten.

„Levan, wir sollten umkehren", flehte Maeva.

Doch er ignorierte sie und sprang dessen ungeachtet in die Fähre. Er blickte sich um, doch es gab kein Paddel, um sie zu steuern.

„Bring mich zu Pyr", sagte er im Befehlston.

Doch nichts geschah. Das Boot blieb ruhig im Wasser liegen. Es war nicht einmal angebunden, dennoch folgte es nicht dem Fluss des Stroms.

„Verflucht. Wie funktioniert das?“

„Es gibt bestimmt einen Fährmann“, sagte Maeva und blickte sich in geduckter Haltung um.

„Aber wo ist er?“

Natürlich! Jetzt wusste sie, was es mit den Präsenzen auf sich hatte. Es waren die Seelen der Verstorbenen, die ohne Fährmann, ohne Fackel, nie ihre letzte Ruhe hatten finden können. Gott, es mussten Abertausende sein. Und jetzt waren sie hier, weil auch die Fackel hier war.

Sie hatten das Tor gefunden.

So leise wie nur irgend möglich brachte er das Boot am Eingang des Tunnels zum Stehen und band es an einer Kralle des Höllenhunds neben dem bereits angelegten Boot fest.

„Bring … mich …“ Aurora sprach so leise, dass Correy sie kaum noch verstand. Er musste sein Ohr ganz dicht über ihren Mund halten. „… hinein.“

„Nein, du wartest hier, es ist zu gefährlich.“

Er konnte es nicht verantworten, die ohnehin schon geschwächte Frau noch stärker in Gefahr zu bringen. Geräuschlos kletterte er aus dem Boot in den Tunnel und schlich langsam den Weg hinunter, lauschte dem Rauschen eines Flusses und den eigenartigen Flüsterstimmen, die um ihn herum schwirrten wie Motten um das Licht.

„Correy … pass auf“, hauchte eine von ihnen. „Gefahr!“

Er blickte sich um, doch konnte niemanden entdecken, der ihm zuflüsterte. Unbehagen breitete sich in ihm aus. Er fühlte sich beobachtet und verfolgt.

Am Ende des Ganges angekommen, lugte er hinaus und entdecke eine riesige Höhlenwelt und einen Fluss, der tiefer in das Dunkel führte. Am Ufer des Flusses entdeckte er die Vampire. Sie standen um das Boot herum. Ein Hüne hielt Theresa fest.

„Wir brauchen einen Toten“, hörte er Maeva sagen. „Der Fährmann geleitet die Seelen der Verstorbenen in die Unterwelt. Er wird auftauchen, wenn sie stirbt.“ Sie deutete mit dem Zeigefinger auf Theresa.

„Das ist Unsinn, hier sind … genügend … Tote…“, sagte sie, aber die Hände des Blutsklaven lagen schon um ihren Hals.

Correy sah ihr schmerzverzerrtes und ängstliches Gesicht und konnte nicht länger an sich halten. In seiner Angst um sie stürmte er aus seinem Versteck auf den Wachhund zu, doch noch ehe er ihn erreichte, stellten sich ihm die beiden anderen Männer in den Weg.

„Lass sie los“, sagte Levan zu seinem Untergebenen, der sogleich von Theresa abließ.

Sie schnappte hektisch nach Luft und sank benommen auf die Knie. Correy wollte zu ihr, aber einer der riesigen Kerle holte mit der Faust aus und schlug zu. Es gelang ihm gerade noch rechtzeitig, sich unter dem Arm des Angreifers zu ducken.

„Wir haben einen Freiwilligen, der den Fährmann für uns rufen möchte“, erklärte Levan.

Correys Wut entfachte eine ungeahnte Stärke in ihm. Mit einem einzigen Tritt in den Unterleib beförderte er seinen Gegner zu Boden. Der krümmte sich unter Schmerzen und stöhnte. Schon sah er sich jedoch von den beiden anderen Wachhunden umzingelt. Einer von ihnen packte ihn von hinten und hielt ihn fest. Der andere schlug wie von Sinnen auf Correys ungeschützten Bauch ein, bis ihm vor Schmerz übel wurde. Diese Kerle waren verdammt kräftig. Jeder Faustschlag fühlte sich an, als würde er mit einer Hand aus Eisen durchgeführt. Correy gelang es trotzdem sein Gegenüber mit einem Tritt aus dem Gleichgewicht zu bringen. Als der stürzte, versuchte er sich aus dem Griff des anderen zu befreien. Aber schon stand der Dritte wieder auf den Beinen und hielt Correy fest. Nun konnte er sich kaum noch bewegen. Es hagelte weitere Faustschläge, die auch sein Gesicht und seine Brust trafen. Schließlich bekam er einen derart starken Schlag gegen den Schädel, dass bunte Lichter vor seinen Augen tanzten. Man ließ ihn los und er sank zu Boden.

Einer packte ihn am Nacken und schleifte ihn zum Boot.

„Wartet", sagte die Vampirin und kam auf ihn zu. „Was haben wir denn hier?"

Sie schob eine Haarsträhne zur Seite und entblößte ein spitzes Ohr. Ein raues Lachen hallte durch die Höhle.

„Sieh an, der Retter in der Not ist ein Werwolf. Für jemanden wie dich habe ich immer etwas ganz Besonderes dabei." Sie nahm etwas aus ihrer Tasche und gab es einem der Männer mit den Worten: „Was wäre eine Dame ohne ihre Accessoires?"

Es glänzte gefährlich. Dann hörte er das Rasseln einer Kette und ehe er sich versah, hatte ihm der Hüne etwas um den Hals gelegt und band es auch um seine Handgelenke. Correy spürte, wie ein heißer Schmerz durch seinen ganzen Körper floss, wie er sich plötzlich schwächer fühlte und nicht mehr regen konnte. Das Metall brannte sich in sein Fleisch, raubte ihm sämtliche Kraft und ein Brennen erfasste seine Glieder. Achtlos ließ man ihn zu Boden fallen und er blieb liegen. Die Kette schien ihn an den Untergrund zu fesseln. Silber. Das einzige Material, das einem Werwolf schaden konnte. Durchbohrte es sein Herz, wirkte es tödlich.

„Mistvieh, räudiges." Der Kerl, dem er einen Tritt in den Unterleib verpasst hatte, revanchierte sich auf dieselbe Weise.

Doch der Schmerz war nichts im Vergleich zu dem brennenden Stechen des Silbers, das sich wie ein pulsierendes Gift in seinem Körper ausbreitete. Correy konnte nichts tun. Er war wie gelähmt. Der Kopf schwirrte ihm, doch der einzige klare Gedanke, den er fassen konnte, galt Theresa. Er musste sie hier rausholen. Irgendwie.

Die Vampirin trat vor ihn und in ihrer Hand sah er einen Dolch, der ebenso silbern glänzte wie seine Ketten.

„Deine Reise ist hier noch nicht zu Ende, Werwolf. Mit der Fähre wirst du uns direkt zu Pyr führen."

Sie beugte sich hinunter und setzte die Klinge an seine nackte Brust. Correy verkrampfte sich. Er kniff die Augen zusammen und bereitete sich darauf vor, Keith wiederzusehen.

Da ertönte ein helles „Nein! Das dürft ihr nicht tun."

Es war Theresas Stimme.

Sie hatte am Eingang der Höhle Aurora entdeckt, die den behandschuhten Zeigefinger vor ihre vermummten Lippen gehalten hatte. Theresa war so unendlich froh, sie wohlauf zu sehen. Und plötzlich hatte sie eine Idee. Es musste Aurora gelingen, Correy zu befreien, während sie die Vampire und die Blutsklaven ablenkte.

„Ich weiß, wie ihr die Fähre in Gang setzen könnt", sagte sie hastig und hatte sogleich Levans volle Aufmerksamkeit. „Lasst ihn in Ruhe und ich werde es euch verraten."

Der Vampir stieg aus dem Boot und kam auf sie zu. Seine Hand legte sich beinahe väterlich auf ihre Schulter. Er sah ihr tief in die Augen und darin meinte sie gespielte Zuneigung zu sehen.

„Ich wusste, dass du dich wieder zu mir bekennen würdest."

„Ich werde dir alles sagen. Doch zuerst soll Maeva den Dolch wegstecken."

Levan gab ihr ein Zeichen und Theresa konnte sehen, dass Maeva dem Befehl nur widerwillig folgte.

„Man muss den richtigen Befehl kennen", fantasierte Theresa und winkte die Blutsklaven und Vampire zu dem Boot.

„Welchen Befehl?"

Ein Zittern erfasste ihren Körper. Sie hoffte inständig, dass ihr Bluff nicht auffliegen würde und sie Aurora genügend Zeit verschaffte, um sich in die Höhle zu schleichen und Correy von seinen Ketten zu befreien. Sie versuchte, die Nervosität zu unterdrücken und stieg in das Boot. Levan und die anderen folgten ihr.

„Wie lautet der Befehl?", begehrte er zu wissen und seine scharfe Tonlage verriet, dass er nicht allzu viel Geduld mit ihr aufbringen würde.

Theresa stellte sich an die Spitze des Bootes und breitete die Arme zu beiden Seiten aus. Unsicher, was sie jetzt eigentlich sagen sollte.

„Sie macht uns etwas vor", zischelte Maeva, die sie längst durchschaut hatte. Doch wichtiger war es, dass Levan an sie glaubte.

„Da will jemand den Werwolf befreien", tönte die tiefe Stimme eines Blutsklaven über das rauschende Wasser hinweg.

„Ein Ablenkungsmanöver“, rief Maeva und wollte sich auf sie stürzen, doch Theresa sprang rasch aus dem Boot.

Levan und Maeva folgten ihr, während die Blutsklaven zu Correy eilten.

In diesem Moment durchströmte ein grelles Licht flutartig die Höhle. Die Vampire schrien geblendet auf.

Levan ließ die Fackel fallen und warf sich selbst hinter einer Ansammlung von Stalagmiten zu Boden. Die Fackel rollte ein Stück weg.

Maeva stand in einem Lichtkegel, krümmte sich, als erleide sie schwere Schmerzen und Theresa, die nur wenige Schritte von ihr entfernt zu Boden gestürzt war sah, wie sich ihre Haut auflöste, die Knochen darunter hervortraten und genauso wie ihr Fleisch in Windeseile zu Staub zerfielen.

Einer der Wachhunde sprang in den Styx, doch er tauchte nicht wieder auf. Der andere sank auf die Knie, hielt sich den augenscheinlich schmerzenden Schädel und hatte plötzlich zwei Haufen Staub in den Händen.

„Nein! Nein!“, schrie der dritte Blutsklave und kroch wie ein verwundetes Tier über den Boden zu Theresa.

Seine Finger umklammerten ihren Hals. Doch sie spürte, dass dieses Mal kaum noch Kraft in seinen Händen steckte. Während er auf sie hinunterblickte, zerbröselte ein Teil seiner Wange. Angewidert warf sie den Kopf zur Seite.

„Du elendes Miststück hast alles kaputt gemacht“, kreischte er und seine Stimme wurde immer höher und schriller.

Sie wollte ihn hinunterstoßen oder sich irgendwie unter ihm hervorwinden. Doch als sie ihn anblickte, war von seinem Gesicht nicht mehr übrig als der blanke Schädel.

Plötzlich durchstieß eine Faust den brüchigen Knochen. Theresa erschrak. Aber dann sah sie zu Correy auf, auf dessen Haut sich an den Stellen Brandblasen gebildet hatten, auf denen das Silber lag. Mein Gott, sie war so froh ihn zu sehen.

Er nahm ihre Hand, half ihr auf und zog sie in seine Arme. Das Licht flammte noch einmal stärker auf, so dass sie gezwungen waren, die Augen zu schließen, ehe es erlosch.

Theresa konnte für einen Moment nichts mehr sehen. Dunkelheit umgab sie völlig. Aber dann erhellte das Licht der Fackel den Raum und sie blickte sich orientierungslos um. Was war geschehen? Correy stützte sie. Mit einer Kopfbewegung deutete er zu der Fähre, in der nun der Fährmann stand.

Es war eine Gestalt, die aus reinem Licht zu bestehen schien, gleich einem Engel, nur dass sie keine Flügel hatte. Das Wesen winkte sie näher. Aber Theresa blieb ehrfürchtig stehen.

„Hab keine Angst, ich bin eine gute Freundin, die dank euch ihren Platz wiedergefunden hat."

Diese sanfte Stimme war ihr vertraut.

„Aurora?"

Das Lichtwesen nickte und Vertrautheit durchströmte Theresa. Sie bekam eine Gänsehaut.

„Aber wie ist das möglich?"

Wie konnte Aurora der Fährmann sein?

„Ich erinnere mich. Vor langer Zeit wurde das ewige Feuer gestohlen und ich machte mich auf die Suche nach ihm. Doch als ich mein Reich verließ, verlor ich auch meine Identität, irrte durch die Lande und durch die Zeit, ohne zu wissen, wer ich war und wonach ich suchte. Dank euch bin ich wieder dort, wo ich hingehöre."

Theresa spürte die Präsenz derer die warteten stärker als zuvor. Dieses Mal war die Höhle erfüllt von Freude, Erleichterung und Vereinigung. Sie hatten lange Zeit auf Auroras Rückkehr warten müssen.

„Nun bin ich wieder hier, um jene hinüber zu begleiten, die den Weg nicht allein finden."

Theresa drehte sich um und ging zu der Fackel, die noch immer am Boden lag, hob sie auf und brachte sie Aurora.

„Ich danke dir, Theresa." Es schwang viel Güte und Sanftheit in ihrer Stimme. „Für alles."

„Nein, wir müssen dir danken."

Aurora hatte sie gerettet. Sie wollte sie so vieles fragen und sagen, aber sie hatten nicht die Zeit. Der Gedanke, sie nicht wiederzusehen, sie hier zurückzulassen, schmerzte, obgleich Theresa bewusst war, dass ihre Trennung nicht für immer sein würde. Eines Tages würden sie sich wiedersehen. Und vor diesem Tag fürchtete sie sich nicht.

„Bevor ich gehe, habe ich noch ein Geschenk für dich, Werwolf."

Theresa blickte sich zu Correy um, der dicht hinter ihr stand, und Aurora erstaunt anblickte.

„Tritt näher."

Correy tat, was sie verlangte. Aurora öffnete ihre Hand und er legte seine hinein. Ihre Haut glänzte hell und war samtig, wie die Haut einer jungen Frau. Und als er ihr ins Gesicht sah, sah es aus wie das eines wunderschönen Engels.

„Jemand ist hier, der dir etwas sagen will."

Correy erzitterte, als er plötzlich eine starke Präsenz neben sich spürte. Sie war ihm vertraut und doch so fern, so lange fort gewesen.

Keith.

Sein Bruder stand neben ihm. Aber er konnte ihn nicht sehen. Nur spüren.

„Keith", hauchte er und blickte in die Richtung, aus der er diese Vertrautheit wahrnahm.

Seine Augen wurden feucht und er musste sie einige Male zusammenkneifen, um die Tränen zu unterdrücken. Wie sehr hatte er sich gewünscht, seinen Bruder noch einmal zu sehen, ihn um Vergebung zu bitten, ihm zu sagen, wie sehr er ihn liebte. Dass dies nun wahr werden würde, überwältigte ihn. Seine Beine zitterten, doch er brach nicht ein, blieb fest stehen und genoss diesen kostbaren Moment, den ihm Aurora schenkte.

„Er sagt, dass er dich über alles liebt", hörte er die Stimme der Seelenführerin.

Sie klang melodisch, so wunderschön wie ein Lied und genauso wunderbar war auch die Nachricht, die sie ihm überbrachte. Eine Träne rann über seine Wange und er spürte, wie sich die Kette, die die ganze Zeit um sein Herz gelegen hatte allmählich lockerte.

„Es tut mir so leid, Keith. Ich wollte dir helfen", sagte er heiser.

Aurora drückte seine Hand fest. „Er weiß es. Und er sagt, dass es nicht deine Schuld ist."

Nun löste sich die Kette ganz und zum ersten Mal seit langer Zeit hatte Correy das Gefühl gänzlich durchatmen zu können. Es glich einer Befreiung. Er holte tief Luft, wieder und wieder.

„Sei tapfer, Correy, kämpfe für Lykandra. Du wirst ihn stolz machen, das weiß er. Aber nun ist es Zeit, sich zu verabschieden."

Correy nickte und Aurora gab seine Hand wieder frei. Er wollte so vieles sagen, aber in diesem Moment fiel ihm kein einziges Wort ein. Doch er spürte, dass Keith genau wusste, was in ihm vorging.

Aurora stieß die Fähre mit ihrem Stab vom Ufer ab und steuerte sie über den Fluss. Wellen schlugen hoch. Sie hob die Hand und winkte ihnen mit der Fackel zu. Dann folgte die Fähre dem Flusslauf. Und mit der Fähre verschwanden auch die Präsenzen. Es wurde still. Nur das Rauschen des Wassers war noch zu hören.

Jemand hakte sich bei ihm unter. Als Correy zur Seite blickte, sah er in Theresas wunderschöne violette Augen. Mit einem Nicken deutete sie an, durch den Tunnel in ihre Welt zurückzukehren. Sie nahm ihr Handy, leuchtete ihnen damit den Weg und als sie ihr Boot bestiegen, schloss sich der Tunnel in der Wand und war verschwunden.

„Es ist nur ein Boot hier", stellte Correy fest und blickte sich um. Theresa verstand nicht ganz, was er meinte. „Es müssten zwei sein."

„Vielleicht war es nicht richtig angebunden?"

Er zuckte die Schultern. Das mochte sein. Die Vampire und Blutsklaven waren tot. Wer sollte es also genommen haben? Dennoch war es besser, wachsam zu bleiben.

Gemeinsam meisterten sie es, das Boot durch die finstere Tropfsteinhöhle zu steuern. Correy nahm Theresa fest in den Arm, doch mit seinen Gedanken war er bei seinem Bruder. Aurora würde dafür sorgen, dass es Keith gut ging, wo immer er auch sein würde. Sie würde nicht zulassen, dass Baal seiner Seele schadete.

Während ihrer Fahrt kam ihm ein weiterer Gedanke.

„Alle Blutsklaven und Vampire sind in Auroras Licht vergangen. Warum ist dir nichts passiert, Theresa?"

Sie lächelte zu ihm auf und schmiegte sich enger an seine Schulter.

„Du hast mich davor bewahrt, Correy."

„Ich?"

„Als wir uns geliebt haben. Deine Liebe war stark genug, Levans Verbindung im Moment unserer Vereinigung fortzuspülen. Ich bin nun keine Blutsklavin mehr."

Diese Nachricht machte ihn sprachlos. Die ganze Zeit hatte er sich gefragt, wie er sie von ihrem Band zu Levan erlösen konnte, und dabei hatte er es unmerklich bereits getan. Konnte es einen glücklicheren Moment in seinem Leben geben als diesen?

Er war überwältigt, hielt Theresa noch fester im Arm und küsste ihren Kopf. Sie lachte und plötzlich war alles so leicht, nichts konnte ihnen mehr etwas anhaben.

Theresa schmiegte sich an seine Brust und schloss die Augen. Ihr Körper zitterte leicht und die Anspannung fiel langsam von ihr ab. Sie waren in Sicherheit. Vorerst. Die Blutjagd würde erst beendet sein, wenn es sich unter den Vampiren herumsprach, dass der Auftraggeber tot war und es nichts mehr bei ihm zu holen gab. Sie würde eine Zeitlang untertauchen müssen. Aber vielleicht konnte sie eines Tages nach Hamburg zurückkehren, ohne um ihr Leben zu fürchten. Sie wusste, dass Lord Vasterian Levans Tod als gerechten Ausgleich für sein Versagen ansah. Vielleicht ließ er die Sache auf sich beruhen.

Theresa sehnte sich nach ihrer kleinen Schwester und hoffte, dass sie mit Mama und ihrem Stiefvater einen Neuanfang starten konnte. Es war viel Zeit vergangen. Sie hatte sich entwickelt und war nun bereit, ihnen zu vergeben. Ob sie auch ihr vergaben, konnte sie nicht sagen, aber sie wollte es zumindest versuchen. Correy strich gedankenversunken über ihren Arm.

Am unterirdischen Steg angekommen, banden sie das Boot fest und stiegen aus.

Das zweite Boot trieb einsam im Gewässer. Scheinbar hatte sich das Seil tatsächlich gelöst und es war zurückgetrieben.

Sie eilten die Treppen hinauf. Der Mond war noch immer hinter einer dunklen Wolkendecke verborgen. Aber Correy sagte, der Mond würde früher oder später hervorkommen. Sie mussten schnell ins Hotel zurück. Das Licht des Vollmonds durfte seine Haut nicht berühren.

„Ich habe den Mietwagen hier irgendwo abgestellt", sagte Theresa und hielt nach dem Auto Ausschau. Doch sie konnte es nicht entdecken.

„Ich sehe dort drüben nach", sagte Correy und verschwand in der anderen Richtung.

Es war verwirrend. Sie hatte noch nie vergessen, wo sie ihren Wagen geparkt hatte. Wahrscheinlich war die ganze Aufregung daran schuld.

Sie erreichte die Straße und lief diese ein Stück hinunter. In der Ferne sah sie den Mietwagen von Mr. Boyle und legte einen Schritt zu. Sie wollte die Tür aufschließen, als ihr auffiel, dass der Reifen einen Platten hatte. Und nicht nur der eine. Es betraf alle vier Räder. Hier stimmte etwas nicht.

Plötzlich schlang sich ein Arm von hinten um ihren Hals und nahm sie in den Würgegriff.

„Ich habe auf dich gewartet, meine schöne Blutsklavin."

Theresa erkannte die hellen Augen von Levan. Wie war er entkommen?

Sie erinnerte sich an das losgebundene Boot. Levan musste es irgendwie gelungen sein, die Höhle noch vor ihnen zu verlassen.

„Bitte, Levan …"

Sie versuchte ihn zu besänftigen, ihm alles zu erklären, aber er lachte nur und seine spitzen Eckzähne rammten sich brutal in ihren Hals. Ein saugendes Geräusch drang an ihr Ohr. Kräftig sog er ihr den Lebenssaft aus den Adern. Aber dieses Mal fühlte es sich anders an. Ihre Beine wurden schwach. Ihr Körper sank in sich zusammen und wurde nur von seinen Händen gehalten. Levan trank weiter. Sie spürte ein Kribbeln in den Händen und Füßen. Ihr Herz schlug immer schneller und schneller.

Ihr wurde klar, dass er sie töten würde.

Er hatte vor, ihr sämtliches Blut zu rauben. Entkräftet öffnete sie den Mund und schrie nach Correy, doch noch bevor sie seinen Namen ausgesprochen hatte, legte sich Levans schwere Hand auf ihren Mund.

„Du wirst den nächsten Morgen nicht erleben", flüsterte er und grub die Zähne ein weiteres Mal in ihren Hals.

Theresa wurde schwindelig. Sollte es so enden? Sie wollte nicht sterben. Bilder tauchten vor ihrem geistigen Auge auf. Sie sah Mama, die ihr eine Schultüte zur Einschulung schenkte. Dann erblickte sie ihre Schwester, die ihr zum Geburtstag eine ihrer alten Babypuppen schenkte. Und sie sah ihren Stiefvater, der ihr dabei half, den kaputten Reifen ihres Fahrrads zu flicken. Theresa verspürte eine starke Sehnsucht nach ihrer Familie und wünschte, sie hätte sie noch einmal sehen können. Verzweifelt versuchte sie, sich aus Levans starkem Griff zu befreien. Doch es war vergeblich. Seine Arme lagen wie Eisenketten um ihren Körper. Sie war unfähig sich zu bewegen. Wenn doch nur Correy ihre Not sehen und ihr helfen würde. Aber er war in die andere Richtung gegangen und ahnte nicht einmal, dass sie in Lebensgefahr schwebte und Levan überlebt hatte.

Kurz flirrte es vor ihren Augen, dann blickte sie in das Gesicht Levans, den sie vor fünf Jahren zum ersten Mal getroffen hatte. Er hatte freundlich und sanft ausgesehen und war noch kein Scheusal gewesen. Das Bild verschwamm und wurde wieder schärfer.

Sie sah Correy. Correy, dessen Augen sie so liebevoll anblickten, dessen Lippen sich sanft auf ihre senkten und sie küssten. Sie glaubte fast, diesen Kuss noch einmal schmecken zu können. Wie schön er aussah. Und wie wichtig er ihr in dieser kurzen Zeit geworden war. Guter Freund. Geliebter und Gefährte, ein Beschützer und vielleicht sogar mehr als all das.

Es dauerte eine Weile, ehe Theresa gewahr wurde, dass dieser Correy keine Illusion war.

Mit einem wütenden Knurren stürzte er sich auf Levan. Dieser krachte rücklings auf die Motorhaube des Mietwagens. Theresa glitt benommen zur Seite und bekam nur aus dem Augenwinkel mit, wie sich Correy auf ihn stürzte. Alles um sie herum wurde dunkler, als hätte jemand einen schwarzen durchsichtigen Vorhang über ihre Augen gehängt. Aus weiter Ferne hörte sie ein Ächzen und Stöhnen.

Correys Wut entfachte ein Feuer in ihm, das stärker war als alles, was er je gekannt hatte. Wieder und wieder schlug er mit der Faust in das Gesicht des Vampirs. Aber der lachte nur.

„Glaubst du, du kannst mir etwas anhaben? Ich bin der Zögling Vasterians!“

Seine Hände legten sich fest um Correys Hals und drückten zu. Dieser verfluchte Vampir war stärker, als er geahnt hatte. Es schien ihn kaum Mühe zu kosten, sich zu erheben und Correy, der ohnehin noch geschwächt war, von sich zu stoßen. Krachend landete er mit dem Rücken auf dem Asphaltboden. Sein Kreuz schmerzte, als sei es gebrochen. Schon stand Levan über ihm und sein Stiefel schnellte auf seinen Hals hinunter. Correy konnte gerade noch rechtzeitig seine Hände dazwischen schieben und versuchte, das Bein des Vampirs fort zu drücken und ihn dabei aus dem Gleichgewicht zu bringen.

Aber Levan war stärker. Die Sohle drückte seine Hände zur Seite und platzierte sich schmerzhaft auf seiner Kehle. Correy fürchtete, er würde sie ihm entweder zerquetschen oder seinen Halswirbel durchbrechen. Er bekam keine Luft mehr.

„Jetzt bist du da, wo du hingehörst. Zu meinen Füßen." Levan lachte und trat fester zur. „Wenn ich mit dir fertig bin, ist deine hübsche Freundin dran. Sie wird noch viel mehr leiden als du. Ich werde ihr jeden Tropfen Blut aussaugen."

Correy verengte die Augen. Das würde er niemals zulassen. Mit letzter Kraft schob er die Hände unter den Stiefel des Vampirs und verschaffte sich etwas Luft. Doch nur für einen kurzen Moment. Der verdammte Blutsauger besaß schier unermessliche Kräfte. Das Blut der Vampirkönigin floss durch seine Adern. Correy hatte kaum eine Chance.

Aber es wurde plötzlich heller um ihn. Er blickte hinauf und sah, dass die dunklen Wolken weiterzogen und den Vollmond freigaben.

Genau im rechten Moment. Er musste nur noch etwas länger ausharren. Der Druck auf seiner Kehle nahm unentwegt zu und er konnte nicht mehr atmen. Sein Mund öffnete sich, die Zunge quoll heraus und er schnappte verzweifelt nach Luft.

Levan lachte. „Ich habe mich schon immer gefragt, ob es stimmt, dass man einen Werwolf nur mit Silber bekämpfen kann. Was würde passieren, wenn ich dir dein Genick breche und deinen widerwärtigen Schädel den

Fischen zum Fraß vorwerfe? Glaubst du, du wärst dann tot? Ich denke, ja."

Endlich spürte er, wie die Verwandlung einsetzte. Das Blut in seinen Adern zirkulierte schneller, rauschte in seinen Ohren und ein brennendes Gefühl erfasste ihn von den Fuß- bis in die Haarspitzen. Seine Knochen zerbarsten mit einem Knacken, sein Brustkorb bäumte sich auf und ein heftiger Schmerz raubte ihm fast die Sinne. Correy schrie auf.

Alarmiert ließ der Vampir von ihm ab und machte einen Schritt zurück, während sich der Werwolf am Boden krümmte.

Theresa lehnte sich erschöpft gegen den Wagen. Als sie sah, wie sich Correy unter heftigen Schmerzen wand, wollte sie zu ihm. Sie sank auf alle Viere und streckte eine Hand nach ihm aus. Da blickte ihr plötzlich die grässliche Fratze eines Monsters entgegen. Es war von oben bis unten beharrt und mit Sicherheit weit über zwei Meter groß. Mit einem ohrenbetäubenden Brüllen erhob es sich auf die Hinterläufe und wankte auf den Vampir zu, der ehrfürchtig zurückwich. Schließlich nahm ihr Correys gewaltiger Rücken die Sicht auf Levan. Sie sah nur, wie der Werwolf eine riesige, klauenbespickte Pranke hob und dann ertönte ein Schrei, der ihr durch Mark und Bein ging.

Erschrocken hielt sie in ihrer Bewegung inne. Blut floss zwischen Correys Beinen hindurch und Levan sank zu Boden. Rasch rappelte sie sich auf und rannte zu ihm. Der Vampir lag im Sterben. Aber Theresa empfand weder Mitleid noch Trauer. Sie blickte nur angewidert auf ihn herab. Correy hatte ihm eine riesige Wunde am Hals zugefügt, aus der Blut quoll. Sein Kopf hing nur noch an einem Faden. Aus seinem Mund sprudelte Blut und als er seine Lippen bewegte, kam nichts außer einem Gurgeln aus seiner Kehle. Seine hellen Augen flirrten und dann verblasste das strahlende Leuchten. Sie wurden starr und teilnahmslos, bis schließlich jegliches Leben aus ihnen gewichen war.

Theresa blickte zu dem schwer atmenden Monster hinauf, dessen Blick beinahe ängstlich auf sie gerichtet war. Sie lächelte, nahm eine seiner Pranken in die Hände, küsste die behaarte Pfote und flüsterte:

„Danke."

Fünf Tage später in Berlin …

Wie sie abgesprochen hatten, war Theresa von Athen nach Berlin geflogen, um vorerst unterzutauchen, bis die Blutjagd beendet war. Correy hatte ihr geholfen eine Wohnung zu finden und einen Kontakt zu seinem Rudelbruder Remierre hergestellt, der bereit war, ein Auge auf sie zu haben.

Er selbst war nach Hamburg zurückgekehrt, um seine Angelegenheiten zu klären und Martha nicht länger im Ungewissen zu lassen. Allzu lange hatte er es in der Hansestadt jedoch nicht ausgehalten. Seine Sehnsucht nach Theresa trieb ihn nach Berlin zurück, sowie eine letzte Sache, die noch geklärt werden musste.

Er musste ihr beibringen, dass Lykandra sie als seine Wolfsängerin auserwählt hatte und er hoffte inständig, dass sie sein Geschenk nicht ablehnen würde.

Das Wolfsauge hatte er in einem von Marthas Ringkästchen verstaut, das mit einer Schleife verziert war. So wollte er es ihr überreichen. Doch völlig gleich, wie sie sich entschied, auch wenn sie es ablehnte, er würde sie zu nichts drängen. Er konnte sich nur eine freiwillige Zusammenarbeit vorstellen.

Correy mietete sich in einer kleinen Pension in Pankow ein, wo er sich mit Theresa verabredet hatte. Pünktlich um sechs Uhr abends klopfte es an der Tür. Correy warf noch einen letzten Blick in den Spiegel, überprüfte den Sitz seiner Haare, die ordentlich mit den Spitzen auf seine Schultern stießen, zupfte das weiße Hemd zurecht, zu dem Martha ihm vor seinem Aufbruch geraten hatte und öffnete schließlich die Tür.

Theresas Lächeln und ihr Anblick haute ihn um. Sie trug ihre langen schwarzen Haare offen und ihren schmalen Körper zierte ein blaues Kleid. Am schönsten war jedoch das Strahlen ihrer violetten Augen. Mit einer einladenden Handbewegung bat er sie herein.

„Hier hat sich also der berühmte Detektiv Correy Blackdoom eingemietet", sagte sie und warf einen Blick in das kleine Zimmer.

„Heute hat er frei und ist nur für eine ganz besondere Dame zu sprechen", entgegnete Correy und nahm sie in die Arme.

Während sie sich küssten vergaß er Raum und Zeit, doch irgendwann riss er sich los und führte sie zu einem gedeckten Tisch. Er hatte das Essen hinaufbringen lassen, damit sie ungestört über alles reden konnten. Theresa wirkte gelöst und entspannt. Und diese Gelöstheit ging auf ihn über. Er fühlte sich wohl in ihrer Nähe. Sie aßen, plauderten und Correy suchte die ganze Zeit nach einem Übergang zum eigentlichen Thema.

„Ich habe gestern mit meiner Mutter telefoniert", erklärte Theresa. „Sie war ziemlich überrascht von mir zu hören."

„Und wie ist es gelaufen?"

Theresa nahm einen Schluck Weißwein und nickte zuversichtlich. „Gut, ziemlich gut. Ich denke, wir sind auf dem richtigen Weg. Eine Aussprache steht sicher noch an, aber zumindest haben wir uns nicht mit Vorwürfen bombardiert."

Das klang, als würde sich alles zum Guten wenden. Er freute sich für sie.

Nachdem sie gegessen hatten, setzten sie sich auf die Couch. Correy schaltete das Radio an. Leise Musik spielte im Hintergrund. Moonriver. Theresa ließ sich neben ihn sinken und schloss die Augen. Leise summte sie mit. Er wünschte, sie hätte sich selbst durch seine Augen sehen können. Sie war so wunderschön. In ihm erwachte das Verlangen, ihre sinnlichen Lippen zu küssen und diesen herrlichen Honiggeschmack noch einmal zu schmecken.

Aber er unternahm nichts und beobachtete sie stattdessen. Ihre weiße Haut schimmerte wie Elfenbein und ihr Kleid betonte ihre zarte Figur. Sie wirkte zerbrechlich. Doch er wusste, dass sie inzwischen stark war.

„Es ist doch wirklich unglaublich, was wir beide erlebt haben, oder? Ich meine, wem kann ich davon schon erzählen, ohne dass man mich für verrückt hält?“ Sie lachte.

„So ein Geheimnis verbindet“, entgegnete er.

Sie blickte ihn mit ihren außergewöhnlichen Augen gedankenversunken an. „Das stimmt.“

„Und kommst du mit Remierre zurecht?“, erkundigte er sich.

„Ja. Alles bestens. Er ist sehr nett. Aber nicht so nett wie du.“ Sie lächelte wunderschön.

Obgleich sie sich erst vor wenigen Tagen zum ersten Mal begegnet waren, hatte Theresa doch das Gefühl, ihn seit einer halben Ewigkeit zu kennen. Alles an ihm schien ihr unglaublich vertraut. Die Art, wie er sie ansah, wie er sich bewegte und sein charmantes Lächeln, das durch kleine Wangengrübchen verziert wurde. Sie kannte seinen traumhaften Körper auf intimste Weise. Es stimmte, was man sagte. In Extremsituationen galten andere Regeln. Nie zuvor hatte sie sich mit jemandem so verbunden gefühlt. Dieser Mann gehörte zu ihrem Leben. Und sie wollte, dass es so blieb. Sie hatte ihm so vieles zu verdanken. Vor allem aber hatte er etwas in ihr repariert, was Levan über die Jahre hinweg zerstört hatte.

„Das hört man gern“, sagte Correy sichtlich geschmeichelt. „Ich überlege, mein Büro nach Berlin zu verlegen.“

Diese Ankündigung versetzte sie in helle Aufregung. Wie schön das wäre, wenn er immer in ihrer Nähe sein könnte.

„Ich denke, hier finde ich ebenso meine Klientel. Außerdem könnte ich mich öfter mit Remierre austauschen. Vor allem aber könnte ich selbst ein Auge auf eine junge Dame haben, die mir sehr wichtig ist."

Correy legte eine Hand unter ihr Kinn und zog ihr Gesicht näher an seines heran. Seine Lippen berührten zögerlich die ihren. Doch als sie es geschehen ließ, wurde er fordernder. Sanft und doch bestimmt öffnete seine Zunge ihren Mund und verschwand darin. Ein angenehm herber Duft stieg ihr in die Nase. Er roch nach Wald und Wolf. Wild, animalisch, leidenschaftlich. Besitzergreifend nahm er sie in den Arm und sie konnte endlich wieder die Leidenschaft in sich spüren.

Correys Hand glitt über ihren vernarbten Hals, ohne dass ihre Narben brannten, streichelte ihre Schulter, ihren Oberarm und schließlich legte sie sich auf ihre Brüste. Es fühlte sich schön an. Die Schmerzen in ihrer Brust blieben aus, dafür breitete sich eine wundervolle Wärme aus. Seine Berührungen waren kraftvoll und doch zärtlich. Sie ließ sich auf die Couch zurück sinken. Correy legte sich über sie, so dass sie jeden Muskel seines Körpers spüren konnte und auch die Beule zwischen seinen Beinen. Seine Lippen schienen überall zu sein. Er küsste ihre Stirn, ihre Wangen, ihren Hals. Sie half ihm, ihren Gürtel zu öffnen und ihre Hose auszuziehen. Sacht glitten seine Hände über ihre Oberschenkel, bis sie ihren Slip erreichten. Als Zeichen ihres Einverständnisses lächelte sie ihm zu. Correy verstand ihre Aufforderung und seine Finger glitten flink unter die Träger des Slips und zogen ihn vorsichtig herunter.

Sie sah wie er ihren Duft einatmete und als seine Lippen zwischen ihren Schenkeln verschwanden, genoss sie jeden verführerischen Kuss, den er ihr schenkte.

Theresa seufzte leise, ehe sie sich entspannte. Zärtlich streichelte er ihre Hand. Seit langer Zeit fühlte er sich endlich wieder vollständig. Theresa hier zu haben und ihr glückliches Lächeln zu sehen erfüllte ihn mit einem unvorstellbaren Glück.

Aber nun erinnerte er sich daran, dass es noch etwas Wichtiges zu besprechen gab. Etwas, das keinen Aufschub mehr duldete. Er ahnte, dass es wohl nie einen perfekten Zeitpunkt geben würde, um über das Thema zu sprechen. Also trat er die Flucht nach vorn an und zog das Ringkästchen aus seiner Hosentasche.

„Es ist kein Antrag“, sagte er, als er Theresas erschrockenen Blick bemerkte.

Sie lachte. „Hatte ich auch nicht erwartet, dafür kennen wir uns wohl doch noch nicht lange genug. Ich fürchtete nur, es könne wieder ein extrem teures Geschenk sein. Allmählich bekomme ich deswegen ein schlechtes Gewissen.“

„Es ist ein Geschenk und es ist mir sehr teuer. Aber nicht auf materielle Weise.“

Er schob die Klappe auf und zeigte ihr das Wolfsauge. Es leuchtete.

„Was ist das?“, fragte sie und betrachtete es mit regem Interesse.

„Man nennt es Wolfsauge. Es ist ein Teil des Kristalls, in den die Mondgöttin Artemis einst Lykandra bannte, um sie vor Baal zu schützen.“ Er legte das Kästchen auf den Tisch. „Die Energien der Urmutter befinden sich in dem Kristall. Wer ihn trägt ist mit ihr verbunden."

„Warum trägst du ihn dann nicht?"

Sie blickte ihn verwundert an. Correy musste lächeln. Die Frage war natürlich berechtigt und verlangte eine Erklärung.

„Er ist nicht für mich gedacht, sondern für meine Wolfsängerin. Sie ist es, die Lykandras Botschaften empfängt."

Theresas Miene versteinerte. Es schien, als habe sie längst durchschaut, worauf dieses Treffen hinaus lief.

„Lykandra hat dich auserwählt."

Er erklärte ihr, was genau eine Wolfsängerin für einen Werwolf bedeutete, dass sie seine Gefährtin sei und an seiner Seite gegen Pyr und ihre Vampire kämpfte.

„Wieso mich?"

Correy deutete auf den Stein. „Du hast mir gesagt, dass du eine Gabe besitzt. Wolfsänger können Dinge sehen, die erst noch geschehen. Immer, wenn du in der Nähe bist, fängt der Stein an zu leuchten. Lykandra wünscht, dass du meine Wolfsängerin wirst. Und ich würde mir das auch wünschen."

Es gab keine bessere für ihn. Correy wollte sie an sich binden.

Aber Theresa schüttelte sacht den Kopf. Sie hatte Tränen in den Augen. „Ich bin gerade dabei, mir Eigenständigkeit aufzubauen. Correy, ich liebe dich, aber ich kann mich nicht wieder fest binden. Noch nicht. Im Moment kann ich mir nicht vorstellen, den Rest meines Lebens damit zu verbringen, gegen Vampire zu kämpfen. Ich bin müde. Hast du denn nicht auch genug von diesem ewigen Krieg?"

„Ich bin ein Werwolf", sagte er sanft.. Es war sein Schicksal die Blutsauger zu jagen.

Theresa schob sacht den Stein in seine Richtung und erhob sich. Sie wirkte unglücklich und verunsichert. „Sei mir nicht böse, bitte. Ich kann einfach nicht."

Er war enttäuscht, und doch hatte er geahnt, dass sie ablehnen würde. Aber sie hatte recht, er konnte sie verstehen. Sie hatte Schreckliches erlebt, war eine Sklavin gewesen, und wollte das alles hinter sich lassen und sich nicht noch tiefer in seine dunkle Welt begeben. Vor allem wollte sie frei sein und sich nicht wieder an jemanden binden. Wer war er, ein solches Opfer von ihr zu verlangen, jetzt wo sie frei war?

„Ich bin nicht böse. Ich hätte mir gewünscht, dass du mein Geschenk annimmst. Doch es ist deine Entscheidung."

Und während sie ihn dankbar anlächelte wusch es wie eine Welle über ihn. Es war ihm nicht mehr wichtig, ob Lykandra ihm eine zweite Chance gab oder nicht. Alles, was er wollte, war Theresa glücklich zu sehen und ihr nahe zu sein. Denn das Wichtigste in seinem Leben war sie.

Theresa legte ihre Arme um seinen Hals. Ein zarter Kuss schmiegte sich an seine Lippen. Er hoffte, es war kein Abschiedskuss.

Sommer, Sonne, Strand. Das Leben konnte so einfach sein. Palma de Mallorca war der perfekte Ort, um zu vergessen. Zumindest für ein Großstadtmädchen wie Theresa, das Menschen um sich brauchte. Seltsamerweise gelang es ihr jedoch nicht, sich fallen zu lassen.

Ihre Schwester Jessy, die sie lange Zeit nicht gesehen hatte und aus der eine Frau geworden war, zog mit ihr durch die Clubs, bräunte sich am Strand und versuchte, sie nach Kräften aus ihrem Tief zu holen. Doch es gelang nicht.

Jessy hatte Theresa zu diesem Urlaub nicht lange überreden müssen. Ihre Eltern hatten die Reise spendiert. Offenbar wollten sie, dass wenigstens Jessy und Theresa die Chance hatten, sich wieder näher zu kommen. Theresa hatte das dankbar angenommen. Auch wenn sie und ihre Eltern aus ihren Fehlern etwas gelernt hatten, würden sie doch nie ein liebevolles Verhältnis haben. Das war allen klar. Nur Jessy und Theresa hatten schon immer einen besonderen Draht zueinander und die Eltern wollten ihren Töchtern wohl nicht im Wege stehen. Es tat Theresa furchtbar leid, dass sich ihre Gedanken wieder nur um sich selbst drehten. Sie fühlte sich nicht wohl auf der Insel und hatte ein schlechtes Gewissen deswegen. Vor allem wollte sie Jessy nicht enttäuschen. Diese schien auch recht schnell zu merken, dass etwas nicht mit ihr stimmte.

„Sieht so aus, als wärst du unglücklich verliebt“, sagte Jessy prompt heraus und schlürfte ihren Cocktail an der Strandbar.

Das war nicht ganz wahr. Sie war glücklich verliebt, nur war Correy in Berlin geblieben, damit Jessy und sie etwas Zeit für sich hatten. Aber das war es nicht allein. Sie fragte sich immerzu, ob eine Beziehung mit Correy eine Zukunft hatte. Ob sie stark genug war, immer in Angst um ihn zu leben. Sie wollte es so gern, doch er würde den Kampf gegen die Vampire niemals aufgeben. Das wollte sie ihm auch gar nicht antun. Es lag in seiner Natur, sie zu jagen. Für Theresa war nur die Vorstellung, die Blutsauger könnten ihn eines Tages verletzen oder sogar töten unerträglich.

„Wie kommst du darauf?“, fragte sie ihre Schwester.

„Weil du die ganze Zeit trüb vor dich hinstarrst und deine Mundwinkel bis zu deinem Dekolleté reichen. So sieht man nur aus, wenn man Liebeskummer hat."

„Und woher weißt du sowas?"

Jessy war nun in dem Alter, in dem man alles gern auf die Liebe schob, wenn etwas nicht stimmte. Eine einfache Welt war das.

„Also, wer macht dich so unglücklich?"

„Niemand", wiegelte sie ab. Sie hatte das Gefühl, ihre kleine Schwester würde sie ohnehin nicht verstehen.

„Dann hast du ja sicher nichts dagegen, wenn wir uns zu den beiden Typen dort drüben setzen?"

Sie deutete mit ihrem bauchigen Glas, in dem ein pinkfarbenes Schirmchen steckte, zu einem der Tische, an dem zwei südländische Männer saßen, die sie unentwegt beobachteten. Beide trugen nichts weiter als Badehosen. Sie sahen mit ihren breiten Schultern, den muskulösen Armen und den Waschbrettbäuchen alles andere als schlecht aus. Dennoch verspürte Theresa nicht die geringste Lust, sie näher kennen zu lernen. Sie wollte sich in ihrem Urlaub erholen und nachdenken. Aber Jessy drängte so lange, bis Theresa nachgab. Auch in der Hoffnung, alle weiteren Fragen in Richtung Verliebtsein zu unterbinden.

Die beiden Typen waren sichtlich begeistert, als sie sich zu ihnen setzten und luden sie auf einen zweiten Cocktail ein. Jessy unterhielt sich prächtig. Theresas Gedanken aber schweiften immerzu ab. Sie bekam Correy einfach nicht aus dem Kopf.

Am Ende war es Jessy allein, die am Abend mit den beiden Männern an einer Strandparty teilnahm, während Theresa sich mit der Begründung Kopfschmerzen zu haben auf ihr Hotelzimmer zurück zog.

Sie duschte und legte sich anschließend in ihr Bett. Sie musste an Correys Flucht vor der aufdringlichen Mrs.

Boyle denken und lachte. Man konnte es Mrs. Boyle kaum verübeln, dass sie ein Auge auf den attraktiven Werwolf geworfen hatte. Wie sollte sie wissen, dass der junge Mann mehrere Jahrhunderte älter war als ihr Ehemann, der zugegebenermaßen nicht mehr ganz so knackig und jugendlich geblieben war. Bei dem Gedanken an seinen entsetzten Gesichtsausdruck musste sie lachen. Dass eine verheiratete Frau wie Mrs. Boyle ihm Avancen machte, war in seiner Welt nicht vorstellbar. Ja, er war wohl etwas altmodisch in diesen Dingen und die Ehe war ihm heilig. Sie stimmte ihm uneingeschränkt zu. Warum heiraten, wenn man sowieso vor hatte, in fremden Gewässern zu fischen? Eine Ehe sollte für die Ewigkeit sein. Das setzte natürlich auch voraus, dass man einen Mann fand, bei dem man spürte, dass er der Richtige war.

Wäre er kein Werwolf, ihre Entscheidung stünde auf der Stelle fest. Es störte sie zwar nicht, dass er sich bei Vollmond in ein Monster verwandelte. Aber der Krieg mit den Vampiren schreckte sie ab. Theresa wälzte sich zur Seite, und mit diesen Gedanken schlief sie ein.

Doch eine ruhige Nacht sollte ihr nicht beschieden sein. Sie fand sich auf der Strandparty wieder, allerdings in einem Zustand, den sie als körperlos beschreiben würde. Wie ein Geist huschte sie ungesehen über den inzwischen kalten Sand und folgte einem inneren Ruf, der sie zum Wasser lenkte. Es dauerte eine Weile, ehe sie die drohende Gefahr spürte. Jessy hatte sich längst von den beiden Südländern abgewendet und tanzte mit einem adretten Mann, dessen Haut so hell war wie das Licht des Mondes. Sie standen etwas entfernt von den anderen bis zu den Waden im kühlen Meerwasser. Zärtlich strich er ihr eine Strähne aus dem Gesicht. Theresa spürte, wie fasziniert Jessy von dem Fremden war. Sie hingegen empfing Warnsignale, die der Mann aussandte. Als er Jessy anlächelte, entdeckte Theresa die Eckzähne.

Mit einem Schrei schreckte Theresa aus ihrem Schlaf hoch. Sie musste zu Jessy. So schnell sie konnte schlüpfte sie in ihren Rock, das T-Shirt und die Flip Flops, hastete aus dem Zimmer in den Flur, die Treppe hinunter und hinaus aus dem Hotel. Stolpernd und wankend erreichte sie den Strand. Einen ihrer Latschen hatte sie unterwegs verloren.

„Wo ist Jessy?“, fragte sie den ihr wohlbekannten südländischen Kerl, der sie heute Nachmittag noch unverblümt angeflirtet hatte. Aber der zuckte nur mit den Schultern.

Theresa drängelte sich durch die tanzenden jungen Leute bis zum Wasser vor. Dort standen sie.

„Jessy!“, rief sie so laut sie konnte.

Jessy hob einen Arm und winkte ihr zu. Theresa lief zu ihr.

„Geht's dir wieder besser?“, fragte Jessy.

Von wegen. In ihr war alles in Aufruhr.

„Lassen Sie meine kleine Schwester in Ruhe“, fuhr sie den Mann an, der ins Wasser zurück wich.

Erst jetzt merkte Theresa, dass er gar nicht so totenbleich wie in ihrem Traum war und auch ganz anders aussah.

„Entschuldigung, ich wollte niemandem zu nahe treten“, stotterte der Kerl hastig und entfernte sich.

Jessy wollte ihn zurückhalten, aber da war er schon in der Menge der Feiernden verschwunden. Wütend stemmte Jessy die Hände in die Seiten.

„Theresa, was soll das?“

Theresa war zutiefst peinlich berührt. Sollte ihr Traum nicht mehr als das gewesen sein?

„Ich dachte, er belästigt dich“, versuchte sie sich herauszureden.

Wie sollte sie ahnen, ob ein Traum eine Vision oder nur ein Hirngespinst war?

Jessy lächelte sie versöhnlich an. „Schon okay. Er war nicht mein Typ. Aber lieb, dass du extra wegen mir hier runter gekommen bist.“

Überrascht hielt Theresa still, als Jessy sie liebevoll umarmte. Sie hatte nach diesem Fehler mit einem Donnerwetter gerechnet. Aber Jessy schien ganz froh zu sein, dass sie aufgetaucht war.

„Bleibst du jetzt hier? Die Party ist wirklich sehr schön.“

Theresa nickte und setzte sich auf eine Matte ans Wasser. War dieser Traum eine Zukunftsvision oder nur das Verarbeiten ihrer Ängste gewesen? Wie dem auch sei, sie war heilfroh, dass der Verehrer ihrer Schwester kein Vampir war. Das bedeutete jedoch noch lange nicht, dass sie niemals auf einen Blutsauger treffen würde. Weder Jessy noch irgendein anderer Mensch wusste, wie viele Vampire es gab und dass sie sich unerkannt unter den Menschen bewegten. Eine im Verborgenen drohende Gefahr für jeden. Nur weil sie mit Correys dunkler Welt nichts mehr zu tun haben wollte, hieß das noch lange nicht, dass es umgekehrt ebenso der Fall war. Sie würde ihnen sowieso niemals entkommen können.

Je länger sie den dunklen Wellen zusah, die an den Strand rauschten, erkannte sie, dass sie eine Verantwortung all den Unwissenden gegenüber hatte, die nicht ahnten, dass Werwölfe und Vampire existierten. Theresa hatte als Eingeweihte, die den Schrecken hautnah erlebt hatte, als jemand, dem die Gabe der Vorsehung gegeben war, eine Verpflichtung. Auch wenn sie diese nicht haben wollte, sie ergab sich ganz von allein.

Sie wünschte inständig, dass Jessys Leben so sorglos bleiben würde wie es jetzt war. Aber das konnte es nur, wenn sie ihre Bestimmung endlich anerkannte. Vor allem aber wollte sie eins. Zurück zu Correy.

Correy nahm drei Stufen auf einmal. Als sich ihm die Tür öffnete, fiel ihm eine aufgeregte Theresa um den Hals.

„Es tut so gut, dich wiederzusehen."

Er hatte nicht damit gerechnet, sie nur wenige Tage nach ihrem Abflug wieder in den Armen zu halten. Glücklicherweise war er noch in Berlin geblieben, um sich nach einer neuen Wohnung umzusehen. Er hoffte, sie steckte nicht in Schwierigkeiten und war deshalb früher als geplant heimgekehrt. Ehe er ihre Worte richtig verarbeitet hatte, küsste sie ihn, bis sich seine Fußzehen nach oben bogen.

„Ich dachte, du wärst im Urlaub?", fragte er in einer Atempause.

„Ich habe einen früheren Flieger genommen. Ich konnte nicht länger am Strand sitzen, ich vermisse dich zu sehr. Danke, dass du gleich rumgekommen bist", sagte sie und schmiegte sich an seine Brust.

Correy legte die Arme um sie. Als er überraschend ihren Anruf erhalten hatte, hatte er keine Sekunde gezögert und war sofort zu ihr gefahren. Ihr Geständnis war mehr als er jemals zu hoffen wagte. Die Tatsache, dass sie sogar extra wegen ihm früher zurückgekehrt war, zeigte, wie viel er ihr bedeutete.

„Komm doch erst mal rein", sagte sie und führte ihn in ihr Wohnzimmer.

Sie sah frisch aus. Ihre Haut war nicht mehr so blass, sondern sonnengebräunt, wodurch das Strahlen ihrer Augen noch mehr zur Geltung kam.

Einige Möbel kamen ihm vertraut vor.

„Rem hat mir ein paar seiner alten Schmuckstücke vermacht", erklärte sie. „Damit es hier nicht so kahl aussieht.

Joli sagte, sie sei froh, ein bisschen was von dem alten Plunder loszuwerden. Ich glaube, sie möchte ihn endlich in dieses Jahrhundert holen."

Sie lachte und deutete zu einer alten Kommode, die gut und gern aus dem 18. Jahrhundert stammen konnte.

Er setzte sich neben sie auf die Couch. Irgendwie hatte er das Gefühl, dass sie ihm noch mehr sagen wollte, aber schon berührten ihre vollen Lippen wieder seinen Mund. Correy zog sie näher. Er wollte sie ganz und gar spüren. Lykandra wusste, wie sehr er sich nach ihr verzehrt und wie sehr er dem Ende ihres Urlaubs entgegen gesehnt hatte. Nun durfte er sie endlich wieder in seinen Armen halten. Theresas Hände strichen über seine Wangen, durch sein Haar und über seine Brust. Verspielt rutschten sie unter sein Hemd, um sein Brusthaar zu kraulen. Es fühlte sich schön an, ihr so nah zu sein und von ihr auf solch sinnliche Weise verwöhnt zu werden. Trotzdem blieb das Gefühl, dass ihr noch etwas auf dem Herzen brannte.

„Ich möchte dich überall spüren", flüsterte sie.

Correy wollte nichts anderes. Er half Theresa, ihren Pullover über den Kopf zu ziehen. Herrlich verführerisch wippten ihre Brüste vor seinen Augen. Er berührte sie zärtlich mit den Lippen, küsste die weichen Hügel, bis er ihre Halsbeuge erreichte. Er spürte ihre leichte Gänsehaut und ein süßes Zittern erfasste ihren zierlichen Körper. Danach half sie ihm, das Hemd aufzuknöpfen und abzustreifen. Mit beiden Händen fuhr sie sanft über seine behaarte Brust, ehe sie sich auf den Rücken sinken ließ und an ihrem Gürtel fingerte. Im Nu hatte Correy ihr geholfen, sich der Hose zu entledigen. Auch seine Jeans flog wenige Augenblicke später durch die Luft und landete auf dem Sessel. Ihr Blick glühte förmlich vor Verlangen, als er ihr in die Augen sah und als sie die Beine öffnete, verstand er dies als Einladung. Vorsichtig kniete er sich zwischen ihre Schenkel und hob ihr Becken mit den Händen an. Ihre Haut war herrlich weich und warm. Sie war wunderschön. Wie ein Engel mit schwarzen Haaren. Makellos. Doch in diesem Moment fehlten ihm die Worte. Vermutlich hätte es ohnehin kaum ein Wort gegeben, das beschreiben konnte, was er bei ihrem Anblick empfand. Behutsam drang er in sie ein und ihre Beine schlossen sich sacht um seine Hüften.

Wärme durchströmte ihn. Wärme, die von ihr ausging und in seinen Körper floss. Er spürte jede kleine Regung in ihrem Inneren. Leicht öffnete sie den Mund und ließ hörbar den Atem ausdringen. Dieser wurde immer rascher und lauter. Ihre Brüste wogen im Rhythmus, ihre Schenkel schlossen sich fester um ihn und schließlich schien etwas in ihr zu explodieren, das sogleich auf ihn überging. Sie verschmolzen miteinander, wurden eins, fühlten dasselbe. Correy drang ein letztes Mal in sie und eine Welle reiner Ekstase schwappte über ihn hinweg.

Erschöpft und unendlich glücklich legte er sich neben sie und blickte ihr ins Gesicht, während er sie näher an sich heran zog. Theresas Augen waren geschlossen und sie seufzte zufrieden. Sie schmiegte sich an seine Brust und blickte zu ihm auf.

„Wie war das noch mal mit diesem Job, den du für mich hast?"

Correys Gesichtsausdruck wechselte zwischen Erstaunen und Entsetzen.

„Hast du dir das auch gut überlegt?"

Sie nickte. „Man kann seinem Schicksal nicht entgehen. Mir ist klar geworden, dass ich eine Verantwortung trage und außerdem zur Abwechslung mal Gutes tun kann, anstatt immer nur ein Opfer zu sein. Ich will kein Opfer mehr sein, Correy." Ihre Stimme versagte.

Correy streichelte ihr Haar. „Das wirst du nie mehr sein. Außerdem werde ich auf dich achten."

Sie brachte ein Lächeln zustande. Einen besseren Beschützer als ihn konnte es kaum geben.

Correy ließ sanft von ihr ab und holte das Wolfsauge aus seiner Hosentasche.

„Du hast es bei dir?“, fragte sie erstaunt.

„Immer“, sagte er. „Aber nun wird es seinen wahren Platz einnehmen.“ Er reichte es ihr. „Es gehört dir.“

Theresa nahm das Auge in ihre Hände und spürte die Wärme und die Kraft Lykandras Energie. Es begann zu pulsieren und sein Licht füllte den gesamten Raum.

Nun konnte sich die Lücke in ihrem Innern schließen, die Bestimmung, nach der sie so lange und an den falschen Orten gesucht hatte, lag endlich in ihren Händen.

Die Autorin

Kerstin Dirks, 1977 in Berlin geboren, hat eine Ausbildung zur Bürokauffrau absolviert und veröffentlichte Heftromane in den Verlagen Bastei, Martin Kelter und Mohlberg. Ihr erster Roman war die historische Liebesgeschichte „Die Sturmjahre der Lilie". Es folgten zahlreiche Kurzgeschichten in Anthologien und die Kurzgeschichtensammlung „Verfluchtes Malträtinum". Als Teil eines Autorenteams schrieb sie die erotischen Vampirromane „Begierde des Blutes", „Zähmung des Blutes" und „Rebellion des Blutes" sowie den erotischen Piraten-Roman „Der Pirat und die Dirne" unter dem Pseudonym ‚Kerri van Arden' für den Plaisir d'Amour Verlag. Im Jahr 2007 erschien ihr erotischer Liebesroman „Die Wildkirsche" im Mira Taschenbuch Verlag. Im März 2009 erschien ihr erster Highlander-Roman „Leidenschaft in den Highlands" im Ullstein Verlag. 2007 kam „Lykandras Krieger 01, Wolfsängerin" im Sieben Verlag heraus.
Ihre Geschichten handeln von mutigen Frauen, die ihr Schicksal selbst in die Hand nehmen und ihre Leidenschaft ausleben, und von Männern, die am stärksten sind, wenn sie Gefühle zeigen.

Homepage der Autorin: www.kerstin-dirks.de

Weiterhin erschienen ...

Engelsbrut *von Andrea Gunschera*
Teil 1 der Serie *City of Angels*
Taschenbuch
ISBN: 978-3-940235-89-3

Eine Mordserie erschüttert Los Angeles. Jede Nacht sterben zwei Obdachlose in den Straßen von Downtown. Der Mörder geht mit außergewöhnlicher Brutalität zu Werk. Die Reporterin Eve Hess kreuzt bei ihren Ermittlungen die Fährte zweier Männer, die beide nicht menschlich zu sein scheinen. Da ist Kain, ein Killer, so schön wie skrupellos, getrieben vom brennenden Wunsch nach Rache. Und Alan, der mehr ist als der erfolgreiche Maler, der Szenen aus den Ghettos von L.A. auf seine Leinwände bannt.

Der eine hat den Auftrag, sie zu töten, den anderen liebt sie gegen jede Vernunft. Bald muss sie sich fragen, wem sie noch trauen kann. Doch ganz gleich wie die Würfel fallen, dies können sie nicht aufhalten: Die Wiedergeburt eines gefallenen Engels.

Weiterhin erschienen ...

Blutprinz *von Liz & J.K. Brandon*
Taschenbuch
ISBN: 978-3-940235-86-2

André Barov wähnt sein Leben und seinen Vampir-Clan unter Kontrolle. Doch dann gerät seine sorgsam strukturierte Welt ins Wanken. Feinde haben sich gegen ihn verschworen und als die aufstrebende Innenarchitektin Natalie in sein Leben tritt, holt ihn ein Teil seiner Vergangenheit ein, den er nie verwunden hat.
Natalie Adam ist von dem mysteriösen Mann fasziniert. Noch ahnt sie nichts von seinem dunklen Geheimnis. Sie spürt, dass sich auch André Barov zu ihr hingezogen fühlt, doch zu viele scheinbar aussichtslose Zwänge und Umstände sprechen gegen eine Verbindung.
Unsichtbare Gegner und ein folgenschwerer Fehler bedrohen nicht nur Andrés Leben, sondern bringen auch das von Natalie in höchste Gefahr.

Weiterhin erschienen ...

Der Gottvampir
Teil 2 der Serie Das Rote Palais
Von Helene Henke
Broschiert
ISBN: 978-3-940235-83-1

Man nennt ihn Bragi – der Name des altgermanischen Gottes der Dichtkunst. Und tatsächlich scheint er mehr zu sein als ein Vampir. Der exzentrische Rockstar versteht es, mit seiner Musik Menschen und Vampire gleichermaßen zu begeistern.
Hat sein Auftauchen in Krinfelde etwas mit dem neuesten Fall von Privatdetektivin Leyla Barth zu tun? Fest steht, dass Thetania e. V. weiterhin seinen Geschäften nachgeht, obwohl Leyla und der Meistervampir Rudger von Hallen der Sekte schon einmal in ihr fragwürdiges Handwerk gepfuscht haben.
Während Thetania expandiert und neben Menschen nun auch Vampire zu Opfern werden, wirft die geheimnisvolle Vampirin Iduna einen Schatten auf die junge Beziehung zwischen Leyla und Rudger.